BESTSELLER

Toni Hill (Barcelona, 1966) es licenciado en psicología. Lleva más de diez años dedicado a la traducción literaria y a la colaboración editorial en distintos ámbitos. Entre los autores traducidos por él se encuentran David Sedaris, Jonathan Safran Foer, Glenway Wescott, Rosie Alison, Peter May, Rabbih Alameddine y A. L. Kennedy. *El verano de los juguetes muertos* es su primera novela, cuyos derechos de traducción ya han sido adquiridos en Alemania, Francia, Grecia, Italia, Holanda, Finlandia y Polonia.

TONI HILL

El verano de los juguetes muertos

DEBOLS!LLO

Cuarta edición: agosto, 2011

© 2011, Toni Hill Gumbao
© 2011, Random House Mondadori, S. A.
Travessera de Gràcia, 47-49. 08021 Barcelona

Printed in Spain – Impreso en España

ISBN: 978-84-9989-104-0
Depósito legal: B-31112-2011

Compuesto en Fotocomposición 2000, S. A.

Impreso en Liberdúplex, S. L. U.
Sant Llorenç d'Hortons (Barcelona)

P 991040

A mi madre, por todo

ayer

Hace mucho tiempo que no pienso en Iris ni en el verano en que murió. Supongo que he tratado de olvidarlo todo, de la misma forma que superé las pesadillas y los terrores de la infancia. Y ahora, cuando quiero recordarla, a mi mente sólo acude el último día, como si esas imágenes hubieran borrado todas las anteriores. Cierro los ojos y me traslado a aquella casa grande y vieja, al dormitorio de camas desiertas que esperan la llegada del siguiente grupo de niños. Tengo seis años, estoy de campamento y no puedo dormir porque tengo miedo. No, miento. Aquella madrugada me porté como un valiente: desobedecí las reglas y me enfrenté a la oscuridad sólo por ver a Iris. Pero la encontré ahogada, flotando en la piscina, rodeada por un cortejo de muñecas muertas.

miércoles

1

Apagó el despertador al primer timbrazo. Las ocho de la mañana. Aunque llevaba horas despierto, una súbita pesadez se apoderó de sus miembros y tuvo que hacer un esfuerzo para levantarse de la cama e ir a la ducha. El chorro de agua fresca disipó el embotamiento y se llevó consigo una parte de los efectos del desajuste horario. Había llegado la tarde anterior, tras un interminable vuelo Buenos Aires-Barcelona que se prolongó aún más en la oficina de reclamación de equipaje del aeropuerto. La empleada, que en una vida anterior seguro que había sido una de esas sádicas institutrices británicas, consumió sus últimas dosis de paciencia mirándolo como si la maleta fuese un ente con decisión propia y hubiese optado por cambiar a ese dueño por otro menos malcarado.

Se secó con vigor y notó con fastidio que el sudor se le insinuaba ya en la frente: así era el verano en Barcelona. Húmedo y pegajoso como un helado deshecho. Con la toalla enrollada a la cintura, se miró al espejo. Debería afeitarse. A la mierda. Volvió a la habitación y rebuscó en el armario medio vacío un calzoncillo que ponerse. Por suerte, la ropa de la maleta extraviada era la de invierno, así que no tuvo problemas para encontrar una camisa de manga corta y un pantalón. Descalzo, se sentó en la cama. Respiró hondo. El largo viaje se cobraba su precio; tuvo la tentación de volver a acostarse, cerrar los ojos y olvidarse de la cita que tenía a las diez en punto, aunque en su interior sabía que era incapaz de hacerlo. Héctor Salgado nunca faltaba a una cita. «Ni que fuera con mi verdugo», se dijo, y esbozó una sonrisa irónica. Su mano derecha buscó el móvil en la mesita de noche. Le quedaba poca batería y recordó que el cargador estaba en la dichosa maleta. El día anterior se había sentido demasiado agotado para hablar con nadie, aunque en el fondo quizá esperaba que fueran los otros los que se acordaran de él. Buscó en la agenda el número de Ruth y permaneció unos segundos mirando la pantalla antes de presionar la tecla verde. Siempre la llamaba al móvil, seguramente en un esfuerzo por ignorar que ella tenía otro número fijo. Otra casa. Otra pareja. Su voz, algo ronca, de recién levantada, le susurró al oído:

—Héctor…

—¿Te desperté?

—No… Bueno, un poco. —Él oyó al fondo una risa apagada—. Pero tenía que levantarme igualmente. ¿Cuándo has llegado?

—Disculpa. Llegué ayer por la tarde, pero esos boludos me perdieron la valija y me tuvieron medio día en el aeropuerto. Tengo el celular a punto de apagarse. Sólo quería que supieran que llegué bien.

De repente se sintió absurdo. Como un crío que habla de más.

—¿Qué tal el viaje?

—Tranquilo —mintió—. Escuchame, ¿Guillermo está dormido?

Ruth se rió.

—Siempre que vuelves de Buenos Aires te cambia el acento. Guillermo no está, ¿no te lo dije? Ha ido a pasar unos días en la playa, a casa de un amigo —respondió ella—. Pero seguro que a estas horas está durmiendo —añadió enseguida.

—Ya. —Una pausa; en los últimos tiempos sus conversaciones se atascaban continuamente—. ¿Y cómo anda?

—Él bien, pero yo te juro que si la preadolescencia dura mucho, te lo reenvío con los portes pagados. —Ruth sonreía.

Él recordaba la forma de su sonrisa y aquel súbito brillo en sus ojos. El tono de ella cambió—: ¿Héctor? Oye, ¿sabes algo de lo tuyo?

—Tengo que ver a Savall a las diez.

—Vale, dime algo luego.

Otra pausa.

—¿Comemos juntos? —Héctor había bajado la voz. Ella tardó un poco más de lo necesario en contestar.

—He quedado ya, lo siento. —Por un momento él pensó que la batería se había agotado por completo, aunque finalmente la voz prosiguió—: Pero hablamos más tarde. Podríamos tomar un café…

Entonces sí. Antes de que pudiera responder, el teléfono se convirtió en un trozo de metal muerto. Lo miró con odio. Luego sus ojos fueron hacia sus pies desnudos. Y, de un salto, como si la breve charla le hubiera dado el impulso necesario, se levantó y se encaminó de nuevo hacia aquel armario acusador lleno de perchas vacías.

Héctor vivía en un edificio de tres plantas, en el tercer piso. Nada especial, uno de los tantos inmuebles típicos del barrio de Poblenou, situado cerca de la estación de metro y a un par de manzanas de esa otra rambla que no aparecía en las guías turísticas. Lo único destacable de su piso era el alquiler, que no había subido cuando la zona tomó ínfulas de lugar privilegiado cerca de la playa, y una azotea que, a efectos prácticos, se había convertido en su terraza privada porque el segundo piso estaba vacío y en el primero vivía la casera, una mujer de casi setenta años que no tenía el menor interés en subir tres tramos de escalera. Él y Ruth habían acondicionado la vieja azotea, cubriendo una parte y colocando varias plantas, ahora agonizantes, y una mesa con sillas para cenar en las noches de verano. Casi no había vuelto a subir desde que Ruth se marchó.

La puerta del primer piso se abrió justo cuando pasaba por delante y Carmen, la dueña del edificio, salió a recibirle.

—Héctor. —Sonreía. Como siempre, él se dijo que si llegaba a viejo quería ser como esa buena señora. O mejor aún: tener a una como ella a su lado. Se paró y le dio un beso en la mejilla, con cierta torpeza. Los gestos de cariño nunca habían sido su fuerte—. Ayer oí ruido arriba, pero pensé que estarías cansado. ¿Quieres un café? Acabo de hacerlo.

—¿Ya me está consintiendo?

—Tonterías —repuso ella con decisión—. Los hombres tienen que salir de casa bien desayunados. Ven a la cocina.

Héctor la siguió, obediente. La casa olía a café recién hecho.

—Extrañaba su café, Carmen.

Ella le observó con el ceño fruncido mientras le servía una generosa taza y añadía luego unas gotas de leche y una cucharadita de azúcar.

—Bien desayunados… y bien afeitados —añadió la mujer con intención.

—No sea dura conmigo, Carmen, que recién llegué —suplicó él.

—Y tú no te hagas la víctima. ¿Cómo estás? —Lo miró con cariño—. ¿Qué tal ha ido por tu tierra? Ah, y fúmate un cigarrillo, que sé que lo estás deseando.

—Es usted la mejor, Carmen. —Sacó el paquete de tabaco y encendió uno—. No comprendo cómo no la ha cazado algún abuelito ricachón.

—¡Será porque los abuelitos no me gustan! Cuando cumplí los sesenta y cinco, miré a mi alrededor y me dije: Carmen, *ja n'hi ha prou*, cierra el chiringuito. Dedícate a ver películas en casa… Por cierto, ahí tienes las que me prestaste. Las he visto todas —afirmó con orgullo.

La colección de películas de Héctor habría hecho palidecer de envidia a más de un aficionado al cine: desde los clásicos de Hollywood, los preferidos de Carmen, hasta las últimas novedades. Todas colocadas en una estantería que iba de pared a pared, sin orden aparente; uno de sus mayores placeres en las noches de insomnio era sacar un par al azar y tumbarse en el sofá a verlas.

—Maravillosas —prosiguió Carmen. Era una fan declarada de Grace Kelly, a quien, según le decían, se parecía cuando era joven—. Pero no intentes despistarme. ¿Cómo estás?

Él exhaló el humo despacio y apuró el café. La mirada de la mujer no daba tregua: aquellos ojos azules tenían que haber sido verdaderos asesinos de hombres. Carmen no era de esas ancianas que disfrutan evocando el pasado, pero gracias a Ruth, Héctor sabía que habían existido al menos dos maridos, «olvidables, pobrecitos», en palabras de la propia Carmen, y un amante, «un sinvergüenza de esos que no se olvidan». Pero a la postre había sido este último quien le había asegurado la vejez legándole aquel edificio de tres plantas, en el que viviría mejor aún si no estuviera reservando uno de los pisos para un hijo que se había ido años atrás y no había vuelto nunca.

Héctor se sirvió un poco más de café antes de contestar:

—A usted no puedo engañarla, Carmen. —Intentó sonreír, pero el semblante fatigado y los ojos tristes frustraban el esfuerzo—. Todo es una mierda, con perdón. Hace mucho ya que todo se parece bastante a una mierda.

Expediente 1231-R.
H. Salgado.
Pendiente de resolución.

Tres líneas cortas anotadas en rotulador negro en un Post-it amarillo pegado a una carpeta del mismo color. Para no verlas, el comisario jefe Savall abrió la carpeta y repasó su contenido. Como si no lo supiera ya de memoria. Declaraciones. Atestado. Informes médicos. Brutalidad policial. Fotografías de las heridas de aquel cabronazo. Fotografías de aquella desgraciada chiquilla nigeriana. Fotografías del piso del Raval donde tenían hacinadas a las chicas. Incluso varios recortes de prensa, algunos —pocos, a Dios gracias— con bastante mala idea que narraban su particular versión de los hechos haciendo énfasis en conceptos como injusticia, racismo y abuso de poder. Cerró la carpeta de un manotazo y miró la hora en el reloj de la mesa del despacho. Las 9.10. Cincuenta minutos. Estaba echando la silla hacia atrás para estirar las piernas cuando alguien llamó a la puerta y la abrió casi al mismo tiempo.

—¿Ha llegado? —quiso saber.

La mujer que entraba en el despacho negó con la cabeza sin preguntarle a quién se refería y, muy despacio, apoyó ambas manos en el respaldo de la silla que había frente a la mesa. Lo miró a los ojos y le soltó:

—¿Qué piensas decirle? —La pregunta sonó como una acusación, una ráfaga de tiros en tres palabras.

Savall se encogió de hombros casi imperceptiblemente.

—Lo que hay. ¿Qué quieres que le diga?

—Ya. Genial.

—Martina… —Intentó ser brusco, pero la apreciaba demasiado para enfadarse con ella de verdad. Bajó la voz—. Tengo las manos atadas, joder.

Ella no cedió. Retiró un poco la silla, se sentó y volvió a acercarla a la mesa.

—¿Qué más necesitan? Ese tío ha salido ya del hospital. Está en su casa, tan fresco, reorganizando su negocio…

—¡No me jodas, Martina! —El sudor invadió su frente y por una vez perdió los estribos. Se había propuesto no hacerlo cuando se levantó aquella mañana. Pero era humano. Abrió la carpeta amarilla y sacó las fotos; fue colocándolas en la mesa como naipes descubiertos que anunciaban un póquer de ases—. Mandíbula rota. Dos costillas fracturadas. Contusiones en el cráneo y en el abdomen. Una cara como un puto cromo. Todo porque a Héctor se le fue la cabeza y se plantó en casa de ese mierda. Y aún tuvo suerte, porque no hubo lesiones internas. Le metió una paliza de tres pares de cojones.

Ella sabía todo eso. Sabía también que de haberse encontrado en la silla de enfrente habría dicho exactamente lo mismo. Pero si había algo que definía a la subinspectora Martina Andreu era la lealtad inquebrantable hacia los suyos: su familia, sus compañeros de trabajo, sus amigos. Para ella el mundo se dividía en dos bandos bien diferenciados, los suyos y los demás, y Héctor Salgado se hallaba sin lugar a dudas en el primer grupo. Así que, en voz alta y deliberadamente desdeñosa, una voz que irritaba a su jefe más que la visión de esas fotografías, contraatacó:

—¿Por qué no sacas las otras? Las de la chica. ¿Por qué no vemos lo que le hizo ese maldito brujo negro a esa pobre cría?

Savall suspiró.

—Cuidado con lo de negro. —Martina puso un gesto de impaciencia—. Sólo nos falta eso. Y lo de la chica no justifica la agresión. Tú lo sabes, yo lo sé, Héctor lo sabe. Y lo que es peor, el abogado de ese cabrón, también. —Bajó la voz; llevaba años trabajando con Andreu y confiaba en ella más que en ningún otro de sus subordinados—. Anteayer estuvo aquí.

Martina enarcó una ceja.

—Sí, el abogado de… como se llame. Le dejé las cosas muy claras: o retira la denuncia contra Salgado, o su cliente tendrá a un mosso siguiéndole hasta cuando vaya al puto retrete.

—¿Y? —preguntó, mirando a su jefe con renovado respeto.

—Dijo que tenía que consultarlo. Le di tanta caña como pude. *Off the record*. Quedamos en que me llamaría esta mañana, antes de las diez.

—¿Y si accede? ¿Qué le prometiste a cambio?

Savall no tuvo tiempo de responder. El teléfono de su mesa sonó como una alarma. Pidió silencio a la subinspectora con un gesto y descolgó.

—¿Sí? —Por un momento su rostro se mantuvo expectante, pero enseguida su expresión se transformó en simple fastidio—. No. ¡No! Ahora estoy ocupado. La llamaré luego. —Más que colgarlo, soltó el teléfono y añadió, dirigiéndose a la subinspectora—: Joana Vidal.

Ella soltó un bufido lento.

—¿Otra vez?

El comisario se encogió de hombros.

—No hay nada nuevo en lo suyo, ¿no?

—Nada. ¿Has visto el informe? Está claro como el agua. El chico se distrajo y se cayó por la ventana. Pura mala suerte.

Savall asintió con la cabeza.

—Buen informe, por cierto. Muy completo. Es de la nueva, ¿verdad?

—Sí. Se lo hice repetir, pero al final quedó bien. —Martina sonrió—. La chica parece lista.

Viniendo de Andreu, cualquier elogio debía tomarse en serio.

—Su currículo es impecable —dijo el comisario—. La primera de su promoción, referencias inmejorables de sus superiores, cursos en el extranjero… Incluso Roca, que no tiene piedad con los nuevos, redactó un informe elogioso. Si no recuerdo mal, menciona un talento natural para la investigación.

Cuando Martina se disponía a añadir uno de sus comentarios sarcásticamente feministas sobre el talento y el cociente intelectual medio de los hombres y las mujeres del cuerpo, el teléfono sonó de nuevo.

En ese momento, en el office de la comisaría, la joven investigadora Leire Castro utilizaba ese talento natural para satisfacer uno de los rasgos más acusados de su carácter: la curiosidad. Había propuesto tomar un café a uno de los agentes que llevaba semanas sonriéndole discreta pero amablemente. El tipo parecía buena gente, se dijo, y darle alas la hacía sentirse algo culpable. Pero desde su llegada a la comisaría central de los Mossos d'Esquadra de plaza Espanya, el enigma Héctor Salgado había estado desafiando su sed de saber, y hoy, cuando esperaba verlo aparecer en cualquier momento, no había podido aguantar más.

Así que, tras un breve preámbulo de charla cortés, ya con un café solo en las manos, reprimiendo las ganas de fumar y esbozando su mejor sonrisa, Leire fue al grano. No podía pasarse media hora cotilleando en el office.

—¿Cómo es? Me refiero al inspector Salgado.

—¿No lo conoces? Ah, claro, llegaste justo cuando empezó sus vacaciones.

Ella asintió.

—No sé qué decirte —prosiguió él—. Un tipo normal, o eso parecía. —Sonrió—. Con los argentinos nunca se sabe.

Leire hizo cuanto pudo por disimular su decepción. Odiaba las generalidades, y ese individuo de sonrisa amable acababa de perder automáticamente varios puntos. Él debió de notarlo porque se esforzó por ampliar su explicación.

—Un par de días antes de que pasara todo te habría dicho que era un hombre tranquilo. Nunca una palabra más alta que otra. Eficaz. Terco pero paciente. Un buen poli, vamos… Estilo concienzudo, a lo sabueso. Pero de repente, chas, se le nubla la mente y se pone hecho una fiera. Nos dejó a todos boquiabiertos, si te soy sincero. Bastante mala prensa tenemos ya para que un inspector pierda los papeles de ese modo.

En eso igual tenía razón, se dijo Leire. Aprovechó la pausa de su compañero para insistir:

—¿Qué pasó? Leí algo en la prensa, pero…

—Pasó que se le fue la olla. Ni más ni menos. —A ese respecto el joven parecía tener una opinión firme y sin vacilaciones—. Nadie lo dice en voz alta porque es el inspector y todo eso, y el comisario lo aprecia mucho, pero es la verdad. Dejó al tío ese medio muerto de una paliza. Dicen que presentó su dimisión, pero que el comisario se la rompió en dos. Eso sí, lo mandó un mes de vacaciones, hasta que se calmaran las aguas. Y conste que la prensa no se ha cebado en el tema. Podría haber sido mucho peor.

Leire dio otro sorbo al café. Le sabía raro. Se moría por un cigarrillo, pero había decidido no fumar el primero hasta después de comer, para lo cual faltaban al menos cuatro horas. Respiró hondo, a ver si llenando de aire los pulmones se le iban las ansias de nicotina. El truco funcionó a medias. Su compañero tiró el vaso de plástico al cubo de reciclaje.

—Negaré todo lo que te he dicho si hace falta —dijo él, sonriéndole—. Ya sabes: todos para uno y uno para todos, como los mosqueteros. Pero hay cosas que no están bien. Ahora debo irme: el deber me llama.

—Claro —asintió ella, distraída—. Hasta luego.

Se quedó unos instantes más en el office, recordando lo que había leído sobre el tema del inspector Salgado. En marzo, apenas cuatro meses atrás, Héctor Salgado había coordinado una operación contra el tráfico de mujeres. Su equipo llevaba al menos un año detrás de una mafia que se dedicaba a traer jovencitas africanas, principalmente nigerianas, con las que llenar varios prostíbulos del Vallès y el Garraf. Cuanto más jóvenes mejor, claro. Las del Este y las de Sudamérica habían pasado ya de moda: demasiado listas y demasiado exigentes. Los clientes pedían jovencitas negras y asustadas con las que satisfacer sus más bajos instintos, y los traficantes se veían más capaces de controlar a esas crías analfabetas, desorientadas, sacadas de una pobreza extrema con la vaga promesa de un futuro que no podía ser peor que su presente actual. Pero lo era. A veces Leire se preguntaba cómo podían estar tan ciegas. ¿Acaso habían visto regresar a alguna de sus predecesoras convertida en una mujer rica, capaz de sacar a su familia de la miseria? No; era una huida hacia delante, una vía desesperada a la que muchas se veían empujadas por sus propios padres y maridos y ante la que no se les daba opción. Un viaje, seguramente teñido de una mezcla de ilusión y desconfianza, que terminaba en un cuarto nauseabundo donde las muchachas comprendían que la ilusión era algo que ellas no se podían permitir. Ya no se trataba de aspirar a una vida mejor, sino de sobrevivir. Y los cerdos que las manejaban, una red de criminales y antiguas prostitutas que habían ascendido en el escalafón, utilizaban todos los medios a su alcance para que comprendieran por qué estaban allí y cuáles eran sus nuevas y repugnantes obligaciones.

Notó una vibración en el bolsillo del pantalón y sacó su móvil personal. Una luz roja parpadeaba anunciando un mensaje. Al ver el nombre del remitente una sonrisa le cruzó la cara. Javier. Un metro ochenta, ojos oscuros, la cantidad de vello justa en el torso bronceado y un puma tatuado en diagonal justo debajo de los abdominales. Y para colmo, simpático, se dijo Leire mientras abría aquel sobrecito blanco. «Hey, acabo de despertarme y ya te has ido. Por ke desapareces siempre sin decir nada? Nos vemos esta noche otra vez y mañana me haces el desayuno? Te hecho de menos. Un beso.»

Leire permaneció unos instantes mirando el móvil. Vaya con Javier. El chico era un encanto, sin duda, aunque no fuera precisamente un lince en ortografía. Ni muy madrugador, pensó al mirar el reloj. Además, algo en aquel mensaje había disparado en ella una alarma que conocía bien y que había aprendido a respetar, un flash centelleante que saltaba ante los miembros del sexo masculino que, tras un par de noches de buen sexo, empezaban a pedir explicaciones y a insinuar que les apetecían cosas como que les llevaran el Cola-Cao a la cama. Por suerte no eran muchos. La mayoría aceptaban su juego sin problemas, el sano intercambio sexual sin más complicaciones ni preguntas que ella planteaba abiertamente. Pero siempre había alguno, como Javier, que no lo comprendía del todo. Era una lástima, se dijo Leire mientras tecleaba a toda prisa un mensaje de respuesta, que precisamente él perteneciera a ese reducido grupo de hombres: «Esta noche no puedo. Ya te llamaré. Por cierto, el verbo echar lo primero que echa es la hache, recuérdalo. Hasta pronto!». Releyó el mensaje y, en un arranque de compasión, borró la segunda parte antes de enviarlo. Era una crueldad innecesaria, se reprendió. El sobrecito cerrado voló por el espacio y ella deseó que Javier supiera leer entre líneas, pero por si acaso puso el móvil en modo silencio antes de apurar el café. El último trago, medio frío ya, le revolvió el estómago. Unas gotas de sudor le empararon la frente. Respiró hondo, por segunda vez, mientras pensaba que ya no podía retrasarlo más. Esas náuseas matutinas debían de tener una explicación. «Hoy mismo pasas por la farmacia», se ordenó con firmeza, aunque en el fondo sabía perfectamente que no hacía falta. Que la respuesta a sus preguntas estaba en el fin de semana glorioso de un mes atrás.

Fue recuperándose despacio; unos minutos después se sintió con fuerzas para volver a su mesa. Se sentaba frente a su ordenador, dispuesta a concentrarse en el trabajo, justo cuando se cerraba la puerta del despacho del comisario Savall.

El tercer hombre que había en el despacho quizá pensara ganarse la vida como abogado, pero si había que juzgarle por su fluidez y capacidad de expresión, el futuro que le esperaba era más bien sombrío. A su favor había que decir que no se hallaba en una posición muy cómoda, y que ni el comisario ni Héctor Salgado se lo estaban poniendo demasiado fácil.

Por cuarta vez en diez minutos, Damián Fernández se enjugó el sudor con el mismo pañuelo de papel arrugado antes de contestar a una pregunta.

—Ya se lo he dicho. Anteayer por la noche, sobre las nueve, vi al doctor Omar.

—¿Y le comunicó la propuesta que yo le había hecho?

Héctor no sabía de qué propuesta hablaba Savall, pero podía imaginársela. Lanzó una mirada de aprecio hacia su jefe aunque en el fondo de sus ojos seguía brillando la rabia. Cualquier trato de favor con aquel cabrón, incluso a cambio de salvarle el cuello, le perforaba el estómago.

Fernández asintió. Se aflojó el nudo de la corbata como si le ahogara.

—Al pie de la letra. —Carraspeó—. Le dije… le dije que no tenía por qué aceptarla. Que tenían muy poco en su contra de todos modos. —Debió de notar la ira que afloraba en el rostro del comisario, porque se justificó enseguida—: Es la verdad. Muerta esa chica ya nada le relaciona con el tema del tráfico de mujeres… Ni siquiera podrían acusarle de mala praxis porque tampoco es médico. Si lo encerraran por eso tendrían que encerrar a todos los echadores de cartas, curanderas y santones de Barcelona… No les iban a caber en la cárcel. Sin embargo —se apresuró a decir—, le recalqué que la policía puede ser muy insistente, y que como ya estaba recuperado de la agresión —y al pronunciar esa palabra dirigió una mirada rápida y nerviosa hacia el inspector Salgado, que no se inmutó—, quizá lo mejor era olvidarse del asunto…

El comisario inspiró profundamente.

—¿Y lo convenció?

—Creí que sí… Bueno —rectificó—, la verdad es que sólo dijo que lo pensaría. Y que me llamaría al día siguiente para darme una respuesta.

—Pero no lo hizo.

—No. Llamé a su consulta ayer, varias veces, pero no contestó nadie. Eso no me extrañó. El doctor no suele atender llamadas mientras trabaja.

—¿Así que esta mañana decidió ir a verle a primera hora?

—Sí. Había quedado con usted, y bueno… —vaciló—, tampoco es que tenga muchas cosas que hacer estos días.

«Ni en los siguientes», pensaron al unísono Savall y Salgado pero no dijeron nada.

—Y ha ido. Sobre las nueve.

Fernández asintió. Tragó saliva. «Palidez» era una palabra demasiado poética para describir el color de su cara.

—¿Tiene un poco de agua?

El comisario suspiró.

—Aquí dentro, no. Ya estamos acabando. Prosiga, señor Fernández, por favor.

—Aún no eran las nueve. El autobús ha pasado enseguida y...

—¡Vaya al grano, por favor!

—Sí. Sí. Lo que le decía es que, aunque era un poco pronto, he subido igualmente y cuando iba a llamar a la puerta, he visto que estaba entreabierta. —Se paró—. Bueno, he pensado que podía entrar, que al fin y al cabo quizá le había pasado algo. —Tragó saliva de nuevo; el pañuelo de papel se le deshizo entre las manos cuando intentó volver a usarlo—. Olía... olía raro. A podrido. Le llamé mientras iba hacia su despacho, al final del pasillo... Esa puerta también estaba entreabierta y... la empujé. ¡Dios!

El resto ya se lo había contado al principio, con el rostro desencajado, antes de que llegara Héctor. La cabeza de cerdo encima de la mesa. Sangre por todas partes. Y ni rastro del doctor.

—Lo que nos faltaba —masculló el comisario en cuanto el nervioso abogado hubo salido del despacho—. Volveremos a tener a la prensa mordiéndonos como buitres.

Héctor pensó que los buitres difícilmente mordían pero se calló el comentario. De todos modos, no habría tenido tiempo de hacerlo porque Savall descolgó inmediatamente el teléfono y marcó una extensión. Medio minuto después, la subinspectora Andreu entraba en el despacho.

Martina ignoraba lo que sucedía, pero por la cara de su jefe intuyó que nada bueno, así que, tras guiñarle un ojo a Héctor a modo de saludo, se dispuso a escuchar. Si la noticia que le dio Savall le sorprendió tanto como a ellos, lo disimuló bien. Escuchó atentamente, hizo un par de preguntas coherentes y salió a cumplir las órdenes. Héctor la siguió con la mirada. Casi dio un respingo al oír su nombre.

—Héctor. Escúchame bien porque lo diré una sola vez. Me he jugado el cuello por ti. Te he defendido delante de la prensa y de los de arriba. He tirado de todos los hilos que tenía a mi alcance para enterrar este asunto. Y estaba a punto de lograr que ese tipo retirara la denuncia. Pero si te acercas a ese piso, si intervienes en esta investigación aunque sea sólo durante un minuto, no podré hacer nada. ¿Está claro?

Héctor cruzó una pierna encima de la otra. Su cara denotaba una intensa concentración.

—Es mi cabeza la que está en la guillotina —dijo por fin—. ¿No crees que tengo derecho a decidir por qué me la cortan?

—Lo perdiste, Héctor. El mismo día en que te liaste a hostias con ese desgraciado se te acabaron los derechos. Metiste la pata, y lo sabes. Ahora te tragas las consecuencias.

Lo bueno era que Héctor lo sabía, pero en ese momento le daba igual. Ni siquiera conseguía arrepentirse: los golpes que había propinado a aquel individuo le parecían justos y merecidos. Era como si el serio inspector Salgado hubiera retrocedido en el tiempo hasta su juventud en un barrio porteño, cuando las desavenencias se arreglaban liándose a puñetazos a la salida del colegio. Cuando volvías a casa con el labio partido pero asegurabas que te estamparon la pelota en la cara jugando al fútbol. Un conato de rebelión seguía pinchándole en el pecho: algo absurdo, hinchapelotas, definitivamente inmaduro para un poli de cuarenta y tres años recién cumplidos.

—¿Y de la chica no se acuerda nadie? —preguntó Héctor con amargura. Una pobre defensa, pero era la única que tenía.

—A ver si te entra en la cabeza, Salgado. —Savall elevó el tono de voz, a su pesar—. No teníamos nada que hacer con eso. No hubo, que sepamos, el menor contacto entre ese tal doctor Omar y la chica en cuestión después de que se desmantelara el piso donde las tenían confinadas. Ni siquiera podemos demostrar que lo hubiera antes sin la palabra de la chica. Ella estaba en el centro de menores. De algún modo se las apañó para hacerse… eso.

Héctor asintió.

—Conozco los hechos, jefe.

Pero los hechos no conseguían describir el horror. El rostro de una niña que, aun estando muerta, reflejaba un intenso pánico. Kira no había cumplido aún los quince años, no hablaba ni una sola palabra de español ni de ningún idioma más o menos conocido, y sin embargo había logrado hacerse oír. Era menuda, muy delgada, y en su rostro terso de muñeca resaltaban unos ojos brillantes, de un color entre ámbar y castaño que él no había visto nunca. Como las demás, Kira había participado en una ceremonia antes de irse de su país en busca de un futuro mejor. Las llamaban ritos ju-ju, y en ellos, tras beber el agua que había sido utilizada para lavar a un muerto, las jóvenes entregaban vello púbico o sangre menstrual, que se colocaba frente a un altar. De este modo se comprometían a no denunciar a quienes traficaban, pagar las supuestas deudas contraídas por su viaje y, en general, obedecer sin discusión. El castigo para quien no cumpliera esas promesas era una muerte horrible, para ella o para los parientes que había dejado atrás. Kira la había sufrido en sus propias carnes: nadie habría dicho que un cuerpo tan frágil pudiera contener tanta sangre.

Héctor intentó alejar la imagen de su mente, la misma visión que en su momento le hizo perder la cabeza e ir en busca del doctor Omar con la intención de partirle todos los huesos del cuerpo. El nombre de este individuo había salido a relucir durante la investigación: en teoría su única función era atender la salud de las chicas. Pero el miedo que ellas dejaban traslucir al oír su nombre indicaba que las ocupaciones del doctor iban más allá de la atención puramente médica. Ni una sola se había atrevido a hablar de él: el individuo no se la jugaba y las chicas eran llevadas a su consulta individualmente o por parejas. De lo máximo que podía acusársele era de no hacer preguntas, y ésa era una acusación muy débil para un curandero que tenía una cochambrosa consulta y atendía a inmigrantes sin papeles.

Pero Héctor no se había conformado con eso, y había escogido a la más joven, la más asustada, para presionarla con la ayuda de una intérprete. Lo único que había logrado era que Kira dijera, en voz muy baja, que el doctor la había examinado para averiguar si aún era virgen y de paso le había recordado que debía hacer lo que esos señores le decían. Nada más. Al día siguiente, su mano de niña empuñaba unas tijeras y convertía su cuerpo en un manantial de sangre. En los dieciocho años que Héctor llevaba en la policía nunca había visto nada parecido, y eso que había tenido delante a yonquis que ya no tenían un trozo de piel sana por donde inyectarse, a víctimas de todo tipo de violencia. Pero nada como eso. Del cuerpo mutilado de Kira emanaba una sensación perversa y macabra que no podía describirse ni explicarse con palabras. Algo que pertenecía al territorio de las pesadillas.

—Otra cosa. —Savall proseguía, como si el punto anterior hubiera quedado ya acordado sin discusión—. Antes de reincorporarte tendrás que pasar por varias sesiones con un psicólogo del cuerpo. Es inevitable. Tu primera cita es mañana a las once. Así que haz lo posible por parecer cuerdo. Empezando por afeitarte.

Héctor no protestó; de hecho, ya lo sabía. De repente, y a pesar de los buenos propósitos que había hecho durante el largo vuelo de regreso, todo volvió a importarle un carajo. Todo menos la cabeza de cerdo ensangrentada.

—¿Puedo irme?

—Un momento. No quiero declaraciones a la prensa, ni la más mínima. Por lo que a ti respecta, todo esto está pendiente de resolución y no tienes nada que decir. ¿Me he explicado bien?

Al ver que Héctor asentía, Savall lanzó un suspiro y sonrió. Salgado se levantó, listo para despedirse, pero el comisario no parecía dispuesto a dejarlo marchar aún.

—¿Qué tal por Buenos Aires?

—Bueno… es como el Perito Moreno, de vez en cuando parece que se va a caer a cachos pero el bloque se mantiene firme.

—Es una ciudad fantástica. ¡Y has engordado!

—Demasiados asados, cada domingo tuve uno en casa de un amigo distinto. Es difícil resistirse.

El teléfono de la mesa de Savall sonó otra vez, y Héctor quiso aprovechar el momento para salir de ese despacho de una vez.

—Espera, no te vayas. ¿Sí?… ¡Joder!… Dile que enseguida la llamo… ¡Pues se lo vuelves a decir! —Savall colgó con ira.

—¿Problemas? —preguntó Héctor.

—¿Qué sería la vida sin ellos? —Savall se quedó en silencio durante unos segundos. Solía pasarle cuando una idea le asaltaba de repente y necesitaba un tiempo para traducirla en palabras—. Escucha —dijo muy despacio—, creo que hay algo que podrías hacer por mí. Extraoficialmente.

—¿Quieres que le pegue una paliza a alguien? Se me da bien.

—¿Qué? —Savall seguía absorto en sus cavilaciones, que, como las pompas de jabón, estallaron en un instante—. Siéntate. —Tomó aire mientras asentía con la cabeza y sonreía satisfecho, como convenciéndose a sí mismo de su idea brillante—. La que llamaba era Joana Vidal.

—Lo siento, pero no sé de quién me hablas.

—Ya, estabas fuera cuando pasó todo. Fue la noche de San Juan. —Savall apartó un par de carpetas de la mesa hasta dar con la que buscaba—. Marc Castells Vidal, diecinueve años. Celebró una pequeña verbena en su casa, sólo un par de amigos y él. En algún momento de la noche, el chico se cayó por la ventana de su cuarto. Murió en el acto.

—¿Complejo de Superman después de un par de rayas?

—No había drogas en la sangre. Alcohol sí, pero no en grandes cantidades. Al parecer tenía la costumbre de fumarse un cigarro sentado en la ventana. Tal vez perdió el equilibrio y se cayó; tal vez saltó… Era un chico raro.

—Todos son raros a los diecinueve.

—Pero no se caen por las ventanas —replicó Savall—. El tema es que Marc Castells era el hijo de Enric Castells. Ese nombre sí te suena, ¿verdad?

Héctor meditó unos segundos antes de contestar.

—Vagamente... ¿Negocios, política?

—Ambas cosas. Dirigía una empresa de más de cien empleados. Luego invirtió en el sector inmobiliario y fue de los pocos que supo apearse del carro antes de que estallara la burbuja. Y últimamente su nombre se ha pronunciado insistentemente como el de posible número dos de algún partido. Hay bastante movimiento en las listas para las próximas elecciones autonómicas, y se comenta que hacen falta caras nuevas. De momento no hay nada confirmado, pero está claro que a un par de partidos de derechas les gustaría tenerlo en sus filas.

—Los empresarios de éxito siempre venden.

—Y más en tiempos de crisis. Bueno, el caso es que el chico se cayó, o saltó, por la ventana. Punto. No tenemos nada más.

—¿Pero?

—Pero su madre no lo acepta. Es la que acaba de llamar. —Savall miró a Héctor con esa actitud de amigo que tan bien se le daba de vez en cuando—. Es la ex mujer de Castells... Una historia algo turbia. Joana abandonó a su marido y al niño cuando éste tenía uno o dos años. Sólo volvió a verlo en el tanatorio.

—Menuda mierda.

—Sí. Yo la conocía. A Joana, quiero decir. Antes de que se marchara. Éramos amigos.

—Ah, ya. La vieja guardia barcelonesa. ¿Compañeros del Polo? Siempre se me olvida lo mucho que os apoyáis.

Savall hizo un gesto despectivo con la mano.

—Como en todas partes. Mira, como te decía, oficialmente no tenemos nada. No puedo poner a nadie a investigar, tampoco voy tan sobrado de inspectores como para tenerlos ocupados en algo que seguramente no irá a ninguna parte. Pero…

—Pero yo estoy libre.

—Exactamente. Sólo échale un vistazo al caso: habla con los padres, con los chicos que estuvieron en la fiesta. Dale a Joana una conclusión definitiva. —Savall bajó la vista—. Tú también tienes un hijo. Ella sólo pide que alguien le dedique más tiempo a la muerte del chico. Por favor.

Héctor no sabía si su jefe le estaba pidiendo un favor, o había adivinado lo que tenía intención de hacer y le ponía remedio antes de que sucediera.

Savall le pasó el informe con una sonrisa que dolía ver.

—Nos sentaremos con Andreu mañana. Ella abrió el caso, con la nueva.

—¿Tenemos chica nueva?

—Sí, la mandé con Andreu. Está un poco verde pero en teoría es muy lista. La primera en todos los test, una carrera meteórica. Ya sabes cómo empuja la juventud.

Héctor cogió la carpeta y se levantó.

—Estoy encantado de volver a tenerte con nosotros. —Llegaba el momento solemne. Los registros de Savall eran múltiples. En estos momentos su rostro le recordaba al de Robert Duvall. Paternal, duro, condescendiente y con un punto escurridizo—. Quiero que me tengas al corriente de cómo te va con el comecocos ese. —Faltaba un «pórtate bien», un «espero que no me hagas arrepentirme».

Se estrecharon la mano.

—Y recuerda —Savall apretó levemente la mano de su subordinado—. Lo del caso Castells es extraoficial.

Héctor se soltó, pero el eco de la frase se quedó rebotando en su cerebro, como uno de esos moscardones que se empeñan en darse de testarazos contra un cristal.

2

Por primera vez en muchos días Joana Vidal sintió algo parecido a la tranquilidad. Incluso satisfacción, o al menos alivio. Alguien había atendido su llamada, alguien le había dicho que se seguiría investigando hasta que las conclusiones fueran definitivas. «Llegaremos al fondo del asunto, Joana, te lo prometo», le había asegurado Savall. Y eso era lo único que ella quería, la razón por la que se había quedado en Barcelona, una ciudad de la que había huido y a la que había regresado para asistir al entierro de un hijo al que prácticamente no conocía.

Ahora se trataba de esperar, se dijo mientras deambulaba por el piso de altos techos que había sido de su abuela y llevaba años cerrado. Muebles antiguos, o mejor dicho viejos, cubiertos con sábanas que en su día fueron blancas y que daban al conjunto un aire fantasmal. Ella había retirado las del dormitorio y el comedor, pero sabía que al otro lado del largo y estrecho pasillo se conservaban los otros cuartos, llenos de bultos blanquecinos e inmóviles. Sus pasos la llevaron hacia el balcón, donde una persiana verde y medio rota protegía del sol a una hilera de macetas en las que sólo había tierra seca. Se asomó y el sol de mediodía le hizo entrecerrar los ojos. Ese balcón era la frontera entre dos mundos: a un lado, la calle Astúries, el corazón del barrio de Gràcia, ahora convertida en vía peatonal por la que paseaba gente bulliciosa vestida con ropa de vivos colores, rojo, verde, azul celeste; al otro, el piso, desteñido por los años, paredes que habían sido de color marfil y que ya estaban grises. Sólo tenía que subir la persiana, dejar que la luz inundara el interior, mezclar a los vivos con los muertos. No era el momento. Aún no. Antes debía decidir cuál era su lugar.

El calor la hizo volver a entrar y dirigirse a la cocina, a buscar algo de beber. Aunque nunca había sido religiosa, en el piso de su abuela se sentía en paz. Era su iglesia particular. De hecho, a sus cincuenta años, era lo único que podía declarar como suyo. Su abuela se lo había legado cuando murió, en contra de la voluntad general, probablemente porque la cabeza ya no le regía bien y en los últimos tiempos se le olvidó que Joana había cometido el mayor pecado: aquel que le había valido la condena unánime de toda su familia. Sacó de la nevera la jarra de plástico y se sirvió un vaso de agua. «Tal vez tenían razón», pensó, sentada en la silla de formica, con el vaso entre las manos; tal vez había en ella algo cruel o cuando menos antinatural. «Ni las bestias abandonan a sus crías», le había dicho su madre sin poder reprimirse. «Deja a tu marido si quieres. Pero ¿al niño?»

El niño. Marc. Lo había visto por última vez durmiendo en una cuna y lo había reencontrado tendido en una caja de roble. Y en las dos ocasiones lo único que había sentido era un miedo atroz ante su propia falta de emociones. El bebé que había engendrado y parido significaba para ella tan poco como el joven de cabello muy corto, ridículamente vestido con un traje negro, que yacía al otro lado del cristal del tanatorio.

—Vaya, has venido. —Había reconocido la voz a su espalda al instante, pero tardó unos segundos en atreverse a dar media vuelta.

—Fèlix me ha avisado —repuso ella, casi a modo de excusa.

La sala del tanatorio se había quedado en ese silencio tenso del que, poco después, nacería un torrente de cuchicheos. Había entrado sin que nadie le prestara mucha atención —una mujer más, de mediana edad, vestida discretamente de gris oscuro—, pero ahora sentía las miradas de todos clavadas en su espalda. Sorpresa, curiosidad, reproche. La súbita protagonista de un funeral que no era el suyo.

—Enric… —Otra voz masculina, la de Fèlix, que le dio la fuerza suficiente para enfrentarse al hombre que tenía delante, un paso demasiado cerca, invadiendo ese espacio que uno desea mantener libre a su alrededor.

—Quería verlo —dijo simplemente—. Ya me marcho.

Enric la observó con extrañeza, pero se hizo a un lado, como si la invitara a salir. Era la misma expresión que había leído en su cara la última vez que lo vio, seis meses después de irse, cuando él fue a París a pedirle que volviera a casa. Había más arrugas alrededor de aquellos ojos, pero la mezcla de incredulidad y desprecio seguía siendo la misma. Ambas veces Joana se preguntó cómo podía aparecer tan pulcro: bien afeitado, sin una arruga en el traje, con el nudo de la corbata perfecto y los zapatos relucientes. Una estampa irreprochable que a ella, de repente, le suscitó una aversión instintiva.

—Vamos, Joana —intervino Fèlix—. Te acompaño.

Ella vio de soslayo una sonrisa irónica en los labios de su ex marido y se encogió imperceptiblemente. Como si los años no hubieran pasado. Enric esperó unos segundos antes de hablar, el tiempo suficiente para que ellos dos se hubieran alejado un poco y tener que alzar un poco la voz.

—El entierro es mañana a las once. Por si estás libre y te apetece venir. Ninguna obligación, ya lo sabes.

Adivinó la mirada que Fèlix le dirigía a su hermano, pero siguió caminando hacia la puerta: media docena de pasos que se le hicieron interminables, rodeada por una marea creciente de susurros desdeñosos. Ya en el umbral se detuvo de repente, se volvió hacia la sala y tuvo la satisfacción de ver cómo el rumor se truncaba en seco.

Dio un manotazo a la vieja nevera para acallar el ronroneo fastidioso, aunque en esa ocasión tuvo menos éxito. El silencio sólo duró un momento y luego volvió a empezar, desafiante. Con paso lento fue hacia su ordenador portátil, dando gracias por la conexión inalámbrica que le permitía seguir en contacto con su mundo. Se sentó a la mesa y abrió el correo. Cuatro mensajes, dos de compañeros de la universidad donde impartía clases de literatura catalana, el tercero de Philippe, y el cuarto de un remitente desconocido: siempreiris@gmail.com. Justo cuando abría este último, oyó el timbre de la puerta, un sonido musical, de otra época.

—¡Fèlix! —Lo tenía al otro lado del umbral, con una mano apoyada en el quicio, jadeando después de subir por la empinada escalera. De repente, ella se percató de que todavía iba en bata y se avergonzó—. ¿Qué haces aquí?

Él se quedó quieto, aún recuperándose de los cinco tramos de escalones.

—Disculpa. Pasa, por favor. No estoy acostumbrada a recibir visitas —se excusó con una sonrisa fugaz—. Voy a vestirme, siéntate donde puedas… La casa estaba cerrada, ya lo sabes.

Cuando regresó, él la esperaba frente al balcón, de cara a la calle. Siempre había sido un hombre grande, pero los años habían añadido a su corpachón unos cuantos kilos de más que resultaban visibles alrededor de la cintura. Se sacó un pañuelo del bolsillo para enjugarse el sudor, y Joana pensó que debía de ser el único que seguía usando pañuelos de tela.

—¿Quieres beber algo?

Él se volvió, sonriente.

—Si me das un vaso de agua, te lo agradeceré.

—Claro.

La siguió hacia la cocina.

—¿Estás bien aquí? —le preguntó él.

Ella asintió mientras sacaba un vaso de la alacena y lo enjuagaba antes de servirle el agua de la jarra.

—El piso está un poco abandonado, pero es cómodo —dijo, y le tendió el vaso. Él apuró su contenido de un solo trago. Evidentemente, no estaba en forma. «Los curas no deben de hacer mucho ejercicio», pensó Joana.

—¿A qué has venido, Fèlix? —La pregunta fue brusca, y esta vez ella no se molestó en suavizarla.

—Quería ver cómo estabas. —Ensayó otra sonrisa, poco convincente—. Me preocupo por la gente.

Ella se apoyó en la pared. Los azulejos, pequeños y blancos, más de hospital que de cocina, estaban fríos.

—Estoy bien. —Y añadió sin poder evitarlo—: Puedes decírselo a Enric: pienso quedarme todo el tiempo que sea necesario.

—No he venido de parte de mi hermano. Ya te lo he dicho: me preocupo por la gente; me preocupo por ti.

Ella sabía que era cierto. Siempre, incluso en los peores momentos, había podido contar con Fèlix. Era curioso que, a pesar de su vocación sacerdotal, del hábito que ya no llevaba por la calle pero que seguía en su armario, hubiera sido el único que había parecido entenderla.

—Y hay algo que quería preguntarte. ¿Marc se puso en contacto contigo? ¿En el último año?

Ella cerró los ojos y asintió. Tomó aire y posó la mirada en un rincón del techo antes de contestar. El rumor de la nevera empezó de nuevo.

—Me mandó varios e-mails. ¡Oh, basta! —Dio un fuerte manotazo a la puerta blanca; el ruido se detuvo esta vez en seco—. Disculpa. Me saca de quicio.

Él se sentó en una de las sillas de la cocina y Joana temió por un momento que ese trasto viejo no pudiera sostener su peso.

—Yo le di tu correo —explicó él—. Me lo pidió desde Irlanda. Dudé mucho antes de hacerlo, pero al final no pude negarme. Marc ya no era un niño y tenía derecho a saber ciertas cosas.

Ella no dijo nada. Sabía que Fèlix no había terminado.

—Una semana después volvió a escribirme, diciendo que no había tenido respuesta. ¿Es verdad?

Joana luchó contra las lágrimas.

—¿Qué querías que le dijera? —preguntó ella con voz ronca—. Su correo vino de la nada… Al principio no supe qué contestar. —Se pasó la mano por la cara, llevándose consigo una lágrima rebelde—. Lo estuve pensando. Escribí varios mensajes sin llegar a mandarlos. Él siguió insistiendo. Finalmente le contesté, y mantuvimos cierta correspondencia, hasta que en uno de sus correos sugirió la posibilidad de venir a París.

—¿No llegaste a verle?

Ella negó con la cabeza.

—Ya sabes que siempre he sido una cobarde —dijo, esbozando una sonrisa amarga—. Supongo que volví a fallarle.

Fèlix bajó la cabeza.

—¿Por eso sigues aquí? Sólo lograrás hacerte daño. Debes retomar tu vida. Volver a París.

—No me digas lo que tengo que hacer. —No se movió, y por primera vez miró al sacerdote a los ojos, sin titubeos—. Voy a quedarme aquí hasta que sepa qué pasó esa madrugada. No me sirve esa explicación vaga: quizá se cayó, quizá saltó. Quizá lo empujaron…

—Fue un accidente, Joana. No te tortures con eso.

Ella no le escuchó, siguió hablando como si no pudiera parar.

—Y no comprendo cómo Enric se conforma. ¿Acaso no quiere saber qué pasó?

—Ya lo sabe. Ha sido una tragedia, pero hay que seguir adelante. Regodearse en el dolor es morboso.

—¡La verdad no es morbosa, Fèlix! Es necesaria… Al menos, yo la necesito.

—¿Para qué? —Él presintió que estaban llegando al fondo del asunto. Se levantó y fue hacia su ex cuñada. Las rodillas de ella se doblaban y se habría caído al suelo si él no la hubiera sujetado.

—Para saber cuál es mi culpa —musitó Joana—. Y el precio que debo pagar.

—Ésta no es la forma de expiar las culpas, Joana.

—¡Expiar las culpas! —Se llevó una mano a la frente; volvía a sudar—. Vuestra jerga no cambia, Fèlix. ¡Las culpas no se expían, se cargan!

El eco de la frase se mantuvo durante unos instantes de silencio tenso. Fèlix lo intentó por última vez, aunque era consciente de que la batalla estaba perdida.

—Harás daño a mucha gente que intenta superar esto. A Enric, a su mujer, a su hija. A mí. Yo también quería mucho a Marc: era más que un sobrino. Lo vi crecer.

Ella se enderezó de repente. Cogió la mano de Fèlix y la apartó.

—El dolor es a veces inevitable, Fèlix. —Le dirigió una sonrisa triste antes de darle la espalda y encaminarse hacia la puerta del piso. La abrió y se quedó allí, esperando a que se fuera. Mientras le veía acercarse, añadió—: Hay que aprender a vivir con él. —Cambió de tono y pronunció las siguientes frases con un aire formal y frío, exento de emociones—. Esta mañana he hablado con Savall. Ha asignado el caso a un inspector. Díselo a Enric. Esto no ha terminado, Fèlix.

Él asintió y le dio un beso en la mejilla antes de marcharse. Ya en el rellano, antes de empezar a bajar, se volvió hacia ella.

—Hay cosas que es mejor no terminar.

Joana fingió no oírlo y cerró la puerta. Recordó entonces que había dejado el correo abierto y se sentó a leerlo.

3

Eran las doce y media cuando un taxi dejaba a Héctor delante del edificio de Correos. Aquella mole vetusta y sólida protegía un entramado de callejones laberínticos que habían resultado inmunes a la oleada de diseño que azotó barrios cercanos, como el Born: éstas eran calles donde la gente seguía tendiendo la ropa en los balcones y donde casi se podía robar la del vecino de enfrente; fachadas que difícilmente podían rehabilitarse porque no había espacio para andamios; bajos, antes abandonados, donde ahora proliferaban los colmados de paquistaníes, las tiendas de ropa étnica y algún bar de paredes cubiertas por azulejos. Allí, en la calle Milans, en el segundo piso de un edificio estrecho y sucio, tenía su consulta el doctor Omar. Cuando llegó a la esquina, buscó el móvil instintivamente y luego se acordó de que lo había dejado muerto en casa aquella mañana. Mierda… Su intención había sido llamar a Andreu y preguntarle si había moros en la costa. Sonrió al pensar que frases como ésa se habían convertido en políticamente incorrectas, y avanzó despacio hacia el edificio en cuestión. Contrariamente a lo que imaginaba, la calle estaba desierta. No era extraño. La visita de los mossos había hecho que muchos de los habitantes de la zona, que seguían sin papeles, hubieran optado por quedarse en sus casas. Eso sí, había un agente en la puerta, un chico relativamente joven a quien Héctor conocía de vista, impidiendo que nadie ajeno a la escalera accediera al edificio.

—Inspector Salgado. —El agente parecía nervioso—. La subinspectora Andreu me avisó de que tal vez vendría.

Héctor preguntó con la mirada y el chico asintió.

—Suba. Y yo no le he visto. Órdenes de la subinspectora.

La escalera olía a humedad, a pobreza urbana. Se cruzó con una mujer de color que no levantó la vista del suelo. En el rellano del segundo piso había dos puertas, cada una de una madera distinta. La más oscura era la que buscaba. Estaba cerrada y tuvo que darle dos veces al timbre para que éste se decidiera a sonar. Cuando recordaba lo ocurrido aquella tarde fatídica, todo volvía a su mente en forma de ráfagas: el cuerpo destrozado de la chiquilla negra y una rabia espesa y agria, que no podía ni tragarse ni escupirse; luego, su puño cerrado, golpeando sin la menor piedad a un tipo al que había visto en la sala de interrogatorios una sola vez. Imágenes nebulosas que habría preferido no recordar.

Apostado en la esquina, Héctor espera a que se consuma el cuarto cigarrillo que ha encendido en la última media hora. Siente un dolor en el pecho y el sabor del tabaco empieza a darle asco.

Sube al segundo piso. Empuja la puerta del despacho. Al principio no lo ve. La habitación está tan oscura que instintivamente se pone en guardia. Se queda inmóvil, alerta, hasta que un ruido le indica que hay alguien sentado al otro lado de la mesa. Alguien que enciende una lámpara de pie.

—Adelante, inspector.

Reconoce la voz. Lenta, con un acento extranjero indefinible.

—Siéntese. Por favor.

Lo hace. Los separa una mesa antigua, de madera, lo mejor que debe de haber en aquel piso ruinoso, en aquella sala que huele ligeramente a cerrado.

—Le esperaba.

La sombra se mueve hacia delante y la luz de la lámpara de pie le da de lleno. Héctor se sorprende al verlo: está más envejecido de lo que recordaba del día que lo había interrogado en comisaría. Un semblante negro y delgado, casi frágil, y unos ojos de perro apaleado que ya ha aprendido que hay una ración de golpes diaria y aguarda con resignación a que llegue el momento.

—¿Cómo lo ha hecho?

Sonríe, pero Héctor puede jurar que en el fondo hay algo de miedo. Mejor. Tiene razones para temerle.

—¿Cómo he hecho qué?

Se aguanta las ganas de agarrarlo por el cuello y estamparle la cara contra la mesa. En su lugar, aprieta los puños y dice sencillamente:

—Kira está muerta.

Siente un escalofrío al decir su nombre. El olor dulzón empieza a darle náuseas.

—Qué lástima, ¿no? Una muchacha tan bonita… —dice el otro, como quien hablara de un regalo, de un objeto—. ¿Sabe una cosa? Sus padres le pusieron ese nombre absurdo para prepararla para una vida en Europa. O en América. La vendieron sin el menor remordimiento, convencidos de que cualquier cosa era mejor que lo que le esperaba en su aldea. Estuvieron inculcándoselo desde que nació. Lástima que no le enseñaran también a mantener la boca cerrada.

Héctor traga saliva. De repente las paredes avanzan hacia ellos, reduciendo la ya pequeña habitación al tamaño de una celda. La luz fría cae entonces sobre las manos del doctor: finas, de dedos largos como serpientes.

—¿Cómo lo ha hecho? —repite. Y la voz le sale ronca, como si llevara horas sin hablar con nadie.

—¿De verdad cree que he podido hacer algo? —Se ríe, y vuelve a adelantar el cuerpo para que la luz le enfoque la cara—. Me sorprende gratamente, inspector. El mundo occidental suele burlarse de nuestras viejas supersticiones. Lo que no pueden ver y tocar, no existe. Han cerrado la puerta a todo un universo y viven felices en ese lado. Sintiéndose superiores. Pobres ignorantes.

La sensación de agobio crece. Héctor no puede apartar la mirada de las manos del otro, que ahora reposan quietas sobre la mesa, relajadas. Ofensivamente lacias.

—Es usted un tipo francamente interesante, inspector. Mucho más que la mayoría de policías. De hecho nunca pensó que acabaría siendo agente de la ley. No, de eso estoy seguro.

—Déjese de pamplinas. He venido a buscar respuestas, no a escuchar sus gilipolleces.

—Respuestas, respuestas… En el fondo ya las sabe, aunque no se las cree. Me temo que en eso no puedo ayudarle.

—¿Cómo la amenazó? —Sigue tratando de mantener la calma—. ¿Cómo diablos la asustó hasta que se hizo eso? —No puede ni describirlo.

El otro se echa hacia atrás, se oculta en la sombra. Pero su voz sigue, como salida de la nada:

—¿Cree usted en los sueños, inspector? No, supongo que no. Es curioso cómo ustedes son capaces de creer en cosas tan abstractas como los átomos y luego rechazar desdeñosamente algo que les sucede todas las noches. Porque todos soñamos, ¿no?

Héctor se muerde el labio para no interrumpir. Está claro que ese cabrón va a contarlo a su manera; el doctor baja tanto la voz que debe esforzarse para oírle.

—Los niños son listos. Tienen pesadillas y las temen. Pero a medida que crecen se les inculca que no deben tener miedo. ¿Usted tenía pesadillas, inspector? Ah, ya veo que sí. ¿Terrores nocturnos tal vez? Veo que hace tiempo que no piensa en ellos. Aunque sigue sin dormir bien, ¿verdad? Pero, dígame una cosa, ¿cómo si no pude meterme en la cabeza de esa desgraciada y decirle lo que tenía que hacer? Coge las tijeras, acaricia tu estómago con ellas. Sube hasta esos pequeños pechos y clávalas…

Y ahí se acaban sus recuerdos. Lo siguiente es su puño ensangrentado que golpea sin parar la cara de aquel hijo de puta.

—¿Qué coño estás haciendo aquí?

La voz seca de Martina le devolvió al presente. Desconcertado, no tuvo tiempo de responder.

—Da igual, no hace falta que contestes. Sabía que vendrías. Esto es un asco.

Héctor avanzó por el pasillo.

—No entres ahí, tendrás que verlo desde la puerta.

Era el mismo despacho, pero a la luz del día tenía aspecto de cuarto cochambroso, en absoluto fantasmal.

—He visto cerditos más simpáticos, la verdad —dijo la subinspectora a su espalda.

Lo que había sobre la mesa, dispuesto como una escultura, no era la cabeza de un cerdito, sino la de un verraco de buen tamaño. La habían metido ya en una bolsa negra, de la que sobresalía un trozo de la cara, abotargada, como hervida, las orejas arrugadas y el morro carnoso de un color rosa repugnante.

—Ah, y la sangre no es del cerdo. Míralo, no sangra por ningún lado.

Era cierto. No había sangre en la mesa, pero sí en la pared y en el suelo.

—Creo que ya estamos. No pienso volver a comer jamón durante un mes. Agente —dijo Andreu dirigiéndose al hombre que estaba dentro del despacho, provisto de guantes—, recoja eso y llévelo a…

Por un momento se quedó callada, como si no supiera dónde debía llevarse una cabeza de cerdo.

—Sí, subinspectora. No se preocupe.

—Y no hemos visto al inspector Salgado, ¿verdad que no?

El hombre sonrió.

—Yo ni siquiera sé quién es.

Fueron a comer algo a un bar cercano. Un menú de once euros que incluía postre o café y servilletas de papel a juego con los mantelitos individuales. Ensalada mustia, sepia en un mar de aceite y una macedonia de frutas tristes.

—¿Qué tal las cosas durante estas semanas? —preguntó él.

—Un asco. —La respuesta fue tajante—. Savall ha estado insoportable y ha descargado el mal rollo sobre todo el mundo.

—¿Por mi culpa?

—Bueno, por tu culpa, por culpa del abogado del tipejo ese, por culpa del *conseller*, de la prensa… La verdad es que nos dejaste un buen marrón, Salgado.

—Ya —asintió él—. Me jode que hayáis tenido que cargar con esto. De verdad.

—Lo sé. —Se encogió de hombros—. No había nada que pudieras hacer. Ha sido mejor así. De todas formas, Savall se ha comportado de puta madre. Otro te habría arrojado al foso de las fieras. Que lo sepas.

Ella sabía que Héctor detestaba deber favores, pero se dijo que era justo que supiera la verdad.

—Por suerte —continuó Andreu—, por una vez a casi todo el mundo le interesaba enterrar el tema: la prensa prefería las fotos de la chica mutilada, el *conseller* no quería que nada empañara una operación que hasta entonces había salido perfecta y el abogado sólo quería utilizarlo para salvar a su cliente de la acusación que pendía sobre él. Si daba demasiado la lata, luego no habría forma de retirar los cargos contra ti a cambio de… Bueno, ya me entiendes, favor por favor. Sabes cómo funcionan estas cosas.

Hubo un silencio breve. Héctor percibía que su compañera no había terminado. Aguardó la pregunta con los ojos entrecerrados, como quien espera que suene el petardo que ha visto encender. Y, para no perder la costumbre, Andreu fue directa al grano.

—¿Qué coño te pasó, Salgado? ¡Iba todo de puta madre! Teníamos a los principales, desmantelamos los burdeles de la red. Una operación a escala europea en la que nos dejamos todos la piel… Y cuando ya está todo más que atado, cuando la noticia ha aparecido en todos los periódicos, cuando el *conseller* babea de satisfacción, tú vas y la emprendes a tortas con el único al que no habíamos podido trincar todavía.

Héctor no contestó. Bebió un trago de agua y se encogió de hombros. Empezaba a estar harto de esa pregunta, así que cambió de tema:

—Escucha, ¿habéis encontrado algo? Ahí dentro.

Ella meneó la cabeza.

—Andreu. Por favor —insistió, bajando la voz.

—Poca cosa, la verdad. Quizá lo más raro sea una cámara de vigilancia escondida. Al parecer, al doctor Omar le gustaba conservar grabaciones de sus visitas. Y luego está lo de la sangre. Diría que es humana. La he mandado analizar y mañana tendremos los resultados. Y lo de la cabeza de cerdo es claramente un mensaje. Lo que no sé es para quién ni qué significa. —Vertió el café en el vaso con hielo sin derramar una sola gota—. Voy a decirte algo más, pero prométeme que te mantendrás al margen.

Héctor asintió mecánicamente.

—No. Hablo en serio, Héctor. Te doy mi palabra de que te mantendré informado si me prometes no intervenir. Te diga lo que te diga, ¿está claro?

Él se llevó la mano al pecho y puso cara de solemnidad.

—Lo juro.

—El corazón está al otro lado, capullo. —Casi se rió—. Escucha, el doctor ese tenía un archivador. Estaba vacío. Bueno, casi, había una carpeta con tu nombre.

Él la miró, sorprendido.

—¿Y qué contenía?

—Nada.

—¿Nada? —No la creyó—. ¿Quién está mintiendo ahora?

Martina suspiró.

—Había sólo dos fotos. Una tuya, reciente. La otra de… Ruth con Guillermo, de hace años. Cuando él era sólo un niño. Nada más.

—¡Menudo cabrón!

—Héctor, hay algo que tengo que preguntarte. —Los ojos de Andreu expresaban un leve pesar y una gran determinación—. ¿Dónde estuviste ayer?

Él se echó hacia atrás, como si acabara de estallarle algo en el plato.

—Es pura rutina, Héctor… No me lo pongas más difícil —casi rogó ella.

—A ver… El avión aterrizó a las tres y pico. Me pasé un buen rato esperando que saliera mi valija y, como no llegó, tuve que ir a la oficina de reclamación de equipaje, donde estuve al menos una hora. Luego tomé un taxi y me fui a casa. Estaba roto.

Martina asintió.

—¿No volviste a salir?

—Me quedé solo en casa, medio durmiendo. Tendrás que aceptar mi palabra sobre eso.

Ella le miró con seriedad.

—Tu palabra me basta. Y lo sabes.

4

El calor había decidido conceder una tregua esa tarde y unas nubes bajas habían tapado el sol. Por eso, y porque no podía seguir dándole más vueltas a lo que le había contado Andreu, Héctor se puso la ropa de deporte y salió a correr. El ejercicio físico era la única terapia que le funcionaba cuando su cerebro ya estaba demasiado agotado para actuar de manera eficaz. Mientras corría por el paseo marítimo, Héctor contemplaba el mar. A esas horas en la playa quedaban sólo algunos rezagados, pequeños grupos que querían exprimir el verano al máximo, y algún que otro bañista que tenía el mar casi para él solo. Las playas urbanas tenían algo distinto, se dijo él mientras intentaba ignorar la molestia que sentía en el gemelo izquierdo, no eran en absoluto paradisíacas ni relajantes, sino más bien una pasarela con música de discoteca en la que modelos aficionados lucían bronceados intensos, tetas saltarinas y abdominales de gimnasio. A veces daba la impresión de que les hacían un casting antes de dejarlos acceder a la playa. O quizá era más un tema de autoexclusión: quienes no cumplían con el estereotipo buscaban otra arena más alejada en la que exponer sus carnes blandas. Pero si al atardecer la playa estaba medio vacía, no podía decirse lo mismo del paseo: parejas con niños, chicos y chicas en bici, corredores como él que salían en cuanto se lo permitía el sol, vendedores ambulantes que regresaban cada año con la misma mercancía y que no parecían haber oído la máxima de renovarse o morir. En esa zona, la ciudad adquiría en verano un aire de teleserie californiana con el toque étnico de los manteros. Incluso había quien se esforzaba por practicar surf en un mar sin olas.

Héctor aceleró poco a poco el ritmo a medida que sus piernas iban adaptándose al ejercicio. Entre una cosa y otra llevaba casi dos meses sin hacer deporte; el invierno bonaerense no invitaba al jogging, y de hecho se había acostumbrado a correr con ese fondo marino a un lado y las dos altas torres como referencia. El mar no era de aguas turquesa, ni mucho menos, pero allí estaba: inmenso, tranquilizador, la promesa de un espacio sin fin en el que sumergir sus pensamientos, dejar que partieran con las olas. Un súbito tirón en el gemelo le hizo aflojar el paso, y lo adelantó un chaval con gorra, vestido enteramente de negro con ropa que le iba dos tallas grande, montado en un ruidoso monopatín. Esa imagen le recordó de repente el informe que le había dado Savall de aquel chico que se había caído por la ventana, y el mar pareció devolverle otras preocupaciones distintas a las que se había llevado antes. Se quedaron con él. Las fotos de Marc Castells: algunas tomadas el verano anterior, cuando llevaba el pelo más largo, y rizado, e iba montado en unos patines en línea por ese mismo paseo; las siguientes, de esa primavera, ya con el pelo rapado al uno, más serio y sin patines. Y las últimas, fotos forenses de un cuerpo que, incluso muerto, parecía en tensión. No había tenido una muerte plácida en absoluto, aunque sí instantánea, según el informe. Había caído de lado, de una altura de al menos once metros, y su nuca se había estampado contra las baldosas de piedra del suelo. Un accidente tonto. Una caída fruto del despiste que trae consigo el alcohol. Un segundo de distracción y todo se va a la mierda.

Según ese mismo informe, Marc y dos colegas suyos, un chico y una chica, amigos de la víctima desde la infancia, habían celebrado una pequeña fiesta en casa de los Castells, situada en la zona más alta, en todos los sentidos, de Barcelona, aprovechando que sus dueños —el señor Enric Castells, su segunda mujer y la hija adoptiva de ambos— habían ido al chalet que tenían en Collbató a celebrar la verbena con unos amigos y a pasar el largo puente de San Juan.

Sobre las dos y media de la madrugada, el chico, Aleix Rovira, vecino de Marc, había decidido volver a casa; la joven, una tal Gina Martí, se quedaba a dormir. Según rezaba el informe, ella declaró, prácticamente al borde de la histeria, haberse tumbado en la cama de Marc «un rato después de que Aleix se fuera». La chica no se acordaba de gran cosa y no era de extrañar: había sido, según su propia declaración, la que más había bebido. Al parecer, ella y Marc habían tenido una discusión cuando Aleix se marchó, y ella, ofendida, se metió en su cama esperando que él la siguiera enseguida. No recordaba más: debió de dormirse poco después y se despertó con los gritos de la asistenta, que a primera hora, sobre las ocho de la mañana siguiente, encontró el cuerpo de Marc en el suelo del patio. Cabía suponer que, como solía hacer muchas noches, el joven abrió la ventana de la buhardilla y se sentó en el alféizar a fumarse un cigarrillo. Vaya costumbre. Según constaba, cayó o saltó desde allí entre las tres y las cuatro de la madrugada, mientras su novia dormía la mona en el cuarto de abajo sin enterarse de nada en absoluto. Bastante patético, pero poco sospechoso. Como había dicho Savall, ningún hilo del que tirar. Sólo un detalle parecía salirse de aquel cuadro perfecto: uno de los cristales de la puerta trasera estaba roto, y eso, que cualquier otra noche habría sido indicador de algo, se había atribuido, a falta de otras pruebas, al resultado típico de una noche como la de San Juan, en la que los chavales tiran petardos y convierten la ciudad en algo parecido a un campo de batalla.

El paseo había ido quedando más vacío a medida que Héctor se alejaba de las playas más populares. Su cuerpo empezaba ya a mostrar signos de cansancio, así que dio media vuelta e inició el camino de regreso. Eran más de las ocho y media. Aceleró el ritmo en un sprint largo y doloroso.

Le faltaba el aliento cuando llegó a su casa, empapado en sudor. Alguien parecía estar clavándole un punzón en el gemelo, y cojeó los últimos metros que lo separaban de la puerta, ese viejo edificio de la calle Pujades cuya fachada pedía a gritos una rehabilitación urgente. Jadeante, se apoyó en la puerta y sacó las llaves del bolsillo del pantalón de deporte.

Oyó que alguien le llamaba y entonces la vio. Seria, con el mando del coche en la mano y caminando hacia él. Héctor sonrió sin querer, pero el dolor de la pierna convirtió la sonrisa en una mueca.

—Supuse que habías salido a correr.

La miró sin comprender.

—Diste mi teléfono a los de equipaje perdido. Ha llegado tu maleta. Intentaron localizarte, pero no respondías al móvil, así que llamaron al mío.

—Ah, lo siento. —Seguía jadeando—. Me pidieron un segundo número… tengo el celular sin batería.

—Lo imaginé. Va, dúchate y cámbiate de ropa. Te llevo.

Él asintió y Ruth sonrió por primera vez.

—Te espero aquí —dijo antes de que él la invitara a subir.

Bajó poco después, con una bolsa de plástico que contenía una caja de alfajores y un libro de diseño gráfico que Ruth le había pedido antes de irse. Ella se lo agradeció con una sonrisa y un «ya te vale, traerme estas bombas calóricas en pleno verano cuando sabes que no puedo resistirme a ellas». Sorprendentemente no había mucho tráfico y llegaron al aeropuerto en media hora. Hablaron poco durante el trayecto y Guillermo ocupó prácticamente toda la conversación. Era siempre un terreno seguro, un tema que por fuerza tenían que abordar y que surgía entre ambos de manera natural. La separación se había producido hacía casi un año, y si de algo podían estar orgullosos era de cómo habían llevado el espinoso asunto de cara a su hijo, un chico de trece años que había tenido que acostumbrarse a una realidad distinta, y que al parecer lo había logrado sin grandes problemas. Al menos a primera vista.

Ya con el equipaje en el maletero, una maleta maltrecha y con el cierre roto que parecía haber sobrevivido a una guerra en lugar de a un viaje en avión, Ruth condujo despacio. Las luces de la ciudad brillaban al final de la autovía.

—¿Cómo ha ido hoy con Savall? —preguntó ella por fin, volviéndose hacia él sólo un instante.

Él suspiró.

—Bueno, supongo que bien. Sigo teniendo laburo… trabajo. Al parecer no me echan, que ya es algo. El tipo retiró los cargos —mintió—. Supongo que pensó que le convenía más no ponerse a malas con las fuerzas del orden. Pero tengo que ver a un loquero. Irónico, ¿eh?, un argentino visitando a un comecocos.

Ruth asintió en silencio. Un semáforo había formado una larga retención a la entrada de la ciudad.

—¿Por qué lo hiciste?

Le miraba sin pestañear, con esos grandes ojos castaños que siempre habían logrado atravesarle la piel. Una mirada que había conseguido desenmascarar pequeñas mentiras, y otras no tan pequeñas, en cuanto se lo había propuesto.

—Déjalo, Ruth. Se lo merecía —dijo, pero al cabo rectificó—. Sucedió. Metí la pata. Nunca presumí de ser perfecto.

—No te salgas por la tangente, Héctor. La mañana… el día que agrediste a ese hombre fue justo después de…

—Sí. ¿Se puede fumar en este coche? —preguntó él, bajando la ventanilla. Una bocanada de aire caliente se coló en el interior.

—Ya sabes que no. —Ella hizo un gesto de cansancio—. Pero fuma si quieres. Con cuidado.

Él encendió un cigarrillo y dio una calada larga.

—¿Me das uno? —murmuró ella.

Héctor se rió.

—Joder... Toma. —Cuando se lo encendió, la llama del mechero le iluminó la cara—. Soy una mala influencia para ti —añadió él en tono ligero.

—Siempre lo fuiste. Mis padres me lo decían... Claro que ahora tampoco están encantados precisamente.

Ambos sonrieron, con la complicidad que dan los rencores comunes. Fumar les daba algo que hacer sin tener que hablar. Héctor contemplaba la ciudad a través del humo. Lanzó la colilla y se volvió hacia Ruth. Ya llegaban. Con las cosas que les quedaban por decirse habrían podido llenar un viaje mucho más largo. Ella redujo la marcha para girar y aparcó en una zona de carga y descarga.

—¿Un último cigarro? —dijo él.

—Claro. Pero salgamos del coche.

No corría ni una gota de aire. La calle estaba vacía; se oían, sin embargo, los televisores encendidos. Era la hora de las noticias. El hombre del tiempo auguraba una nueva ola de calor para los próximos días y posibilidades de tormenta para el fin de semana.

—Te veo cansado. ¿Ya duermes mejor?

—Hago lo que puedo. Ha sido un día completito —dijo él.

—Héctor, lo siento...

—No te disculpes. No tenés por qué. —La observó, a sabiendas de que realmente estaba exhausto y de que en esas condiciones lo mejor que podía hacer era callarse. Intentó frivolizar—: Nos acostamos, nada más. El vino, los recuerdos, la costumbre. Creo que en un momento u otro lo hacen el ochenta por ciento de las ex parejas. Ya ves, en el fondo somos de lo más vulgar.

Ella no sonrió. Quizá había perdido la capacidad de hacerla reír, pensó él. Quizá ya no se reía de las mismas cosas.

—Ya, pero...

Él la cortó.

—Ya pero nada. Al día siguiente le partí la cara a ese tío

pero eso no tuvo nada que ver contigo. —Prosiguió en un tono más amargo que no pudo evitar—. Así que puedes calmar tu conciencia, dormir tranquila —iba a añadir algo más, pero se contuvo a tiempo— ...y olvidarte de eso.

Ruth se disponía a contestar cuando le sonó el móvil. Él ni siquiera la había visto cogerlo del coche.

—Te llaman —le indicó, súbitamente agotado.

Ella se apartó unos pasos para contestar. Fue una conversación breve, que él aprovechó para abrir el maletero y sacar el equipaje. Lo arrastró hasta su casa.

—Me voy ya —dijo ella, y él asintió—. Guillermo vuelve el domingo por la noche. Me... me alegro de que todo se haya arreglado. En comisaría, quiero decir.

—¿Acaso lo dudabas? —Le guiñó un ojo—. Gracias por llevarme. Escucha —no sabía cómo preguntárselo sin crear alarma—, ¿has notado algo raro en tu casa últimamente?

—¿Raro como qué?

—Nada... no me hagas caso. Ha habido varios robos por tu zona. Estate alerta, ¿vale?

Las despedidas eran tan incómodas que ninguno de los dos había aprendido aún a manejarlas con soltura. Un beso en la mejilla, un gesto de adiós con la cabeza... ¿Cómo se despedía uno de la persona con quien había vivido diecisiete años, y que ahora tenía otra casa, otra pareja, otra vida? Tal vez por eso la última vez habían acabado en la cama, pensó Héctor. Porque no habían sabido cómo despedirse.

Había sido un polvo anunciado. Algo que ambos sabían que iba a suceder desde que Ruth accedió a subir al piso después de la cena, planeada para hablar de los próximos exámenes de su hijo, y Héctor descorchó una botella de vino tinto que estaba en el armario de la cocina desde antes de que ella se marchara, hacía nueve meses, tras anunciarle que había una parte de su sexualidad que quería, y debía, explorar. De todos modos, ambos fingieron que se trataba sólo de una última copa, la celebración de que eran una pareja civilizada que conseguía llevarse razonablemente bien después de una separación súbita. Sentados en el mismo sofá donde se habían abrazado tantas noches, donde Ruth había esperado a su marido despierta tantas horas y donde Héctor luchaba por dormir desde que había quedado vacía la mitad de la cama, fueron apurando una copa de vino tras otra, quizá para hallar el valor de hacer lo que deseaban o quizá para poder achacar al alcohol lo que estaban seguros que iban a hacer. Aspiraban a que algo les nublara la mente, mandara al cuerno su fingida sensatez. Da igual quién empezó, quién abrió la partida, porque el otro se unió al juego con una avidez impaciente y acelerada. Resbalaron con suavidad del sofá a la alfombra mientras se despojaban de la ropa, separando los labios el tiempo estrictamente necesario y volviendo a buscar la lengua del otro como si de ella sacaran el oxígeno. Sus cuerpos ardían y sus manos, que hallaban rincones conocidos, pedazos de piel caliente que se convertían en resortes perfectos, sólo servían para avivar el fuego. Tumbada sobre la alfombra, sujeta por las manos de Héctor, ella pensó por un instante en lo distinto que era hacer el amor con una mujer: el tacto, el olor de la piel, la cadencia de los movimientos. La complicidad. El momento de reflexión disipó los efluvios del alcohol justo unos segundos antes de que él se dejara caer sobre ella, exhausto y satisfecho. Ruth ahogó un gemido, más de dolor que de placer; desvió la mirada y vio en el suelo su blusa manchada de vino y una copa volcada. Intentó apartar a Héctor con suavidad, dándole un último beso de cortesía que ya poco tenía que ver con los anteriores mientras lo apartaba ligeramente a un lado. Héctor tardó unos segundos en moverse, ella se sintió aprisionada. Él se incorporó por fin y Ruth intentó levantarse, un poco demasiado deprisa, como quien intenta huir después de un derrumbamiento. La misma urgencia que la había llevado del sofá a la alfombra la empujaba ahora hacia la puerta. No quería verle la cara, ni tenía nada que decirle. Se sintió ridícula mientras se subía las bragas. Recogió su ropa del suelo y se vistió de espaldas a él. Tuvo la sensación de que Héctor le preguntaba algo pero alejarse se había convertido en su prioridad.

Cuando la vio salir, él supo que su matrimonio estaba muerto: si hasta entonces quedaba la posibilidad de que la relación entre ambos saliera del coma, de que la escapada de Ruth con alguien de su mismo sexo fuera sólo eso, una aventura fugaz, entonces supo sin lugar a dudas que acababan de enterrarlo. Buscó a tientas un cigarrillo y fumó solo, sentado en el suelo, con la espalda apoyada en el sofá, contemplando la copa volcada y la botella definitivamente vacía.

Esta vez el adiós fue más fácil. Ella dio media vuelta y subió al coche mientras él metía la llave en la cerradura de la puerta. Por el espejo del retrovisor lo vio cojear con la maleta en la mano. E inexplicablemente sintió por él algo que se parecía mucho a la ternura.

5

Hacía rato que debería haberse acostado, pero los años se empeñaban en robarle horas de sueño y la lectura era lo único que le ayudaba a soportar esas veladas largas. Sin embargo, y a pesar de tener entre las manos un libro que le gustaba, esa noche el padre Fèlix Castells no podía concentrarse. Acomodado en su butacón preferido, en el silencioso piso del paseo Sant Joan que había sido su hogar desde su infancia, su vista, cansada desde hacía años, parecía incapaz de seguir las líneas de la novela de Iris Murdoch, una autora que había descubierto hacía poco tiempo y de quien estaba leyendo toda su obra. Por fin, harto de intentarlo, se levantó y se encaminó hacia el mueble bar donde guardaba el coñac; se sirvió una copa generosa y, tras darle un buen sorbo, volvió a la butaca. La única luz de la sala procedía de la lámpara de pie, y al contemplar la blanca cubierta del libro, no pudo evitar un estremecimiento. Iris. Siempre Iris… Entrecerró los ojos y vio el mensaje en el ordenador de Joana, que había leído mientras ella se vestía, casi sin poder creerlo. Había tenido que hacer un esfuerzo por contenerse, por no borrarlo. Iris no podía escribir mensajes. Iris estaba muerta.

Fue él quien entró en la piscina, quien le dio la vuelta y vio su carita amoratada, quien intentó inútilmente insuflar algo de aire por unos labios helados que ya se habían cerrado para siempre. Cuando se volvió, con el rostro desencajado y la niña en sus brazos, se encontró con la mirada aterrada de su sobrino. Deseó que alguien se lo llevara de allí, que le salvara de esa visión horrenda, pero Marc parecía clavado en el suelo. Y sólo entonces se dio cuenta de que algo le rozaba el cuerpo, y vio, casi sin poder creerlo, que había varias muñecas flotando en la misma agua azul.

Buscó con la mano la copa de coñac y dio otro sorbo, pero nada podía ahuyentar ese frío que no conocía estaciones. El cuerpecillo mojado de Iris, sus labios azulados. Las muñecas a su alrededor, como una corte macabra. Imágenes que ya creía haber olvidado, pero que ahora, desde la noche de San Juan, desde esa otra tragedia reciente, le acosaban con más fuerza que nunca. Nada podía hacer para combatirlas: intentaba evocar imágenes agradables, momentos felices… En Marc vivo, Marc sano y salvo, aunque con aquella mirada eternamente triste. Él había hecho cuanto estaba en su mano, pero el poso de melancolía permanecía ahí, inmune a sus esfuerzos, listo para desbordarse ante el menor comentario sarcástico por parte de Enric. ¡Cuántas veces le había dicho a su hermano que la ironía no era la forma de educar a un niño! Daba lo mismo: Enric parecía no entender que el sarcasmo podía doler más que un bofetón. Aquella casa necesitaba una mujer. Una madre. Si Joana hubiera estado con ellos las cosas habrían sido distintas. Y Glòria había llegado demasiado tarde: su aparición había contribuido a suavizar la amargura de Enric, pero, con Marc, el daño ya estaba hecho. La posterior adopción de Natàlia sirvió para que el nuevo círculo familiar se cerrara, excluyendo a aquel chico tímido y hosco, solitario y poco cariñoso. Su cuñada lo había intentado, aunque tal vez más llevada por un sentido del deber que por auténtica simpatía hacia Marc.

No era justo criticar a Glòria, pensó; había hecho lo que había podido en aquellos años, que para ella tampoco habían sido fáciles. Su incapacidad para concebir un hijo propio le había supuesto un calvario de pruebas médicas que culminó con un largo proceso de adopción. Esas cosas iban despacio, y aunque desde su posición él había conseguido acelerar parte de los trámites, para Glòria la espera había sido interminable. Estaba tan contenta desde que había llevado a la niña a casa. Era, en opinión de Fèlix, una madre perfecta. Cuando la veía con su hija, Fèlix se sentía en paz con el mundo. Era una sensación pasajera, pero tan reconfortante que él la buscaba tan a menudo como le era posible. Su efecto le acompañaba luego durante unas horas, disipaba otros fantasmas; gracias a momentos como ése podía seguir perdonando los pecados del mundo. Incluso podía perdonarse a sí mismo… Pero ya no: ese efecto se había desvanecido tras la muerte de Marc, como si ya nada pudiera consolarlo. La imagen de su sobrino, tendido inerte sobre las baldosas del patio, acudía a su memoria cada vez que intentaba descansar. Alguna noche incluso le veía caer, con los brazos abiertos, intentando encontrar en el aire algo a lo que asirse, y sentía su miedo mientras se acercaba el duro suelo. Otras le veía en la ventana, y atisbaba tras él la sombra de una niña de largos cabellos rubios; intentaba avisarle desde abajo, gritaba su nombre, pero no llegaba a tiempo. La sombra empujaba al chico y éste salía disparado con una fuerza casi sobrehumana antes de caer a sus pies con un ruido sordo, un crujido agónico e inconfundible, que iba seguido de una carcajada. Levantaba la cabeza y allí estaba ella: empapada como cuando la sacaron del agua, riéndose, vengándose por fin.

jueves

6

Héctor nunca se había fiado mucho de quienes presumen de saber tratar las neuras humanas. No los consideraba unos farsantes ni unos irresponsables; simplemente creía improbable que un individuo, sujeto igualmente a emociones, prejuicios y manías, tuviera la capacidad de adentrarse en los vericuetos de las mentes ajenas. Y esa idea, arraigada en su interior desde siempre, no se resquebrajaba en lo más mínimo ahora que por primera vez en su vida acudía como paciente a la consulta de uno de ellos.

Observó al joven que tenía sentado al otro lado de la mesa, intentando controlar su escepticismo para no resultar mal educado, aunque al mismo tiempo no dejaba de parecerle curioso que ese chaval —sí, chaval—, recién salido de la facultad y vestido de manera informal, con tejanos y una camisa de cuadros verdes y blancos, tuviera en sus manos la carrera de un inspector de cuarenta y tres años que, de haber echado un mal polvo en la adolescencia, incluso podría ser su padre. La ocurrencia le hizo pensar en Guillermo y en la reacción de su hijo cuando, años atrás, el tutor del colegio señaló que no estaría de más llevarlo a un psicólogo que, palabras textuales, «le ayudara a abrirse a los demás». Ruth tampoco era una gran fan de los comecocos, pero ambos habían decidido que no perdían nada si accedían, aunque lo cierto era que sabían que Guillermo socializaba con quien le daba la gana y no se molestaba en hacerlo con quien no despertaba su interés. Él y Ruth se habían reído durante semanas con el resultado. La psicóloga había pedido a su hijo que dibujara una casa, un árbol y una familia; Guille, que a los siete años atravesaba una fase de adoración por los cómics y ya demostraba la misma facilidad para las artes plásticas que su madre, se lanzó a la tarea con entusiasmo, aunque con su habitual vena selectiva: los árboles no le gustaban así que pasó de eso, y en su lugar dibujó un castillo medieval como casa, y a Batman, Catwoman y el Pingüino como familia. No quería imaginar a qué conclusiones llegó la pobre mujer al ver a la supuesta madre plasmada en un traje de cuero y con un látigo en la mano, pero ambos estaban seguros de que había guardado el dibujo para su tesis sobre la familia disfuncional moderna o algo parecido.

Había sonreído sin darse cuenta; lo notó en la mirada interrogante que le dirigió el psicólogo a través de unas gafas de montura metálica. Héctor carraspeó y decidió aparentar seriedad; estaba casi seguro, sin embargo, de que el chico que tenía delante aún leía cómics en sus ratos libres.

—Bueno, inspector, me alegro de que se sienta a gusto.

—Disculpe, de repente me acordé de algo. Una anécdota de mi hijo. —Se arrepintió al instante, seguro de que sacarlo a colación en ese momento no era lo más oportuno.

—Ajá. No tiene usted mucha fe en la psicología, ¿verdad? —No había hostilidad en la frase, sino más bien curiosidad honesta.

—No tengo una opinión formada al respecto.

—Pero desconfía de entrada. Está bien. Claro que lo mismo piensa mucha gente de la policía, ¿no cree?

Héctor tuvo que admitir que era cierto, pero matizó:

—Las cosas han cambiado mucho ahora. La policía ya no es vista como el enemigo.

—Exactamente. Ha dejado de ser ese cuerpo que inspira temor al ciudadano, al menos al honrado. Aunque en este país ha hecho falta tiempo para cambiar esa imagen.

A pesar del tono, neutro e imparcial, Héctor supo que se deslizaban por una pendiente pedregosa.

—¿Quiere decir algo con eso? —preguntó. Ya no sonreía.

—¿Qué cree que quiero decir?

—Vayamos al grano… —No pudo evitar cierta impaciencia, lo que solía traducirse en una vuelta al acento de su infancia—. Los dos sabemos qué hago acá y lo que vos tenés que averiguar. No mareemos la perdiz.

Silencio. Salgado conocía la técnica, aunque esta vez él se encontraba al otro lado.

—Está bien. Mire, no debí haberlo hecho. Si es eso lo que quiere oír, ya lo tiene.

—¿Por qué no debió hacerlo?

Intentó tranquilizarse. Ése era el juego: preguntas, respuestas… Había visto suficientes películas de Woody Allen para saberlo.

—Vamos, ya lo sabe. Porque no está bien, porque la policía no hace eso, porque debí mantener la calma…

El psicólogo anotó algo.

—¿Qué sentía en ese momento? ¿Se acuerda?

—Ira, supongo.

—¿Es algo habitual? ¿Suele usted sentir ira?

—No. No hasta ese punto.

—¿Recuerda algún otro momento de su vida en que perdiera el control de ese modo?

—Tal vez. —Hizo una pausa—. Cuando era más joven.

—Más joven. —Nueva anotación—. ¿Hace cuánto… cinco años, diez, veinte, más de veinte?

—Muy joven —recalcó Héctor—. Adolescente.

—¿Se metía en peleas?

—¿Cómo?

—Si solía pelearse, cuando era adolescente.

—No. No de forma habitual.

—Pero perdía el control alguna vez.

—Usted lo ha dicho. Alguna vez.

—¿Cómo cuál?

—No lo recuerdo —mintió—. Ninguna en especial. Supongo que, como todos los chicos, pasé por una fase de descontrol.

Una nueva anotación. Otra pausa.

—¿Cuándo llegó a España?

—¿Perdón? —Por un momento estuvo a punto de contestar que había llegado hacía unos días—. Ah, se refiere a la primera vez. Con diecinueve años.

—¿Estaba aún en esa fase de descontrol adolescente?

Héctor sonrió.

—Bueno, supongo que mi padre lo creía así.

—Ya. ¿Fue decisión de su padre, entonces?

—Más o menos. Él era gallego…, español, siempre quiso volver a su tierra, pero no pudo. Así que me mandó a mí para acá.

—¿Y cómo le sentó?

El inspector hizo un gesto de indiferencia, como si ésa no fuera la pregunta pertinente.

—Disculpe, pero se nota que es usted más joven… Mi padre decidió que yo debía seguir estudiando en España y ya está. Nadie me preguntó. —Carraspeó un poco—. Las cosas eran así entonces.

—¿No tenía usted ninguna opinión al respecto? Al fin y al cabo se veía obligado a dejar atrás a su familia, sus amigos, su vida allí. ¿No le importó?

—Claro. Pero nunca pensé que sería permanente. Y, además, le repito que tampoco me preguntaron.

—Ajá. ¿Tiene usted hermanos, inspector?

—Sí. Uno. Más grande que yo.

—¿Y él no vino a España a estudiar?

—No.

El silencio que siguió a la respuesta fue más denso que los anteriores. Había una pregunta abriéndose paso hacia la superficie. Héctor cruzó las piernas y desvió la mirada. El chaval parecía dudar, y, por fin, decidió cambiar de tema.

—En su informe consta que se separó de su mujer hace menos de un año. ¿Fue ella la razón por la que se quedó en España?

—Entre otras varias. Sí. —Rectificó—. Me quedé acá por Ruth. Con Ruth. Pero… —Héctor le miró, extrañado: ignoraba que esos datos constaran también en los informes. La sensación de que toda su vida, o al menos los hechos más relevantes de ella, pudiera estar consignada en un expediente al alcance de cualquiera con autoridad para examinarlo le molestó—. Disculpe. —Descruzó las piernas y echó el cuerpo hacia delante—. No quiero ser rudo, pero ¿puede decirme a qué viene esto? Mire, soy perfectamente consciente de que cometí un error y que esto pudo, puede, costarme el puesto. Si le sirve de algo, no creo que hiciera bien, ni me siento orgulloso de ello, pero… Pero no voy a discutir todos los detalles de mi vida privada, ni creo que tengan derecho a meterse en ellos.

El otro encajó el discurso sin inmutarse y se tomó un tiempo antes de añadir algo más. Cuando lo hizo, no había en su tono la menor condescendencia; habló con aplomo y sin la menor vacilación.

—Creo que debo dejar claras algunas cosas. Tal vez debería haberlo hecho al principio. Mire, inspector, no estoy aquí para juzgarle por lo que hizo, ni para decidir si debe o no seguir trabajando. Eso es asunto de sus superiores. Mi interés radica únicamente en que usted averigüe qué fue lo que provocó esa pérdida de control, aprenda a prevenirla y reaccione a tiempo en otra situación parecida. Y para eso necesito su colaboración, o la tarea resultará imposible. ¿Lo entiende?

Claro que lo entendía. Que le gustara ya era otra cosa. Pero no tuvo más remedio que asentir.

—Si usted lo dice… —Se echó hacia atrás y estiró un poco las piernas—. Respondiendo a su pregunta de antes le diré que sí. Me separé hace menos de un año. Y antes de que prosiga, no, no siento un odio irrefrenable, ni una ira desatada hacia mi mujer —añadió.

El psicólogo se permitió sonreír.

—Su ex mujer.

—Perdón. Fue el subconsciente, usted ya sabe...

—Entiendo entonces que fue una separación de mutuo acuerdo.

Fue Héctor quien se rió esta vez.

—Con todos mis respetos, eso que acaba de decir prácticamente no existe. Siempre hay alguien que deja a alguien. El acuerdo mutuo consiste en que el otro lo acepta y se calla.

—¿Y en su caso?

—En mi caso, fue Ruth quien me dejó. ¿Esa información no consta en sus papeles?

—No. —Miró el reloj—. Nos queda poco tiempo, inspector. Pero para la siguiente sesión me gustaría que hiciera algo.

—¿Me está poniendo tarea?

—Algo así. Quiero que piense en la ira que sintió el día de la agresión, e intente recordar otros momentos en los que experimentó una emoción parecida. De pequeño, de adolescente, de mayor.

—Muy bien. ¿Puedo irme ya?

—Nos quedan unos minutos. ¿Hay algo que quiera preguntarme, alguna duda...?

—Sí. —Le miró directamente a los ojos—. ¿No cree que hay ocasiones en que la ira es la reacción adecuada? ¿Que sentir otra cosa sería antinatural cuando se halla uno delante de un... demonio? —A él mismo le sorprendió la palabra, y su interlocutor pareció interesado en ella.

—Ahora mismo le contesto, pero deje que le haga una pregunta antes. ¿Cree usted en Dios?

—La verdad es que no. Pero sí creo en el mal. He visto a mucha gente mala. Como todos los policías, supongo. ¿Le importa contestar a mi pregunta?

El chaval meditó unos instantes.

—Eso nos llevaría a un largo debate. Pero en resumen, sí, hay veces en que la respuesta natural a un estímulo es la ira.

Igual que lo es el miedo. O la aversión. De lo que se trata es de manejar esa emoción, contenerla para no provocar un mal mayor. La furia puede ser aceptable en esta sociedad; actuar movido por ella es más discutible. Acabaríamos justificándolo todo, ¿no cree?

No había forma de rebatir ese argumento, así que Héctor se levantó, se despidió y se fue. Mientras bajaba en el ascensor, con el paquete de tabaco en la mano, se dijo que ese comecocos quizá fuera joven y leyera tebeos, pero no era en absoluto tonto. Lo que, sinceramente, en ese momento le pareció más un inconveniente que una ventaja.

7

Creo que estamos aburriendo a la agente Castro. —Fue el tono de voz del comisario Savall, irónico y seco, acompañado de una mirada directa, lo que hizo que Leire Castro advirtiera que hablaban con ella. Mejor dicho, que le llamaban la atención—. Lamento mucho sacarla de su apasionante vida interior para un asunto tan irrelevante como el que estamos tratando, pero necesitamos su opinión. Cuando lo considere oportuno, claro.

Leire enrojeció hasta la raíz del cabello y trató de buscar una disculpa. Difícilmente podía dar una respuesta coherente a una pregunta que no había oído porque estaba inmersa en sus preocupaciones.

—Perdón, comisario. Estaba, estaba pensando…

Savall se percató, al igual que Salgado y Andreu, de que su pregunta, que aún flotaba en el aire, había pasado desapercibida para la agente Castro. Estaban los cuatro en el despacho del comisario, a puerta cerrada, con el informe del caso de Marc Castells encima de la mesa. Leire se esforzó desesperadamente por encontrar algo adecuado que decir. El comisario había descrito el informe de la autopsia, que ella conocía bien. Niveles de alcohol algo superiores a lo normal; el joven no habría superado una prueba de alcoholemia, cierto, pero tampoco iba tan borracho como para no tenerse en pie. El análisis médico no había mostrado el menor rastro de drogas en la sangre que permitiera deducir un delirio que le hiciera precipitarse al vacío. La expresión «análisis médico», sin embargo, había precipitado a Leire a un torbellino de dudas resueltas que planteaban otras dudas de difícil solución, un tornado mental del que acababa de caer bruscamente.

—Estábamos comentando el asunto de la puerta rota —intervino el inspector Salgado, y ella se volvió hacia él rebosante de gratitud.

—Sí —respiró, aliviada. Ahí estaba en terreno seguro: su voz adoptó un tono formal y conciso—. El problema es que nadie tenía muy claro cuándo se rompió. La asistenta creía haberla visto rota cuando se fue esa tarde, pero no estaba segura. En cualquier caso, había varios petardos en la zona trasera de la casa, con toda probabilidad procedentes del jardín vecino. Sus propietarios tienen cuatro hijos, y los chicos admitieron que habían estado tirándolos parte de la tarde y de la noche.

—Ya. Al fin y al cabo era San Juan —terció el comisario—. ¡Dios! Odio esa noche. Antes era divertido, pero ahora esos monstruitos lanzan pequeñas bombas.

Leire prosiguió:

—Lo cierto es que en la casa no faltaba nada, y no había ninguna huella significativa que indicara que alguien había entrado por allí. Además…

—Además, el supuesto ladrón habría tenido que subir hasta la buhardilla para empujar al chico. ¿Y para qué? No, no tiene sentido. —El comisario hizo un gesto de fastidio.

—Con todo respeto —dijo Andreu, que había permanecido callada hasta entonces—, ese chico se cayó. O, en el peor de los casos, saltó. El alcohol afecta de manera distinta a la gente.

—¿Hay algo que haga pensar en un suicidio? —preguntó Héctor.

—Nada destacable —respondió Leire al instante. Luego se dio cuenta de que la cuestión no iba dirigida a ella—. Perdón.

—Ya que lo ha afirmado con tanta seguridad, explíquenos por qué —le espetó el comisario.

—Bien —ella se tomó unos segundos para ordenar sus ideas—, Marc Castells había regresado a casa hacía un tiempo después de pasar seis meses en Dublín, aprendiendo inglés. Según su padre, el viaje le había sentado bien. Antes de irse había tenido algunos problemas en el instituto: faltas de asistencia, actitud negativa, incluso una expulsión de tres días del centro. Consiguió aprobar segundo de bachillerato pero no obtuvo la nota necesaria para estudiar lo que quería. Al parecer, tampoco tenía muy claro qué quería estudiar realmente, así que el inicio de la carrera se aplazó un año.

—Ya. Y lo mandaron a Irlanda a estudiar inglés. En mi época lo habrían puesto a trabajar. —El comisario no pudo evitar la nota sarcástica. Cerró el expediente—. Ya basta. Esto parece una junta escolar. Id a hablar con los padres y con la chica que durmió esa noche en la casa, y cerrad el caso. Si hace falta, interrogad al otro chico, pero ojo con los Rovira. El doctor Rovira fue tajante al manifestar que, dado que su hijo se había ido antes de que sucediera la tragedia, no estaba muy predispuesto a que se metieran en su vida. Y teniendo en cuenta que atendió los partos de los hijos de varios *consellers*, entre ellos el nuestro, es mejor no tocarle las pelotas. En realidad, no creo que ninguno de ellos esté muy por la labor, ya os aviso. Enric Castells dejó muy claro que, si la investigación ha terminado, quiere que los dejen en paz a todos, y en parte no puedo reprochárselo. —Su atención se centró un instante en la foto de sus hijas—. Bastante duro tiene que ser enterrar a un hijo para encima tener que soportar que la prensa y la policía metan las narices a todas horas. Yo veré a Joana la semana que viene e intentaré tranquilizarla. ¿Algo más que añadir, Castro?

Leire se sobresaltó. Ciertamente, estaba pensando en aportar un detalle del que no habían hablado.

—No estoy segura —dijo, aunque su tono transmitía lo contrario—. Quizá sea una impresión mía, pero la reacción de la chica, Gina Martí, fue… inesperada.

—¿Inesperada? Tiene dieciocho años, se acuesta medio borracha y al despertar se entera de que su novio se ha matado. Creo que «al borde de la histeria», como usted misma la describe en su informe, es una reacción más que esperable.

—Por supuesto. Pero… —Recuperó la firmeza cuando encontró las palabras justas—. La histeria era lógica, comisario. Pero Gina Martí no estaba triste. Más bien parecía asustada.

El comisario permaneció unos instantes en silencio.

—Bueno —dijo por fin—. Ve a verla esta tarde, Héctor. Extraoficialmente, sin demasiada presión. No quiero problemas con los Castells y sus amigos —recalcó—. Que te acompañe la agente Castro. La chica ya la conoce y las adolescentes tienden a confiar más en las mujeres. Castro, llame a los Martí y avíseles de su visita. —El comisario se volvió hacia Andreu—. Espera un momento. Tenemos que hablar de esos cursillos de autodefensa para mujeres en peligro de maltrato doméstico. Ya sé que ellas están encantadas, pero ¿de verdad puedes seguir dándolos?

Salgado y Castro se miraron antes de salir: no les cabía duda de que Martina Andreu no sólo podía, sino que deseaba seguir impartiendo esos cursos.

¿estás?
aleix, tío, ¿estás?

La pantallita del ordenador indicaba que «Aleix está ausente y tal vez no responda a sus mensajes». La chica se mordió el labio inferior, nerviosa; tenía ya el móvil en la mano cuando el estado de su interlocutor pasó de ausente a ocupado. Gina soltó el móvil y pasó al teclado.

¡tengo que hablar contigo! contesta.

La respuesta apareció por fin. Un «hola» acompañado de una cara sonriente que le guiñaba el ojo. El ruido del pomo de la puerta la sobresaltó. Tuvo el tiempo justo de minimizar la pantalla antes de que el olor a perfume de su madre inundara el aire.

—Gina, cariño, me voy. —La mujer no pasó del umbral. Llevaba al hombro un bolso blanco, abierto, en el que buscaba algo mientras seguía hablando—. ¿Dónde narices estará el dichoso mando del coche? ¿No pueden hacerlos más pequeños aún? —Por fin lo encontró y entonces esbozó una sonrisa triunfal—. Cielo, ¿estás segura de que no quieres venir? —Su sonrisa flaqueó un poco al ver la carita ojerosa de Gina—. No puedes quedarte encerrada aquí todo el verano, cielo. No es bueno. ¡Mira qué día! Necesitas aire fresco.

—Te vas a L'Illa, mamá, a diez minutos de casa —rezongó Gina—. En coche. No a correr por el campo.

Por si quedaba alguna duda de que el campo no entraba en los planes de su madre, bastaba con echar una ojeada a su atuendo: vestido blanco sujeto a la cintura por un cinturón de la misma tela; sandalias blancas con el tacón justo para elevar su metro sesenta y cinco de estatura hasta un honroso metro setenta y dos; el cabello, rubio natural, brillante, rozándole los hombros. Sobre un fondo de palmeras, habría sido la imagen perfecta de un anuncio de champú.

Regina Ballester ignoró el sarcasmo. Ya hacía tiempo que se había curtido ante los comentarios mordaces de esa hija que, en pijama a la una y media de la tarde, parecía más niña que nunca. Se acercó a ella y le dio un beso en la cabeza.

—No puedes seguir así, cariño. No me voy nada tranquila, la verdad.

—¡Mamá! —No quería empezar una discusión; esos días su madre apenas la dejaba sola y ella tenía que hablar con Aleix. Urgentemente. Así que, venciendo lo mucho que le molestaba esa intensa fragancia, se dejó achuchar, e incluso sonrió. Y pensar en que hubo un tiempo en que se echaba a esos brazos espontáneamente; ahora sentía que la ahogaban. ¡Se había echado perfume hasta en las tetas! Sonrió, con más malicia que espontaneidad—. ¿Pasarás por la tienda de bañadores? —Eso no fallaba: darle a su madre algo que hacer que incluyera las palabras «tienda» y «comprar» solía ser un pasaporte seguro a la tranquilidad. Y, aunque no podía jurarlo, las tetas perfumadas indicaban que el centro comercial era un destino secundario en los planes de su madre—. Tráeme el que vimos en el escaparate. —Teniendo en cuenta que no pensaba ir a la playa en todo el verano y que el puto bañador le importaba bien poco, consiguió dar un tono bastante convincente a la petición. E incluso insistió, en un tono de niña consentida que ella misma odiaba con todas sus fuerzas—: Va, por favor.

—El otro día no te mostrabas tan entusiasmada. Cuando estábamos las dos delante de la tienda —repuso Regina.

—Estaba rayada, mamá. —«Rayada» era un adjetivo que Regina Ballester detestaba profundamente porque, amén de sonarle bastante vulgar, describía en sí mismo cualquier estado de ánimo de su hija: triste, preocupada, malhumorada, aburrida… «Rayada» parecía englobarlo todo sin distinción.

Gina jugueteó nerviosa con el ratón del ordenador. ¿No se iría nunca? Se desasió con suavidad del abrazo y jugó su última baza.

—Está bien, no me lo compres. Tampoco es que tenga muchas ganas de ir a la playa este año…

—Claro que irás a la playa. Tu padre llega mañana del viaje de promoción y la semana que viene nos vamos a Llafranc. Para algo he cogido vacaciones este mes. —Eso era algo que Regina solía hacer: recordar, veladamente, lo mucho que hacía por los demás—. ¡No aguanto más Barcelona este verano! Hace un calor insoportable. —Regina miró disimuladamente el reloj de pulsera plateado; se le hacía tarde—. Me marcho o al final no me dará tiempo a todo —dijo con una sonrisa—.

Estaré aquí antes de las cinco. Si los mossos llegan antes que yo, no les digas nada.

—¿Puedo abrirles la puerta? ¿O prefieres que los deje en la calle? —preguntó Gina con falsa inocencia. No podía evitarlo, esos días su madre la sacaba de quicio.

—No hará falta. Estaré aquí. Te lo prometo.

El ruido de los tacones resonó en la escalera. Gina iba a maximizar la pantalla del Messenger cuando esos mismos pasos volvieron a acercarse, apresuradamente.

—¿Me he dejado aquí…?

—Aquí tienes el mando, mamá. —Lo cogió de la mesa, donde Regina lo había dejado para abrazarla, y se lo tiró con suavidad, sin moverse de la silla. Su madre lo cogió al vuelo—. Deberías colgártelo al cuello. —Y murmuró, cuando estaba segura de que su madre ya no podía oírla—. Claro que igual se desprograma con ese pestazo.

Clic. La pantallita brillaba ante ella otra vez. Cuatro mensajes:

gi, k pasa?
stas???
heyyy, me aburro
vale, tia, hasta otra!!! :-)

«No, no, no, no… Joder, contesta, Aleix, por favor.»

estaba mi madre por aquí, no podía hablar.
eooo!! ya me lo imaginaba!! sigue dando la vara??

Gina suspiró. Alivio era poco. Se lanzó sobre el teclado a toda velocidad. Y no para criticar a su madre.

¿te ha llamado la poli?
la poli? no, por?

mierda... vienen a verme esta tarde, sobre las 5, no sé qué quieren, en serio...

Unos segundos de pausa.

seguramente nada. lo d siempre. no t preocupes
estoy asustada... y si preguntan por...
no van a preguntar nada, no tienen ni idea d nada
¿cómo lo sabes?
xke lo se. ademas, al final no lo hicimos, t acuerdas?

Las cejas fruncidas de Gina señalaban un intenso esfuerzo mental.

¿qué quieres decir?

Gina casi podía ver la cara de fastidio de Aleix, esa que ponía cuando se veía forzado a explicar cosas que a él le parecían obvias. Una expresión que a veces, pocas, la irritaba, y que normalmente solía tranquilizarla. Era más listo. Eso nadie lo ponía en duda. Tener por amigo al niño prodigio del colegio implicaba soportar ciertas miradas compasivas.

pensbamos hacer algo pero no lo hicimos. no es lo mismo, no?
da igual lo ke planeabamos, al final nos rajamos
    marc no se rajó.

El cursor parpadeaba a la espera de que ella siguiera escribiendo.

gi, NO HICIMOS NADA

Las mayúsculas sonaron como una acusación.

ya, tú lo impediste...

y tenia razon. o no? lo habiamos hablado tu y yo y estabamos
d acuerdo. habia ke pararlo.

Gina asintió como si él pudiera verla. Pero en el fondo sabía que ella no tenía una opinión definida al respecto. Darse
cuenta de ello, así, tan crudamente, la llenó de un profundo
desprecio hacia sí misma. Aleix la había convencido aquella
tarde, pero en su fuero interno sabía que le había fallado a
Marc en algo que para él había sido muy importante.

x cierto, tienes el USB, no?
sí.
ok. oye, kieres ke vaya a tu casa esta tarde? para lo de la poli

Gina sí quería, pero un pinchazo de orgullo le impidió ad-
mitirlo.

no, no hace falta... te llamo luego.
fijo ke tb vendran a casa...

Ella cambió de tema.

por cierto, mi madre se ha echado el perfume de salir ;-)
jaja... y mi padre no viene a comer!!!!

Gina sonrió. La supuesta aventura entre su madre y el padre de Aleix era algo que habían inventado una tarde de aburrimiento, mientras Marc estaba en Dublín. No se habían molestado en confirmarlo nunca, pero con el tiempo, a fuerza de
repetirla, la hipótesis se había convertido al menos para ella en
una certeza absoluta. Les divertía pensar que su madre y Miquel Rovira, el serio y ultracatólico doctor Rovira, estaban
ahora follando furtivamente en la habitación de un hotel.

voy a comer algo, gi!! hablamos luego, ok? bss

Él no esperó a que ella contestara. Su icono perdió el color de repente y la dejó sola frente a la pantalla. Gina miró a su alrededor: la cama sin hacer, la ropa dejada caer sobre una de las sillas, los estantes aún llenos de peluches. «Es la habitación de un niño», se dijo con desdén. Se mordió el labio inferior hasta hacerse sangre y se pasó el dorso de la mano por la herida. Entonces se levantó, sacó una enorme caja de cartón vacía del armario que hasta hace poco había contenido sus libros del colegio —todos, guardados con falso cariño durante años— y la plantó en el centro del cuarto. Luego fue cogiendo uno por uno los peluches y echándolos boca abajo dentro de la caja, casi sin mirarlos. No tardó mucho. Apenas quince minutos después la caja reposaba cerrada en un rincón y las paredes se veían extrañamente vacías. Desnudas. Tristes. Desangeladas, diría su padre.

8

A medida que el coche ascendía hacia la zona alta de la ciudad, las calles parecían vaciarse. Del tráfico denso y ruidoso de los alrededores de plaza Espanya, plagado de motos que aprovechaban el menor resquicio para colarse entre los coches y los taxis, que avanzaban lentos como zombis a la espera de una posible víctima, habían pasado en apenas quince minutos a la amplitud de horizontes de la avenida Sarrià: cruzaban la ciudad en dirección a la ronda de Dalt. En un día como ése, de sol cegador y temperaturas sofocantes, el cielo daba la impresión de haberse teñido de blanco y la montaña, apenas visible al fondo de la larga avenida, insinuaba la promesa de un oasis fresco que contrastaba con el asfalto abrasador de las tres de la tarde.

Sentado en el lado del copiloto, Héctor contemplaba la ciudad sin verla. Por su expresión, la mirada triste y el ceño levemente fruncido, se diría que su pensamiento andaba muy lejos de esas calles, vagando por algún lugar más sombrío pero en absoluto agradable. No había pronunciado una sola palabra desde que subieron al coche y Leire tomó el volante. El silencio podría haber sido incómodo si ella no hubiera estado también perdida en su mundo. En realidad, incluso agradeció esos minutos de paz: la comisaría había sido un hervidero esa mañana, y no estaba muy orgullosa de su actuación delante del comisario. Pero la visión del Predictor confirmando sus temores con un intenso color púrpura volvía a su mente en los momentos más insospechados.

Héctor entrecerró los ojos en un esfuerzo por reordenar sus ideas: no había hablado con Andreu en privado y se moría de ganas de preguntarle si había alguna novedad en el caso del doctor Omar. También recordó que había llamado a su hijo por la mañana, al salir del psicólogo, y que éste no le había devuelto la llamada. Miró de nuevo el móvil, como si pudiera hacer que sonara a voluntad.

Un frenazo brusco lo sacó a la superficie y se volvió hacia su compañera sin saber muy bien qué había pasado. Lo comprendió al instante al ver a un ciclista urbano, miembro de esa manada temeraria que había invadido las calles en los últimos tiempos, que se volvía hacia ellos más ofendido que asustado.

—Lo siento —se excusó Leire—. Esa bici se ha cruzado de repente.

Él no respondió, aunque asintió con la cabeza con aire distraído. Leire soltó lentamente un bufido; la bici no había salido de la nada, simplemente había vuelto a distraerse más de la cuenta. Joder, ya basta... Respiró hondo y decidió que el silencio la estaba abrumando, así que optó por entablar conversación con el inspector antes de que éste volviera a sumergirse en su mundo.

—Gracias por lo de antes. En el despacho del comisario Savall —aclaró—. Estaba totalmente en las nubes.

—Ya —dijo él—. Era obvio, la verdad. —Hizo un esfuerzo por seguir la conversación; también él estaba harto de pensar—. Pero tranquila, Savall ladra mucho y muerde poco.

—Reconozco que me merecía los ladridos —repuso ella, con una sonrisa en los labios.

Héctor siguió hablándole sin mirarla, con la vista puesta al frente.

—¿Qué te pareció la familia Castells? —preguntó él de sopetón.

Ella tardó unos instantes en contestar.

—Es curioso... Pensé que sería más duro. Interrogarlos sobre la muerte de un hijo de sólo diecinueve años.

—¿Y no lo fue? —Su tono aún era tenso, rápido, pero esta vez se dignó a volverse hacia ella. Leire tuvo la sensación de estar en un examen oral y se concentró en buscar la respuesta adecuada.

—No fue agradable, eso seguro. Pero tampoco —buscó la palabra— dramático. Supongo que son demasiado correctos para montar una escena, y al fin y al cabo ella no es su madre... Aunque eso no quiere decir que no den rienda suelta a sus emociones cuando se quedan solos.

Héctor no dijo nada, y la ausencia de comentarios hizo que Leire ampliara la respuesta.

—Además —prosiguió—, supongo que la religión ayuda a los creyentes en estos casos. Siempre lo he envidiado. Aunque al mismo tiempo no logro tragármelo del todo.

Por segunda vez en ese día, el concepto de Dios salía a colación. Y cuando Héctor respondió a su compañera, poco antes de que llegaran a su destino, lo hizo con una explicación que ella no acabó de entender del todo.

—Los creyentes nos llevan ventaja. Tienen a alguien en quien confiar, alguien que les protege o les consuela. Un poder superior que resuelve sus dudas y les dicta su conducta. Nosotros, en cambio, sólo tenemos demonios a los que temer.

Leire se percató de que hablaba más para sí mismo que ella. Por suerte, a su derecha vio la moderna fachada del edificio al que se dirigían y, dado que era verano, los alrededores estaban prácticamente vacíos. Aparcó en la esquina opuesta, a la sombra, sin el menor problema.

Héctor bajó del coche enseguida, necesitaba un cigarrillo. Encendió uno sin ofrecer a su compañera y fumó con avidez, con la mirada puesta en el colegio al que había asistido Marc Castells hasta el año anterior a su muerte. Mientras él apuraba el pitillo, ella se acercó a la verja que delimitaba la zona ajardinada; otra consecuencia de ese nuevo estado por el que pasaba su cuerpo era que, aunque le apetecía fumar, no toleraba el humo ajeno.

Eso se parecía tanto a la escuela de pueblo en la que había estudiado como la Casa Blanca a una barraca encalada. «Los ricos siguen viviendo en otro mundo», se dijo. Por mucho que se hubieran igualado las cosas, el pabellón que tenía ante sí, rodeado de jardines cuyo césped se extendía como una manta verde y con un gimnasio y un auditorio adjuntos, tenía más aspecto de campus universitario que de colegio propiamente dicho, y marcaba una honda diferencia, desde la infancia, entre un selecto grupo de alumnos que vivían todas esas facilidades como lo más normal del mundo y el resto de chavales, que sólo veían sitios como ése en las series americanas.

Cuando quiso darse cuenta, el inspector había apagado ya el cigarrillo y cruzaba la verja abierta. Algo molesta, sintiendo de repente que la estaban tratando como a un chófer que debe esperar en la puerta, le siguió. En realidad, la visita al colegio había sido una improvisación de última hora. Lo más probable, se dijo ella, era que no encontraran a nadie a esas horas, pero no le había pedido su opinión. «Típico de los jefes», pensó mientras caminaba un paso por detrás del inspector. Aunque al menos éste tenía un buen culo.

Ambos avanzaron por el amplio sendero de piedras desiguales que cruzaba los jardines hasta el edificio principal. La puerta estaba cerrada, como Leire esperaba, pero se abrió con un zumbido metálico poco después de que Héctor llamara al timbre. Frente a ellos se abría un amplio corredor y una oficina acristalada que, sin lugar a dudas, era la secretaría del centro. Una mujer de mediana edad los recibió con expresión fatigada desde el otro lado de la ventanilla.

—Disculpen, pero ya está cerrado. —Dirigió la mirada hacia un cartel que indicaba claramente que el horario de secretaría en los meses de verano era de nueve a una y media—. Si desean información sobre las matrículas o sobre el centro tendrán que volver mañana.

—No, no queremos información —dijo Héctor, mostrándole la placa—. Soy el inspector Salgado y ella es la agente Castro. Queríamos información sobre un alumno de este centro, Marc Castells.

Un brillo de interés asomó a los ojos de la mujer. Sin duda, era lo más emocionante que le había sucedido desde hacía tiempo.

—Supongo que está al tanto de lo ocurrido —prosiguió Héctor en tono formal.

—¡Por supuesto! Yo misma me ocupé de enviar una corona a su entierro en nombre del centro. —Lo dijo como si la duda ofendiera—. ¡Una desgracia! Pero no sé qué puedo decirles yo. Sería mejor que hablaran con alguno de los profesores, pero no sé quién hay por aquí. En verano no siguen un horario fijo: vienen por las mañanas, hasta el día quince, para hacer programaciones y papeleo, pero a la hora de comer desaparecen casi todos.

En ese momento, sin embargo, unos pasos resonaron en el enorme corredor y un hombre de unos treinta y cinco años se acercó hasta secretaría con varias carpetas amarillas en la mano. La mujer esbozó una sonrisa radiante.

—Han tenido suerte. Alfonso —dijo, dirigiéndose al recién llegado—, él es el inspector…

—Salgado —terminó Héctor.

—Alfonso Esteve fue el tutor de Marc en su último año aquí —aclaró la secretaria, hondamente satisfecha.

El tal Alfonso no parecía tan satisfecho y observó a los visitantes con una mirada cargada de reticencia.

—¿Puedo ayudarles en algo? —preguntó tras unos instantes de vacilación. Era un hombre de baja estatura, metro setenta como mucho, y vestía con unos tejanos, una camisa blanca de manga corta, y zapatillas de deporte. Unas gafas de carey otorgaban un punto de seriedad al conjunto. Antes de que Salgado pudiera contestar, dejó las carpetas amarillas en el mostrador—. Mercè, ¿las guardas en el archivo, por favor? Son los exámenes de septiembre.

La secretaria las cogió, pero no se movió de la ventanilla.

—¿Podemos hablar en algún sitio? —preguntó Héctor—. Serán sólo unos minutos.

El profesor lanzó una mirada de soslayo hacia la secretaria y ella pareció asentir, sin demasiada convicción.

—No sé si el director lo aprobaría —dijo él por fin—. Los expedientes de nuestros alumnos son privados, ya sabe.

Héctor Salgado no se movió ni un milímetro y sus ojos parecían fijos en el profesor.

—De acuerdo —cedió éste—, vamos a la sala de profesores. Está vacía.

La secretaria puso cara de desencanto, pero no dijo nada. Salgado y Castro siguieron a Alfonso Esteve, que caminaba con paso rápido hacia una de las salas del otro extremo del pasillo.

—Siéntense, por favor —les dijo al entrar, y cerró la puerta—. ¿Quieren un café?

Leire vio una reluciente máquina de café roja situada encima de una pequeña nevera. Héctor contestó antes que ella.

—Sí, por favor. —Su tono había cambiado y era mucho más cercano—. ¿A punto de empezar vacaciones?

—Sí, ya mismo. ¿Y usted querrá café? —El profesor sonrió a la agente Castro mientras colocaba la cápsula en la cafetera.

—No, gracias —dijo ella.

—Un poco de leche para mí, por favor —intervino Salgado—. Sin azúcar.

Alfonso llevó los dos cafés hasta la mesa. En cuanto se sentó, una expresión preocupada volvió a nublarle la mirada. Antes de que pudiera expresar sus dudas, el inspector Salgado tomó la palabra.

—Escuche, ésta no es una visita oficial en modo alguno. Sólo queremos cerrar el caso de ese chico, y hay ciertas cosas que no nos pueden decir la familia ni los amigos. Se trata de detalles de su personalidad, de su carácter. Estoy seguro de que usted conoce bien a sus alumnos, y de que tiene una opinión formada sobre ellos. ¿Cómo era Marc Castells? No hablo de resultados académicos, sino de su conducta, sus amigos. Ya me entiende.

El profesor parecía visiblemente halagado y respondió, ya sin vacilar:

—Bueno, estrictamente hablando, Marc ya no era mi alumno; pero desde luego lo fue durante el último curso de secundaria y los dos de bachillerato.

—¿Qué enseña usted?

—Geografía e historia. Depende del curso.

—Y fue su tutor en segundo de bachillerato.

—Sí. No fue un buen año para Marc. Seamos claros, nunca fue un estudiante brillante, ni mucho menos. De hecho, ya acabó la ESO muy justo y tuvo que repetir primero, pero hasta entonces no había dado ningún problema.

Leire miró al profesor con una expresión de franco interés.

—¿Y eso cambió?

—Cambió mucho —afirmó Alfonso—. Aunque al principio nos alegramos. Verán, Marc había sido siempre un chico muy tímido, introvertido, poco hablador. Uno de esos que pasan desapercibidos en el aula... y me temo que fuera de ella. Creo que en todo cuarto de ESO no oí su voz a menos que fuera para responder a una pregunta directa. Así que fue un alivio cuando empezó a abrirse, en primero de bachillerato. Era más activo, menos silencioso... Supongo que estar al lado de Aleix Rovira le espabiló.

Héctor asintió. El nombre le era familiar.

—¿Se hicieron amigos?

—Creo que las familias ya se conocían, pero cuando Marc repitió y coincidió en su misma clase se convirtieron en inseparables. Eso es habitual en la adolescencia, y está claro que a Marc le favorecía esa amistad, al menos académicamente hablando. Aleix es, sin duda, el alumno más brillante que ha tenido esta escuela en los últimos cursos. —Lo afirmó con total seguridad, y sin embargo en su frase resonó un eco irónico, una nota de rencor.

—¿No le caía bien?

El profesor jugueteó con la cucharilla de café, obviamente indeciso. Leire iba a repetir el sonsonete tranquilizador de la conversación extraoficial, pero Alfonso Esteve no le dio tiempo suficiente para hacerlo.

—Aleix Rovira es uno de los alumnos más complicados que he tenido. —Se dio cuenta de que el comentario requería más explicación, así que prosiguió—: Muy inteligente, desde luego, y según las chicas, bastante atractivo. Nada que ver con el típico empollón: era igual de bueno en deportes que en matemáticas. Un líder nato. Supongo que no es extraño; es el menor de cinco hermanos, todos varones, todos estrictamente educados en lo que podríamos llamar valores cristianos. —Hizo una pausa—. En su caso hay que añadir un grave problema en su infancia: tuvo leucemia, o algo parecido. Así que todavía resultaba más meritorio que, una vez recuperado, fuera siempre el primero de la clase.

—¿Pero...? —Héctor sonrió.

—Pero —Alfonso se paró de nuevo—, pero había algo frío en Aleix. Como si estuviera de vuelta de todo, como si su inteligencia y la experiencia de su enfermedad le hubieran dado una madurez... cínica. Manejaba al grupo a su antojo, y a varios profesores también. Ser el primero de la clase, el último de una saga de alumnos del centro y el recuerdo de su batalla contra el cáncer le concedían una especie de inmunidad para casi todo.

—¿Está hablando de *bullying*? —preguntó Leire.

—Eso sería decir mucho, aunque algo había. Comentarios mordaces dirigidos hacia los menos listos o menos agraciados; nada de qué acusarlo, pero estaba claro que el curso hacía lo que él quería. Si él se ponía borde con uno de los profesores, todos le seguían; si decidía que había que respetar a uno en concreto, el resto hacía lo mismo. De todos modos, ésa es sólo mi opinión; la mayoría de la gente opina que es un chico encantador.

—Parece bastante convencido de esa opinión, señor Esteve —presionó Castro. Intuía que había algo más, y no quería que el profesor lo dejara en el tintero.

—Escuchen, una cosa es que yo esté seguro y otra muy distinta que ésa sea la verdad. —Bajó la voz, como si fuera a contarles un secreto—. Un colegio es una fábrica de rumores, y es difícil averiguar su origen: surgen, se propagan, se comentan. Empiezan en voz baja, a escondidas del interesado; luego van subiendo de volumen hasta que al final estallan como una bomba.

Tanto Salgado como Castro le animaron a seguir con la mirada.

—Hubo una profesora, no muy joven ya, de cuarenta y pocos años. Llegó cuando Aleix y Marc cursaban primero de bachillerato juntos. Por alguna razón, ella y Aleix no congeniaron. Es raro, porque solía esforzarse por llevarse bien con el profesorado femenino. Los rumores empezaron enseguida, y de todo tipo. Nadie sabe muy bien lo que pasó, pero ella no terminó el curso.

—¿Y cree que esos rumores salieron de Aleix?

—Juraría que sí. Un buen día ella no vino a trabajar y yo la sustituí. La cara de Aleix expresaba una felicidad cruel. Se lo aseguro.

—¿Y Marc?

—Bueno, el pobre Marc era su fan número uno. Su padre había vuelto a casarse y creo que su mujer no podía tener hijos, así que adoptaron una niña china. Eso implica viajes, ausencias… Marc necesitaba a alguien a su lado, y ese alguien fue Aleix Rovira.

—Acabaron por expulsarle durante unos días —añadió Héctor.

Ésa había sido la principal razón de su visita; en centros como ése, plagados de alumnos de buenas familias, las expulsiones eran escasas. Sin embargo, si esperaba que el profesor le aclarara algo del tema, enseguida tuvo claro que no iba a ser así; súbitamente arrepentido de su indiscreción anterior, escogió este tema para cerrarse en banda.

—Eso ocurrió el año siguiente, pero me temo que forma parte del expediente privado del alumno. Y es confidencial. Si quieren saber más, tendrán que hablar con el director.

Leire carraspeó, a la espera de que el inspector Salgado insistiera, pero éste no lo hizo.

—Por supuesto. Dígame, ¿Marc vino a verle después de volver de Dublín?

La pregunta relajó al profesor Esteve; de nuevo se hallaba en terreno seguro y respondió rápidamente, como si quisiera enmendar su falta de cooperación en la pregunta anterior.

—Sí. Lo encontré mucho más centrado. Estuvimos hablando de su futuro: me dijo que había decidido repetir la Selectividad para subir nota y matricularse en ciencias de la información. Estaba muy ilusionado.

Héctor asintió.

—Muchas gracias. Ha sido usted muy amable. —Se levantó de la silla, dando por terminada la entrevista, pero, ya de pie, añadió una pregunta, como si acabara de ocurrírsele que se estaba olvidando de algo—: ¿Y la chica? ¿Cómo se llama…?

—Gina Martí —apuntó Leire.

El semblante del profesor se suavizó.

—Gina es un encanto. Muy insegura, demasiado sobreprotegida, pero más lista de lo que ella cree. Tiene un gran talento para la escritura. Supongo que heredado de su padre.

—¿Su padre? —Intentó recordar si el informe decía algo.

—Es la hija de Salvador Martí. El escritor.

Héctor asintió, aunque en realidad no tenía la menor idea de quién era ni qué escribía Salvador Martí.

—¿También era amiga de Marc y de Aleix?

—Creo que era amiga de Marc desde que eran niños, aunque ella es un año menor. Vino a cursar bachillerato aquí cuando él repitió primero. Y sí, Aleix también la incluyó en su círculo para complacer a su nuevo amigo. La verdad es que

94

esa niña estuvo siguiendo a Marc como un perrito durante dos años. Este último curso, sin Aleix y sin Marc, ha estado mucho más centrada; le fue muy bien repetir segundo de bachillerato, como lo demuestra su nota en Selectividad. Estaba tan contenta cuando se la comunicamos… Ahora debe de estar destrozada; es una chica muy sensible.

9

Cuando sonó el timbre, Gina abrió los ojos. Medio embotada, echada sobre las sábanas, tardó unos segundos en reaccionar. Las cuatro y veinte. ¿No había dicho su madre algo de las cinco? Más timbrazos, cortos, seguidos. Recordó que la asistenta se iba a las tres y que estaba sola en casa, así que bajó descalza la escalera y casi corrió hacia la entrada. Se miró al espejo del recibidor antes de abrir. Dios, estaba horrible. Aún con la mirada puesta en su reflejo y una expresión de intenso disgusto en la cara, abrió la puerta.

—Guapa... ¿estabas dormida?

—¡Aleix! ¿Qué haces aquí? —No se movió, momentáneamente perpleja ante aquella visita inesperada.

—¿No pensarías que iba a dejarte sola con la pasma? —Sonreía y su frente brillaba por el sudor. Se quitó las gafas de sol y le guiñó un ojo—. ¿Me dejas entrar o qué?

Ella se apartó y él cruzó el umbral con un paso largo. Llevaba una camiseta azul desteñida y unas bermudas de cuadros, anchas. Lucía un bronceado perfecto. A su lado, la piel pálida de Gina parecía la de una enferma de tisis.

—Deberías vestirte, ¿no? —Sin aguardar respuesta, él caminó hacia la cocina—. Oye, cojo algo de beber. He venido en bici y estoy seco.

Ella no contestó. Subió la escalera con paso lento. Antes de que él la siguiera, cerró la puerta de su cuarto aunque sabía que eso no le detendría. Efectivamente, aún estaba pensando qué ponerse cuando él apareció en el umbral. Seguía sonriendo y tenía una lata de Coca-Cola en la mano.

—¿Estás de mal humor? —Fue hacia ella y empezó a hacerle cosquillas. Olía levemente a sudor y ella retrocedió.

—Déjame…

—Déjame —repitió él, burlón. Le dio un beso en los labios—. ¿De verdad quieres que te deje? ¿Me voy?

—No. —La respuesta le salió más veloz de lo que habría esperado. No, no quería que se marchara—. Pero espera fuera mientras me visto.

Él levantó ambas manos, como un atracador pillado con las manos en la masa. Cerró los ojos y siguió sonriendo.

—Prometo no mirar… ¡Aunque no puedo evitar recordar!

—Haz lo que te dé la gana —repuso ella, volviéndose hacia la ropa que tenía doblada en la silla. Cogió unos tejanos cortos y una camiseta negra, escotada y de manga muy corta. Rápidamente se quitó el pijama, pero antes de que pudiera vestirse él se le acercó por detrás.

—Sigo sin mirar, te lo juro. —Volvió a besarla, esta vez en el cuello. Al hacerlo, rozó sin querer la piel de Gina con la lata recién sacada de la nevera y ella dio un respingo—. Vale, vale… te dejo en paz. ¡Seré bueno! Por cierto, has quitado los peluches. Ya era hora…

Gina se vistió. Él se sentó frente a su ordenador y empezó a teclear. Le miró, enfadada; odiaba que usara sus cosas sin tan siquiera pedirle permiso, como si le pertenecieran.

—Vamos abajo —le dijo—. Mi madre llegará en cualquier momento.

—Un segundo, sólo miro el Facebook.

Se acercó a él y se apostó a su espalda. Entonces vio el mismo mensaje que ella había recibido apenas una hora antes. «Siempreiris quiere ser tu amigo en Facebook.» La foto borrosa de una niña rubia, con los ojos medio cerrados por el sol.

—¿A ti también? —preguntó ella.

—Que le den —repuso él. Marcó sin dudarlo la casilla de «rechazar».

—Yo he hecho lo mismo hace un rato. —De repente, sin saber por qué, notó que tenía las mejillas llenas de lágrimas. Intentó dominarlas, pero no pudo.

—Gina… —Él se levantó y la abrazó—. Cariño, ya está. Ya está.

Ella se apoyó en su pecho. Duro, liso, una tabla fuerte e inquebrantable. Sollozó como una niña pequeña, avergonzada de sí misma.

—Basta, basta, basta. Esto se acabó. —La apartó un poco y le secó las lágrimas con las yemas de los dedos. Ella intentó reírse.

—Soy una tonta.

—No. No. —La miraba con dulzura, con una especie de cariño de hermano mayor—. Pero tenemos que olvidarnos de todo esto. Era un asunto de Marc, nosotros no tenemos nada que ver.

—Le echo tanto de menos.

—Y yo. —Pero ella supo que mentía. El pensamiento la intranquilizó y se alejó de él—. Por cierto, dame el USB. Es mejor que lo tenga yo.

Ella no preguntó por qué. Abrió el cajón de la cómoda y se lo dio. Aleix tardó un segundo en guardarlo en el bolsillo y le sonrió.

—Venga, vamos abajo. A ver si llegan ya de una vez y acabamos con esto. Y recuerda, ni una palabra. De nada.

Gina lo vio en sus ojos. Un punto de miedo. Una leve amenaza. Por eso había venido: no porque quisiera acompañarla, ni porque se preocupara por ella, sino porque no se fiaba de lo que una cría como Gina podía decir si la policía la presionaba. A su mente llegó el recuerdo de la cara de Marc, ensombrecida, y oyó su voz temblorosa, casi inaudible, «eres un hijo de puta, un auténtico hijo de la gran puta», mientras fuegos artificiales estallaban en el cielo, al otro lado de la ventana. Notó una mano que la sujetaba del brazo con fuerza. Él seguía mirándola con intensidad.

—Esto es importante, Gina. Sin tonterías.

La soltó y ella se acarició la muñeca.

—¿Te he hecho daño? —Fue él quien la acarició entonces—. Perdona. En serio.

—No. —¿Por qué decía que no cuando quería decir lo contrario? ¿Por qué dejaba que volviera a besarla, en la frente, si su olor a sudor le daba asco?

El sonido del interfono le evitó buscar una respuesta que de todos modos no le apetecía encontrar.

El portero de la finca, situada en Via Augusta justo antes de la plaza Molina, los miró sin dar muestras de sentirse impresionado porque dos agentes de las fuerzas del orden fueran a visitar a uno de los vecinos del inmueble. Se había levantado de la silla como si hacerlo resultara un esfuerzo inconcebible, algo que era indecente pedirle a un hombre a las cinco menos diez de la tarde en uno de los días más calurosos del verano, mientras trabajaba honradamente hojeando el periódico deportivo con los auriculares puestos. Al parecer, la persona que contestó al interfono desde el piso dio permiso para que subieran, porque el portero les indicó con gesto desganado el ascensor y masculló «ático segunda» antes de volver a dejarse caer en su silla.

Héctor y Leire se dirigieron al ascensor, que era lento y lóbrego como el portero. Ella se miró en el espejo oscuro y se percató de que su cara empezaba a acusar un cierto malhumor. Por mucha curiosidad que hubiera sentido por el inspector Salgado antes de conocerle, trabajar a su lado estaba siendo bastante incómodo. Tras salir del colegio, ella había intentado comentar lo que les había dicho el profesor, pero el resultado había sido nulo. Aparte de contestar con simples monosílabos, Salgado se había pasado el trayecto —no muy largo, todo hay que decirlo— mirando por la ventanilla, en una postura que mostraba a las claras que prefería que lo dejaran en paz. Y ahora seguía igual; le había cedido el paso educadamente para entrar en la portería y en el ascensor, pero su rostro, que ella observaba de reojo, seguía mostrando una expresión impenetrable, preocupada. Como la de un funcionario a quien obligan a quedarse más tiempo del que marca su horario.

Gina Martí los recibió en la puerta, y no hacía falta ser un genio de la observación para reparar en que había estado llorando hacía poco: la nariz enrojecida, los ojos vidriosos. Detrás de ella había un joven de expresión seria, respetuosa, a quien Leire reconoció al instante como Aleix Rovira.

—Mi madre está a punto de llegar —dijo la chica después de que Héctor se presentara. Parecía dudar entre si lo correcto era conducirlos al salón o permanecer de pie, en el recibidor. Aleix decidió por ella y los invitó a entrar, adoptando el papel de anfitrión.

—He pasado a ver a Gina —comentó, como si su presencia necesitara una justificación—. Si quieren hablar con ella a solas, me voy —añadió. Su tono era protector, cariñoso. Pero la chica siguió seria, tensa.

Ya sentados en el salón, Salgado observaba a Gina Martí, y por primera vez en toda la tarde Leire vio en los ojos del inspector un atisbo de empatía. Mientras él le explicaba, en tono tranquilizador, que estaban allí sólo para hacerle unas preguntas y Aleix asentía, de pie a su lado, con una mano apoyada en su hombro, ella contempló el salón de los Martí y decidió que no le gustaba en absoluto. Las paredes estaban forradas de estanterías atestadas de libros, la mesa y el resto de muebles eran de madera oscura y los sillones y butacas estaban tapizados en un verde oscuro. El conjunto, completado con densos bodegones enmarcados con gruesos marcos dorados y paredes pintadas de un tono ocre claro, ofrecía un aire levemente antiguo, claustrofóbico. Polvoriento, aunque estaba segura de que si pasaba un dedo por la mesa no recogería ni una mota de suciedad. Las cortinas, espesas y de color verde como los sillones, estaban corridas, lo que contribuía a esa sensación de penumbra y falta de aire. Justo entonces oyó las últimas palabras del inspector.

—Esperaremos a que llegue tu madre si lo prefieres.

Gina se encogió de hombros. Evitaba mirar directamente a su interlocutor. Eso podía ser simple timidez, se dijo Leire, o también el deseo de ocultar algo.

—Los dos conocíais a Marc desde hacía tiempo, ¿no?

Aleix tomó la palabra antes de que Gina pudiera hacerlo.

—Sobre todo Gina. De eso estábamos hablando ahora mismo. Este verano está siendo muy raro sin él. Y, además, no puedo quitarme de la cabeza que termináramos medio enfadados. Yo me fui a casa antes de lo previsto, y ya no volví a verle.

—¿Por qué os enfadásteis?

Aleix se encogió de hombros.

—Por una tontería. Apenas recuerdo ahora cómo empezó. —Miró a su amiga, como buscando confirmación, pero ella no abrió la boca—. Marc había vuelto distinto de Dublín; mucho más serio, irritable. Se enfadaba por cualquier cosa, y esa noche me harté. Era la verbena de San Juan y no tenía ganas de aguantarlo. Suena fatal ahora, ¿verdad?

—Según tu declaración anterior, te fuiste directamente a casa.

—Sí. Mi hermano estaba despierto y lo ha confirmado. Estaba de mal humor por la discusión, y algo borracho también, así que me acosté enseguida.

Salgado asintió y esperó a que la chica añadiera algo, pero ella no lo hizo. Tenía la mirada puesta en algún punto del suelo y sólo la levantó cuando se oyó girar la llave en la cerradura de la puerta y una voz gritó desde el recibidor:

—Gina, cielo… ¿Han llegado ya? —Unos pasos rápidos precedieron la entrada de Regina Ballester—. Dios, ¿qué hacéis aquí a oscuras? Esta mujer quiere que vivamos en una tumba. —Sin prestarles la menor atención, la aparición rubia caminó rápidamente hacia las cortinas y las descorrió. Un chorro de luz invadió el salón—. Esto ya es otra cosa.

Y lo era, aunque no sólo por la luz. Existen personas que llenan los espacios, personas cuya presencia carga el ambiente. Regina Ballester, en menos de un minuto, había convertido una biblioteca rancia en una pasarela luminosa, en la que, eso sí, ella actuaba como modelo principal. Y única.

Salgado se había levantado para estrechar la mano a la señora Ballester, y en los ojos de ésta Leire vio una mirada apreciativa aunque cauta.

—Creo que ya conoce a la agente Castro.

Regina asintió con un movimiento de cabeza rápido, indiferente. La agente Castro, estaba claro, no le suscitaba demasiado interés. De todos modos, su saludo más frío fue sin duda para el invitado a quien no esperaba encontrar. Aleix seguía junto a Gina, susurrándole algo al oído.

—Bueno, pues yo me voy ya. Sólo había venido a ver a Gina.

—Muchas gracias, Aleix. —Era obvio que la marcha del chico no le causaba ningún disgusto a Regina Ballester.

—Hablamos, ¿vale? —dijo él a su amiga. Se fue hacia la puerta, pero antes de salir se volvió—. Inspector, no sé si yo puedo ayudarles en algo, pero si es así... Bueno, estoy a su disposición. —En boca de otro chico, la frase habría sonado hueca, excesivamente formal. Pero en él era respetuosa, amable sin ser servicial.

—Creo que no hará falta, pero muchas gracias —repuso Salgado.

Como había dicho el profesor Esteve, Aleix Rovira podía ser un chico encantador.

10

Los faros de un coche aparcado le lanzaron un par de ráfagas justo cuando doblaba la esquina de su calle montado en la bici. Viejo y con una abolladura lateral, llamaba la atención en ese barrio tranquilo de casas con jardín y garajes privados. Por un momento tuvo la tentación de dar media vuelta, o de pasar de largo a toda velocidad, pero sabía que eso sólo significaba retrasar lo inevitable. Además, lo que menos le convenía era que alguien de su casa lo viera con un pintas como Rubén. Así que, intentando aparentar tranquilidad, se acercó a la ventanilla y desmontó de la bicicleta.

—Vaya, por fin apareces, tío —le dijo el tipo que estaba sentado en el asiento del conductor—. Estaba a punto de ir a buscarte a casa.

Aleix esbozó una sonrisa forzada.

—Pensaba llamarte ahora mismo. Escucha, necesito…

El otro meneó la cabeza.

—Tenemos que hablar. Sube al coche.

—Entro en casa a dejar la bici. Vuelvo enseguida.

No esperó a que le contestara: cruzó la calle, abrió la puerta blanca del jardín y empujó la bicicleta hacia el interior. En menos de un minuto estaba sentado en el coche; se volvió para comprobar si alguien de su casa le había visto entrar y salir.

—Arranca ya —le pidió.

El otro no dijo nada. Puso el coche en marcha y avanzó por la calzada despacio. Aleix se puso el cinturón e inspiró profundamente. No le sirvió de mucho; cuando habló, su voz seguía siendo nerviosa.

—Oye, tenéis que darme más tiempo… Joder, Rubén, estoy haciendo lo que puedo.

Rubén se mantuvo en silencio. Extrañamente callado. Como un chófer en lugar de un colega. No era mucho mayor que Aleix y, de hecho, su delgadez le hacía parecer incluso más joven. A pesar del tatuaje que descendía por su brazo y de las gafas de sol, tenía un aire aniñado, acentuado por el chándal y la camiseta blanca. Nadie habría dicho que llevaba años currando, primero de camarero y luego en una obra, hasta que cerraron tanto el bar como los andamios. No se volvió hacia su acompañante hasta que tuvo que detenerse en un semáforo.

—La has cagado, tío.

—Joder, ya lo sé. ¿Qué quieres que haga ahora? ¿Crees que puedo conseguir la pasta así, en un par de días?

El otro meneó la cabeza de nuevo, apesadumbrado.

—Por cierto, ¿adónde vamos? —preguntó Aleix.

De nuevo, Rubén no contestó.

En el salón de los Martí, Héctor observaba con atención a la chiquilla que tenía delante. A pesar de sus dieciocho años, Gina tenía todo el aire de una niña indefensa. Y, desde luego, intranquila. Se dijo que lo mejor que podía hacer era formularle preguntas directas, al menos al principio: dirigir el interrogatorio con preguntas neutras hasta que ella se sintiera más cómoda.

—Escucha —le repitió, con el fin de sosegarla—, sólo estamos aquí para hablar contigo. Ya sé que no te apetece nada recordar lo que pasó esa noche, así que intentaremos ser breves. Limítate a contestar a mis preguntas, ¿de acuerdo?

Ella asintió.

—¿A qué hora llegasteis a casa de Marc?

—Sobre las ocho. Bueno —rectificó—, yo llegué a las ocho. Aleix vino más tarde. No sé qué hora era. Las nueve o algo así…

—De acuerdo. —Él seguía mirándola con expresión amable—. ¿Y cuál era el plan?

Se encogió de hombros.

—Ninguno en especial…

—Pero tú pensabas quedarte a dormir, ¿no?

La pregunta la puso nerviosa. Miró a su madre, que hasta el momento había permanecido en silencio, atenta a las preguntas y a las respuestas.

—Sí.

—¿Y qué pasó luego? ¿Bebisteis, pusisteis música? ¿Cenasteis algo?

Gina entrecerró los ojos. La rodilla empezó a temblarle.

—Inspector, por favor —intervino Regina—. Todo esto ya se lo preguntaron al día siguiente. —Miró a la agente Castro en busca de una confirmación a sus palabras—. Ha sido algo muy desagradable para ella. Marc y Gina se conocían desde hace años, eran como hermanos.

—No. —Gina abrió los ojos de repente y su tono amargo los sorprendió a todos—. ¡Estoy harta de oír eso, mamá! No éramos hermanos. Yo, yo… le quería. —Su madre intentó cogerle la mano, pero ella la rechazó y se volvió hacia el inspector con más decisión—. Y sí, bebimos, pusimos música. Preparamos unas pizzas en la cocina. No es que hiciéramos nunca nada especial, pero estábamos juntos. Eso era lo especial.

Héctor la dejó hablar sin interrumpirla e hizo un gesto hacia su compañera para que tampoco dijera nada.

—Luego llegó Aleix. Y cenamos. Y bebimos más. Y escuchamos más música. Como habíamos hecho muchas otras veces. Hablamos de la Selectividad, y de Dublín, y de los ligues de Aleix. Hacía tiempo que no estábamos los tres juntos. Como antes.

A Héctor no le pasó desapercibido el gesto de sorpresa de Regina. Fue momentáneo, un simple arqueo de cejas, pero estuvo ahí. Gina prosiguió, cada vez más acelerada:

—Entonces sonó una canción que nos gustaba y empezamos a bailar como locos, y a cantar a gritos. Al menos Aleix y yo, porque Marc se calló enseguida y volvió a sentarse. Pero nosotros seguimos bailando. Era una fiesta, ¿no? Eso le dijimos, pero no estaba de humor... Aleix y yo subimos el volumen, ya no recuerdo qué sonaba. Estuvimos bailando un rato hasta que de repente Marc cortó la música.

—¿Estaba preocupado por algo?

—No sé... Había vuelto muy raro. Más serio. Casi no le había visto en los dos meses que llevaba aquí. Sí, yo estaba estudiando y todo eso, pero casi no llamaba.

—Pero... —intervino Regina. Su hija la cortó:

—Y entonces Aleix dijo que si se había acabado la fiesta, él se iba. Discutieron. Y me jodió, porque lo estaba pasando bien, como antes. Así que cuando Aleix se marchó le pregunté a Marc qué le pasaba. —Hizo una pausa, y pareció a punto de romper a llorar—. Me dijo «has bebido mucho, mañana estarás fatal» o algo así, y era verdad, supongo, pero me enfadé y me fui a su cama y estuve un rato esperando... y, bueno, vomité en el cuarto de baño, pero lo limpié todo, y me cogió frío de repente y me acosté porque la habitación me daba vueltas y tenía como escalofríos. —Las lágrimas rodaban entonces por sus mejillas sin que hiciera nada por detenerlas. Su madre la rodeó con el brazo y esta vez Gina no rehuyó el contacto—. Y ya está. Cuando me desperté, ya había pasado todo.

La chica se refugió en los brazos de su madre, como un pajarillo. Regina la mantuvo abrazada y, dirigiéndose al inspector, dijo con severidad:

—Creo que ya basta, ¿no? Como pueden ver, a mi hija le afecta mucho todo esto. No quiero que tenga que repetir la misma historia una y otra vez.

Héctor asintió y miró a Leire de reojo. Ésta no terminó de

entender lo que quería decirle él con esa mirada, pero sí estaba segura de que en ese momento, protegida por su madre, Gina no les diría nada más. Y, a pesar de que las lágrimas de la joven parecían sinceras, ella había notado cierta relajación en la postura de Gina tras las últimas palabras de su madre. Iba a decir algo, pero Regina se le adelantó:

—Todavía recuerdo lo terrible que fue a la mañana siguiente. —Los focos de la pasarela volvían a la actriz principal, que reclamaba representar su papel.

Héctor le siguió el juego.

—¿Cómo se enteró de lo sucedido?

—Glòria me llamó a primera hora de la mañana para decírmelo. ¡Dios! No podía creerlo… Y aunque me dijo enseguida que Gina estaba bien, que había sido el pobre Marc quien había… Bueno, no me quedé tranquila hasta que la vi. —Abrazó a su hija con más fuerza.

—Por supuesto —afirmó el inspector—. ¿Habían celebrado una fiesta en el chalet de los Castells?

La mujer esbozó una sonrisa irónica.

—Llamarlo fiesta es una exageración, inspector. Dejémoslo en una simple cena de amigos. Glòria es un encanto, y una de las mujeres más organizadas que conozco, pero lo suyo no son precisamente las fiestas.

—¿Quiénes estaban?

—Éramos sólo siete: los Rovira, los Castells, mi marido y yo, y el hermano de Enric, el *mossèn*. Bueno, y Natàlia, claro. La hija adoptiva de los Castells —aclaró.

—¿Se retiraron temprano?

Si Regina pareció sorprendida por la pregunta, no dio muestras de ello.

—¿Temprano? No sabría decirle, a mí la noche se me hizo eterna. No me aburría tanto desde la última película turca que me llevó a ver Salvador. Imagínese: los Rovira, que dedican más tiempo a bendecir la mesa que a comer. Será porque creen que disfrutar de la comida es un pecado de gula o de avaricia. Y

Glòria, que se pasó toda la cena levantándose para ver si los petardos molestaban a su niña. Le dije que los chinos llevan siglos jugando con la pólvora, pero me miró como si fuera imbécil.

Gina lanzó un suspiro de fastidio.

—Mamá, no seas mala. Glòria no es tan histérica. Y Natàlia es un sol, siempre que me quedo de canguro se duerme enseguida. —Y, dirigiéndose al inspector, añadió, con un leve toque de ironía—: Mi madre no soporta a Glòria porque aún usa una talla treinta y seis, y porque está estudiando una carrera.

—Gina, no digas tonterías. Aprecio mucho a Glòria, ha sido lo mejor que podía pasarle a Enric: encontrar a una esposa como las de antes. —Si el comentario pretendía ser elogioso, el tono expresaba a las claras cierto desdén—. Y admiro su capacidad de organización, pero eso no quita que la fiesta fuera un tostón: mi marido, Enric y el cura hablaron largo y tendido de la situación desastrosa de Catalunya en estos momentos, de la crisis, de la falta de valores… Para colmo, ahora una ni siquiera puede tomarse una copa con la de controles que ponen en la carretera durante la noche de San Juan. —Lo dijo como si eso fuera responsabilidad directa del inspector Salgado.

—¿A qué hora volvieron?

—Serían alrededor de las dos cuando llegamos a casa. Salvador llega mañana de viaje. Se lo preguntaré, él se fija mucho más en las horas que yo.

Mientras su madre hablaba, Gina se levantó y fue a buscar un pañuelo de papel. Leire la siguió con la mirada. Las lágrimas habían terminado y en su lugar, durante un momento, apareció algo parecido a la satisfacción. Movida por un impulso, Leire se levantó y se dirigió a la chica.

—Perdona —le dijo—, tengo que tomarme una pastilla. ¿Te importa darme un vaso de agua? Voy contigo, no hace falta que lo traigas.

Siente un manotazo en la boca, dado con el dorso de la mano por el tipo que tiene delante. Es más humillante que doloroso. Un hilo de sangre salada le mancha el labio.

—¿Ves lo que pasa por contestar? —le dice el calvo, alejándose un poco—. Anda, sé un buen chico y prueba con otra respuesta.

Tiene al calvo tan cerca que nota su aliento en la cara. Aire caliente salpicado de saliva. El otro está a su espalda y le rodea los hombros con un brazo que parece una tenaza. Rubén, sentado en un rincón del cuarto, desvía la mirada.

No es la primera vez que Aleix está en ese local: un antiguo garaje de la Zona Franca al que ha ido varias veces a pillar cocaína. Por eso ha dejado que Rubén lo lleve hasta allí, sin imaginar que dentro le esperaban los otros dos. Ni siquiera sabe sus nombres; sólo que están cabreados. Y con razón. Aleix está sudando, y no sólo por el calor. El primer puñetazo en el estómago lo deja sin aire. Abre mucho los ojos, realmente sorprendido. Cuando intenta explicarse siente otro golpe, y otro. Y otro más. Ni siquiera intenta zafarse del gordo: trata de poner la mente en blanco. Ellos no saben que de pequeño había tenido que soportar ya tanto dolor que éste ha dejado de asustarle. Se repite a sí mismo: «Esto es sólo una advertencia, un aviso». Quieren la pasta, no matarlo, ni nada de eso. Pero cuando el calvo deja de pegarle el tiempo suficiente, le ve la cara. El muy cabrón está disfrutando. Y es entonces cuando siente pánico; al ver esos ojos inyectados de satisfacción, una mano apoyada sobre el paquete como si fuera a masturbarse. Adivina lo que está pensando como si su frente fuera un cristal transparente y sus intenciones estuvieran escritas al otro lado. Clava la mirada en el bulto que se le ha formado al calvo en la entrepierna e intenta transformar el terror que siente en una mueca irónica. Cuando el otro le asesta dos nuevos puñetazos, sabe que lo ha conseguido y casi agradece el dolor. Es mejor que otras cosas.

—¡Basta! —Rubén se ha levantado de la silla y se acerca hacia los otros.

El puño del calvo se queda suspendido en el aire y la tenaza se afloja un poco. Lo bastante para que Aleix resbale, como una mancha de líquido en una pared, hasta caer de rodillas. Entre una bruma de dolor, oye los pasos de Rubén, acercándose. Se arrodilla a su lado y le habla en voz tan baja que ni siquiera oye lo que le dice.

—Tienes suerte de que esté aquí éste. —El calvo mira su reloj—. Te damos cuatro días; el martes que viene vendremos a cobrar.

Aleix asiente porque no puede hacer otra cosa. Siente una mano apoyada en su hombro que le ayuda a levantarse. Se apoya en Rubén, que parece dolido.

—Lo siento, tío —le susurra al oído. Y Aleix nota que es sincero. Que a pesar de que ha tenido que conducirlo hasta esa encerrona, se preocupa por él.

—Llévalo a casita —le dice el calvo—. Ya sabe lo que tiene que hacer.

Rubén le agarra por los hombros y lo lleva hasta la puerta. Al salir, Aleix tiene que pararse: se le revuelven las tripas, le lloran los ojos. Y, lo que es peor, le pesa el miedo de no saber cómo salir de ésta.

En la cocina, Leire se bebió el vaso de agua despacio, mientras pensaba en cómo enfocar el asunto. Gina la observaba con el semblante inexpresivo. Había algo ahí detrás, algo que se atisbaba tanto en las lágrimas amargas de antes como en su mirada apática de ahora.

—¿Tienes alguna foto de Marc? —le preguntó, en un tono amistoso—. Me gustaría ver cómo era. —Fue un tiro al aire, pero dio resultado. Gina se relajó y asintió.

—Sí, las tengo en mi cuarto.

Subieron la escalera hasta la habitación y Gina cerró la puerta. Se sentó al ordenador y tecleó deprisa.

—Tengo muchas en mi Facebook —le dijo—. Pero éstas

son las de la noche de San Juan. No me acordaba de que las había hecho.

Eran fotos improvisadas. Las pizzas, las copas, la tradicional coca de piñones. Había un par de Aleix, pero la mayoría eran de Marc. El cabello rapado al uno, una camiseta azul marino con números blancos y unos tejanos desgastados. Un chico normal, tirando a guapo, aunque demasiado serio para estar en una fiesta. Leire contemplaba tanto las fotos como la cara de Gina, y si albergaba aún alguna duda de que la chica había estado enamorada, ésta se disipó de inmediato.

—Estabas preciosa. —Y era verdad. Resultaba evidente que la chica se había arreglado para aquella noche. Leire la imaginó vistiéndose para gustarle. Y había terminado borracha y sola, después de vomitar en el cuarto de baño. La pregunta saltó a sus labios sin pensar—: Había conocido a otra chica, ¿verdad? En Dublín, quizá.

Gina se puso tensa al instante y minimizó la pantalla. Pero su cara daba la mejor respuesta posible.

—Espera. —Un recuerdo súbito apareció en la cabeza de Leire: el cadáver de Marc en el suelo del patio, sangre seca en la parte posterior de la cabeza, tejanos, zapatillas… Y sí, estaba segura, un polo de color verde claro que nada tenía que ver con la camiseta azul—. ¿Se cambió de ropa?

Aleix se lo había dicho: «Si de repente no sabes qué contestar, di que no te acuerdas». Gina intentó aparentar desconcierto.

—¿Por qué lo dice?

—La ropa con la que lo encontraron no es la misma que lleva en esas fotos.

—¿No? La verdad es que no me acuerdo. —La rodilla le temblaba sin que pudiera pararla. Se levantó y fue hacia la puerta. El gesto era inequívoco: la conversación había terminado.

El viejo Citroën se paró en la misma esquina donde había recogido a Aleix hacía un par de horas. No habían hablado durante todo el camino: Aleix porque apenas podía articular palabra; Rubén porque no tenía nada que decir.

—Espera un momento —balbuceó Aleix.

El conductor apagó el motor. Siguió en silencio.

Rubén encendió un cigarrillo.

—Ésos van en serio —le dijo, sin mirarlo—. Esta vez hay mucha pasta en juego, tío. Tienes que conseguir el dinero como sea.

—¿Crees que no lo sé? ¡Mierda, Rubén!

—Consigue la pasta, tío. Pídesela a tus viejos, a tus colegas, a tu amiguita… Está forrada, ¿no? Si alguno de mis amigos necesitara cuatro mil euros, yo los sacaría de debajo de las piedras. Te lo juro.

Aleix suspiró. ¿Cómo explicarle a Rubén que precisamente la gente que más dinero tenía era la más reacia a soltarlo?

El humo huía por la ventanilla abierta, pero dejaba un rastro de olor en el coche. Aleix creyó que iba a vomitar.

—¿Estás bien?

—No lo sé. —Asomó la cabeza en busca de aire, un gesto inútil con ese bochorno. Inspiró con fuerza de todos modos.

—Oye —Rubén había arrojado la colilla a la calle—, quiero que sepas una cosa: mi cabeza también está en juego. Si esa gente llega a creer que te has quedado con… ya sabes… Compiten en otra liga, tío. Ya te lo dije.

Era cierto. Los tratos entre Aleix y Rubén se remontaban a un año atrás, y habían empezado casi como un juego: la posibilidad de sacarse unas rayas gratis a cambio de colocar parte de la mercancía en ambientes a los que Rubén no tenía acceso. Aleix se había divertido haciéndolo; era una forma de transgredir las reglas, de dar un pequeño paso hacia el otro lado. Y cuando, semanas atrás, en vista de que el negocio funcionaba mejor que bien, Rubén le había propuesto aumentar el volumen de ventas gracias a estos nuevos colegas, él no se lo había pensado dos veces. La noche de San Juan llevaba encima cocaína suficiente para animar las fiestas de media ciudad.

—Joder, ¿cuántas veces tengo que decirlo? Marc se cabreó conmigo y la tiró por el retrete. No pude hacer nada. ¿Crees que estaría aguantando todo esto si pudiera evitarlo?

—¿Por eso lo empujaste?

La pausa fue demasiado tensa, como una goma elástica estirada al máximo.

—¿Qué?

Rubén desvió la mirada.

—Fui a buscarte, tío. La noche de San Juan. Sabía dónde estabas, así que cuando me cansé de llamarte, cogí la moto y me planté en casa de tu colega.

Aleix lo miraba atónito.

—Era tarde, pero la luz de la buhardilla estaba encendida. Se veía desde el otro lado de la verja. Tu colega estaba en la ventana, fumando. Volví a llamarte al móvil y ya me iba cuando…

—¿Qué?

—Bueno, desde donde estaba juraría que alguien le empujó. Estaba quieto y de repente salió disparado hacia delante… Y me pareció ver una sombra detrás. No me quedé a comprobarlo. Cogí la moto y me largué cagando leches. Luego, al día siguiente, cuando me dijiste lo que había pasado, pensé que quizá habías sido tú.

Aleix negó con la cabeza.

—Mi colega se cayó por la ventana. Y si viste algo más es porque te habías puesto hasta el culo de todo. ¿O no?

—Bueno, era la noche de la verbena…

—En cualquier caso, mejor no cuentes que estuviste por aquí.

—Tranquilo.

—Oye, ¿tienes…?

Rubén suspiró.

—Si esos pavos se enteran de que te he dado, me matan.

Rubén preparó rápidamente dos rayas en la caja de un CD vacía. Se las pasó a Aleix, quien aspiró con avidez la primera. Lo miró de reojo antes de devolverle la caja.

—Métete la otra también —le dijo Rubén, mientras encendía otro cigarrillo—. Yo tengo que conducir. Y tú hoy la necesitas.

11

La última visita del día, pensó Héctor cuando el coche se paró justo delante de la casa de los Castells. Una más y podría irse a casa y olvidarse de todo eso. Archivar ese absurdo favor y dedicarse a lo que de verdad le importaba. Además, por una vez Savall estaría contento: concertaría una cita con la madre del chico, le diría que todo había sido un desgraciado accidente y pasarían a otra cosa. Durante el camino, su compañera le había comentado el detalle de la camiseta y de su reiterada impresión de que Gina Martí no les estaba contando toda la verdad. Él se había mostrado de acuerdo, aunque pensó, sin decirlo, que mentir no era lo mismo que empujar a un amigo de la infancia desde la ventana de una buhardilla. Una ventana que resultaba visible ahora por encima de la verja cubierta de enredaderas. Héctor dirigió la mirada hacia ella y entrecerró los ojos; desde ese punto hasta el suelo había unos buenos diez u once metros de altura. ¿A santo de qué vendría esa costumbre de los chicos de hacer estupideces peligrosas? ¿Era por aburrimiento, afán de riesgo o simple inconsciencia? Quizá las tres cosas en proporciones iguales. Meneó la cabeza al pensar en su hijo, que entraba en la adolescencia, esa edad prefabricada y plagada de tópicos, en la que uno, como padre, sólo puede armarse de paciencia y esperar que todo lo que había intentado enseñar en el pasado tuviera algún efecto que contrarrestara la ebullición hormonal y la tontería congénita de esos años. Marc Castells tenía casi veinte cuando cayó de esa ventana. Siguió con la mirada fija en ella y notó que se apoderaba de él el súbito temor que había sentido otras veces ante muertes absurdas: accidentes que podrían haberse evitado, desgracias que nunca deberían haber sucedido.

Una mujer de mediana edad y rasgos sudamericanos les acompañó hasta el salón. El contraste entre la casa que acababan de visitar y ésta era tan grande que incluso Héctor, para quien la decoración era una disciplina tan abstracta como la física cuántica, no pudo menos que notarlo. Paredes blancas y muebles bajos, algún cuadro en tonos cálidos y una suave música de Bach. Regina Ballester había dejado bien claro que la actual señora Castells le parecía más bien sosa, pero el ambiente que había creado en su casa era de armonía, de paz. La clase de hogar al que un tipo como Enric Castells desea llegar: tranquilo y hermoso, de grandes ventanales y espacios diáfanos, ni demasiado moderno ni demasiado clásico, que transpiraba dinero y buen gusto en cada detalle. Sin querer se fijó en que el camino de mesa tenía un estampado geométrico, blanco y negro, que reconoció como uno de los diseños de Ruth. Tal vez fue eso lo que le hizo sentir una punzada de tristeza, que rápidamente se mezcló con una sensación de malestar, un atisbo de rencor que reconoció como injusto. Alguien había muerto allí hacía menos de dos semanas y, sin embargo, la casa parecía haberse recuperado por completo: la tragedia estaba neutralizada, todo había vuelto a la normalidad. Bach flotaba en el ambiente.

—¿Inspector Salgado? Mi marido me avisó de que vendrían. Debe de estar a punto de llegar. —Héctor comprendió al instante por qué Glòria Vergés y Regina Ballester no podían pasar de una amistad superficial—. Deberíamos esperarle —añadió, con un deje de inseguridad en la voz.

—¡Mamá! ¡Mira!

Una niña de cuatro o cinco años reclamó la atención de Glòria y ésta no dudó en concedérsela al instante.

—¡Es un castillo! —anunció la cría, levantando en el aire un dibujo.

—Vaya… ¿el castillo donde vive la princesa? —preguntó su madre.

Sentada en una mesita de color amarillo, la niña observó el dibujo y meditó la respuesta.

—¡Sí! —exclamó por fin.

—¿Por qué no dibujas a la princesa? Paseando por el jardín. —Glòria se había agachado a su lado, y desde allí se volvió hacia Salgado y Castro—. ¿Quieren tomar algo?

—Si no le importa, preferiríamos subir a la buhardilla —dijo Salgado.

Glòria vaciló de nuevo; era evidente que su marido le había dado instrucciones precisas y que no se sentía a gusto desobedeciéndolas. Por suerte, en ese momento alguien entró en el salón. Salgado y Castro se volvieron hacia la puerta.

—Fèlix —dijo Glòria, sorprendida aunque aliviada—. Les presento al hermano de mi marido, el padre Fèlix Castells.

—Inspector. —El hombre, muy alto y más bien grueso, tendió la mano para saludarlos—. Enric acaba de llamarme: le ha surgido un imprevisto y se retrasará un poco. Si necesitan algo mientras tanto, he venido para serles útil en la medida que pueda.

Antes de que Héctor pudiera intervenir, Glòria se acercó a ellos.

—Disculpen, ¿les importaría hablar en otro sitio? —Miró de soslayo a la niña y bajó la voz—. Natàlia lo ha pasado muy mal estos días, ha tenido unas pesadillas atroces. —Suspiró—. No sé si es lo mejor, pero intento que todo vuelva a la normalidad —añadió, casi a modo de disculpa—. No quiero volver a recordárselo ahora.

—Por supuesto. —Fèlix la miró con cariño—. Vamos arriba, ¿les parece?

—Subo con usted —dijo Héctor—. ¿Le importa que la agente Castro eche un vistazo a la habitación de Marc? —Bajó la voz al decir el nombre del chico, pero aun así la niña se volvió hacia ellos. Saltaba a la vista que estaba pendiente de la conversación, aunque parecía absorta en su dibujo. ¿Hasta qué punto entendían los niños lo que sucedía a su alrededor? Tenía que ser muy difícil explicarle a una niña de su edad una tragedia como ésa. Quizá la opción de su madre fuera la mejor: volver a la normalidad, como si nada hubiera pasado. Si es que eso era posible.

El indeseado imprevisto de Enric Castells está en ese momento observándole desde el otro lado de la mesa con una mezcla de curiosidad y desdén. Es un bar tranquilo, sobre todo en verano, porque los mullidos sillones y las mesas de madera oscura transmiten una sensación de calor que el aire acondicionado no consigue disipar del todo. Camareros vestidos de uniforme que hacen gala de una formalidad pasada de moda y un par de ancianos sentados en la barra que deben de pasar allí todas las tardes desde que su salud era el tema de conversación. Y ellos dos, claro, sentados en la parte trasera del bar, casi agazapados, como si se escondieran de alguien que pudiera entrar por casualidad. Sobre la mesa hay dos tazas de café con sus respectivos platillos y una jarrita blanca.

Vistos desde el otro lado del cristal, sus gestos son los de una pareja en crisis enfrentada a una ruptura inminente e inevitable. Aunque no se oigan sus palabras, hay algo en la actitud de la mujer que denota crispación: abre los brazos y menea la cabeza, como si el hombre que se halla delante de ella la estuviera defraudando una vez más. Él, por su parte, parece inmune a lo que la mujer pueda decirle: la mira con ironía, con un desapego mal disimulado. Su postura rígida, sin embargo, contradice esa indiferencia. La escena sigue así durante unos minutos. Ella insiste, pregunta, exige, saca del bolso una hoja de papel con algo impreso y la tira encima de la mesa; él desvía la mirada y responde con monosílabos. Hasta que de repente algo de lo que ella dice hace mella en él. Resulta obvio al instante, en su semblante ensombrecido, en el puño que se cierra antes de que ambas manos se apoyen, tensas, sobre la mesa; en su manera de levantarse, rápida, como si ya no estuviera dispuesto a soportar nada más. Ella mira por la ventana, pensativa, se vuelve para añadir algo pero él ya se ha ido. La hoja de papel sigue encima de la mesa, entre ambas tazas. Ella la coge, la relee. Luego la dobla con cuidado y vuelve a guardarla en el bolso. Reprime una sonrisa amarga. Y, como si hacerlo le costara un esfuerzo enorme, Joana Vidal se levanta del sillón y camina despacio hacia la puerta.

La palabra «buhardilla» hace pensar en techos inclinados, vigas de madera y mecedoras viejas, en juguetes olvidados y baúles polvorientos; un espacio íntimo, un refugio. La de la casa de los Castells debía de ser la versión pasteurizada del término: impoluta, de paredes blancas, perfectamente ordenada. Héctor ignoraba el aspecto que había tenido ese cuarto cuando Marc aún vivía, pero ahora, dos semanas después de su muerte, resultaba una prolongación perfecta del ambiente armónico de la planta inferior. Nada viejo, nada fuera de lugar, nada personal. Una mesa de madera clara, vacía, dispuesta en perpendicular a la ventana para aprovechar la luz; una silla cómoda y moderna, casi de oficina; estantes llenos de libros y discos compactos, levemente iluminados por la luz de la tarde que entra por la ventana, situada a media altura. Una estancia impersonal, sin nada destacable. Lo único que evocaba a las buhardillas de verdad era una caja grande, apoyada en la pared que había frente a la mesa.

Héctor se dirigió a la única ventana, la abrió y se asomó. Cerró los ojos e intentó visualizar los movimientos de la víctima: sentado en el alféizar, con las piernas colgando y un cigarrillo en la mano. Un poco bebido, lo justo para que sus reflejos no sean los de siempre, probablemente pensando en la chica que le espera en su cuarto aunque, por lo que parece, sin demasiadas ganas de seguirla a la cama. Quizá esté haciendo acopio de valor para rechazarla, o al revés, tomando aire para darle lo que quiere. Es su momento de paz; unos minutos en los que ordena el mundo. Y, cuando termina el cigarrillo, pasa una pierna hacia el interior con la intención de dar media vuelta. Entonces el alcohol hace su efecto; es un mareo momentáneo, pero fatal. Se echa hacia atrás, sus brazos se agitan en el vacío, el pie del suelo resbala.

Fèlix Castells se había quedado en el umbral, observándole en silencio. Hasta que Héctor no se apartó de la ventana de nuevo, no cerró la puerta y se dirigió a él.

—Tiene que entender a Glòria, inspector. Todo esto ha sido muy duro para Enric y la niña.

Héctor asintió. ¿Qué había dicho Leire antes? «Al fin y al cabo, ella no es su madre.» Era verdad: la señora Castells podía lamentar la muerte de su hijastro, y sin duda lo hacía, pero sus prioridades estaban con su hija y su marido. Nadie podía reprochárselo.

—¿Cómo se llevaban?

—Todo lo bien que cabe desear. Marc estaba en una edad complicada y tendía a encerrarse en sí mismo. Nunca fue un chico muy hablador; pasaba horas aquí dentro, o en su cuarto, o patinando. Glòria lo entendía y, en líneas generales, dejaba que Enric se ocupara de su hijo. Eso no es difícil, mi hermano tiende a encargarse de casi todo.

—¿Y su hermano y Marc?

—Bueno, Enric es un hombre de mucha personalidad. Algunos le describirían como anticuado. Pero quería muchísimo a su hijo, por supuesto, y se preocupaba por él. —Hizo una pausa como si tuviera que ampliar la respuesta y no supiera cómo—. La vida familiar no resulta fácil hoy en día, inspector. No voy a ser tan retrógrado como para añorar otros tiempos, pero está claro que las rupturas y las separaciones provocan… cierto desequilibrio. En todos los afectados.

Héctor no dijo nada y fue hacia la caja. Intuía su contenido, pero se sorprendió: el teléfono móvil de Marc, su ordenador portátil, varios cargadores, una cámara de fotos, cables y un osito de peluche roto, totalmente fuera de lugar entre esos objetos tecnológicos. Lo sacó y se lo mostró al padre Fèlix Castells.

—¿Era de Marc?

—Sinceramente, no lo recuerdo. Supongo que sí.

Las pertenencias bien guardadas, metidas en una caja como su dueño.

—¿Necesita algo más?

La verdad era que no, pensó Héctor. Aun así, la pregunta le salió sin pensar:

—¿Por qué lo expulsaron del instituto?

—Hace mucho tiempo de eso. No sé de qué puede servir recordarlo ahora.

Héctor no dijo nada; como esperaba, el silencio espoleó las ganas de hablar. Incluso un hombre de la edad de Fèlix, experto en culpas y absoluciones, se sentía incómodo en él.

—Fue una tontería. Una broma de mal gusto. De muy mal gusto. —Se apoyó en la mesa y miró a Héctor a los ojos—. No sé cómo se le ocurrió algo así, si le soy sincero. Me pareció tan… impropio de Marc. Siempre fue un muchacho más bien sensible, en absoluto cruel.

Si el padre Castells quería intrigarlo, lo estaba consiguiendo, pensó Héctor.

—Había un compañero en la clase de Marc. Óscar Vaquero. Más grueso, poco brillante y —buscó la palabra, que obviamente le incomodaba— un poco… afeminado. —Suspiró y siguió hablando, ya sin pausas—. Al parecer, Marc le grabó desnudo en las duchas y colgó el vídeo en internet. El muchacho estaba… bueno, ya me entiende, excitado, al parecer.

—¿Se estaba masturbando en el vestuario?

El padre Castells asintió.

—Menuda broma.

—Lo único que puede decirse en favor de mi sobrino es que confesó enseguida que él había sido el autor. Se disculpó con el otro chico y retiró el vídeo a las pocas horas de haberlo colgado. Por eso el centro decidió expulsarlo sólo temporalmente.

Héctor iba a contestar cuando la agente Castro llamó a la puerta y entró sin esperar respuesta. Llevaba una camiseta azul en la mano.

—La han lavado ya, pero es la de la foto. Seguro.

El padre Castells los observaba a ambos desconcertado. Algo cambió en su tono y se incorporó de la mesa. Era un hombre de gran tamaño, diez centímetros más alto que Héctor, que con su metro ochenta no era precisamente bajo, y sin duda treinta kilos más grueso.

—Escuche inspector, Lluís…, el comisario Savall, nos había dicho que se trataba de una visita extraoficial… para tranquilizar a Joana, sobre todo.

—Y así es —repuso Héctor, algo sorprendido al oír el nombre del comisario—. Pero queremos asegurarnos de atar todos los cabos.

—Inspector, mire aquí, en la parte superior de la camiseta, justo debajo del cuello.

Unas manchas rojizas. Podían ser muchas cosas, pero Salgado había visto demasiadas manchas de sangre para no reconocerlas. Su tono también cambió.

—Nos la llevamos. Y —señaló la caja— esto también.

—¿Qué es lo que se llevan?

La voz procedente de la puerta los sorprendió a todos.

—Enric —dijo Fèlix, dirigiéndose al recién llegado—, éstos son el inspector Salgado y la agente Castro…

Enric Castells no estaba de humor para presentaciones formales.

—Creía que había dejado claro que no queríamos que nos molestaran más. Ya estuvieron aquí y revolvieron todo lo que quisieron. Ahora vuelven y pretenden llevarse las cosas de Marc. ¿Puedo simplemente preguntar por qué?

—Ésta es la camiseta que llevaba Marc la noche de San Juan —explicó Héctor—. Pero no la que tenía puesta cuando lo encontraron. Por algún motivo se cambió de ropa. Probablemente porque ésta estaba manchada. Y, si no estoy equivocado, las manchas son de sangre.

Tanto Enric como su hermano aceptaron la noticia en silencio.

—Pero ¿eso qué significa? —preguntó Fèlix.

—No lo sé. Probablemente nada. Quizá se cortó accidentalmente y se cambió de ropa. O tal vez esa noche pasó algo que los chicos no nos han dicho. En cualquier caso, lo primero es analizar la camiseta. Y volver a hablar con Aleix Rovira y Gina Martí.

La actitud de Enric Castells cambió de repente.

—¿Está diciéndome que esa noche pasó algo que no sabemos? ¿Algo que tuvo que ver con la muerte de mi hijo? —Lo preguntó con firmeza pero estaba claro que la frase le dolía.

—Es pronto para asegurar algo así. Pero creo que a todos nos interesa llegar al fondo del asunto. —Lo dijo tan delicadamente como fue capaz.

Enric Castells bajó la mirada. Su rostro indicaba claramente que estaba pensando en algo, decidiendo qué hacer. Pareció llegar a una conclusión segundos después, y, sin mirar a ninguno de los presentes, dijo con voz clara:

—Fèlix, agente Castro, me gustaría hablar con el inspector Salgado. A solas. Por favor.

12

Aleix contemplaba la comida del plato con una sensación de impotencia, pero aun así se obligó a empezar. Despacio. Tenía la sensación de que su estómago expulsaría cualquier alimento como si de un cuerpo extraño se tratara. La cena en casa de los Rovira se servía a las ocho y media, fuera invierno o verano, y su padre exigía que todos —es decir, básicamente él— estuvieran sentados a la mesa a esa hora. Esos días, sin embargo, su hermano mayor había vuelto de Nicaragua, así que como mínimo sus padres tenían con quien entretenerse durante la cena.

Él observaba en silencio, sin escuchar realmente lo que decían, pensando en lo asombrados que se quedarían si supieran de dónde venía, lo que acababan de hacerle. La idea le divirtió tanto que tuvo que hacer un esfuerzo para reprimir una carcajada. ¿No era eso lo que decía siempre su padre? «La familia está para compartir los problemas»; era un lema que había flotado en el ambiente de esa casa desde que él tenía uso de razón. Y en ese momento se dio cuenta de que, a pesar de sus ansias de rebeldía, esa frase había hecho más mella en él de lo que creía. Daba igual lo que sucediera de puertas adentro: hacia fuera, los Rovira debían ser un bloque, un ejército de filas cerradas contra el mundo. Quizá sí, quizá debiera interrumpir a su padre y decir allí mismo, en voz alta: «¿Sabes, papá? No tengo hambre porque me han dado una paliza hace una hora.

Sí, bueno, es que llevaba unos gramos de coca encima, para venderlos, ya me entiendes, y los perdí. Bueno, para ser sinceros, el idiota de Marc me los quitó y los arrojó al retrete, y ahora necesito un poco de pasta para que no vuelvan a pegarme. Nada excesivo, cuatro mil euros… un poco más, para asegurarme de que no me señalan la cara. Pero no te preocupes, he aprendido la lección: no volverá a pasar. Además, lo que es seguro es que la persona que me la quitó no lo hará nunca más. ¿Me ayudaréis? Al fin y al cabo, como siempre dices, la familia es lo primero.»

La tentación de reírse al imaginar la cara de espanto de su padre era tan fuerte que cogió el vaso de agua y lo apuró de un trago. Rápidamente su madre se lo llenó de nuevo, con una sonrisa amable, tan mecánica como su gesto. Su padre seguía hablando y en un instante de lucidez, seguramente debido al efecto de la cocaína, Aleix se percató de que no era el único que no prestaba atención: su madre se hallaba mentalmente en otro sitio, podía leérselo en la mirada, y su hermano… Bueno, ¿quién sabía lo que pensaba Edu? Le observó de reojo, asentía a lo que decía su padre, pendiente de las palabras del doctor Miquel Rovira, reputado ginecólogo, católico convencido y furibundo defensor de valores como vida, familia, cristianismo y honor.

De repente, Aleix tuvo la sensación de estar viajando en un vagón de tren que aceleraba sin remisión. Un sudor frío asomó a su frente. Le temblaba la mano y tuvo que cerrar el puño para evitarlo. Le sobrevinieron unas profundas ganas de llorar, algo que no sentía desde que era niño y estaba en la cama del hospital; aquel miedo a que se abriera la puerta para dar paso al médico, a enfermeras que le trataban con una alegría que incluso él, a su corta edad, percibía como falsa; al tratamiento tan doloroso como inevitable. Suerte había tenido de poder contar con Edu. Él no le pedía esfuerzos de valor, ni fingía que aquello por lo que estaba pasando no era aterrador; se sentaba a su lado, todas las tardes, muchas de las noches, y le leía cuentos, o le contaba cosas, o simplemente le daba la mano para demostrarle que estaba ahí, que siempre, siempre, podría contar con él. No dudaba de que sus padres también le hubieran acompañado en esos largos meses de hospital, pero era a Edu a quien recordaba más. Era con él con quien había forjado un vínculo que hacía cierta la frase de su padre: la familia es lo primero. Se llevó la mano al bolsillo y comprobó que el USB que le había dado Gina seguía en su sitio. Suspiró despacio al ver que así era.

El suspiro debió de ser más sonoro de lo que pensaba porque las miradas de todos los comensales se fijaron en él. Aleix intentó transformar el suspiro en tos, con resultados aún peores. Los ojos paternos pasaron de la extrañeza al disgusto. Y entonces, sólo entonces, notó un olor agrio que al parecer procedía de sí mismo y segundos después vio que acababa de vomitar lo poco que había comido.

hey, gi, estas?

sí.

ke tal con la poli?

bien... bueno, supongo. se han ido hace un rato.

ke les has dicho?

nada, ¿no te fías de mí?

si, claro

...

...

gi... te kiero mucho, en serio

:-)

de verdad... eres la unica amiga ke tengo. y me encuentro mal... estoy mal

¿sigues tomando? sigues tomando, ¿verdad?

m voy a la kma. besos

aleix, joder, ¿qué te pasa? ¡¡son sólo las nueve!!

nada, la cena m ha sentado mal. mierda, es mi hermano. tengo ke cortar, hablams mñna

Eduard entra en su cuarto con el semblante serio, cierra la puerta y se sienta en el borde de la cama.

—¿Estás mejor? Mamá se ha quedado preocupada.

—Sí. Habrá sido un corte de digestión por el calor.

El silencio de su hermano es una prueba evidente de su incredulidad. Aleix lo sabe y por un momento siente la tentación de desahogarse.

—Sabes que puedes confiar en mí, ¿verdad?

«¡No!», grita Aleix por dentro. «¡No puedo!»

Edu se levanta de la cama y apoya una mano en su hombro. Y de repente Aleix vuelve a ser aquel chiquillo asustado que esperaba a los médicos en la cama del hospital. Las lágrimas caen por sus mejillas sin que pueda hacer nada por evitarlo. Se avergüenza por estar sollozando como un crío, pero ya es tarde. Eduard repite, en un susurro: «Puedes confiar en mí. Soy tu hermano». Y su abrazo es tan cálido, tan reconfortante, que Aleix ya no puede resistirlo más, y llora abiertamente, sin el menor pudor.

Gina se quedó mirando la pantalla unos segundos más, preguntándose por qué Aleix sólo hablaba así cuando lo hacía a través de un teclado. ¿Era él sólo, o podía aplicarse a todos los tíos? Claro que la gente no iba diciéndose lo mucho que se quería; resultaba embarazoso. Eso era algo que sólo hacía su madre, sin darse cuenta de que repetir la frase hacía que el contenido perdiera valor. No se podía querer tanto a una hija que no tenía nada destacable. A la gente había que quererla por algo. Marc, por ejemplo; era tierno, cariñoso, y sonreía de verdad, con toda la cara, y le explicaba los problemas de matemáticas que para ella eran jeroglíficos indescifrables con una paciencia infinita. O Aleix, que era guapo, listo, brillante. Incluso cuando estaba colocado. Pero ¿ella? No poseía nada especial, ni para lo bueno ni para lo malo. No era ni guapa ni fea, ni alta ni baja; delgada, sí, pero no con esa delgadez sensual de las modelos, sino simplemente flaca: sosa y sin curvas.

Por segunda vez aquel día, abrió las fotos que había subido a Facebook la noche de San Juan. Eran del principio de la noche. De cuando aún eran amigos. De antes de la pelea. Pero algo raro flotaba ya en el ambiente. Por la tarde, ella y Aleix habían acordado definitivamente no seguir adelante con el plan de Marc. Ni siquiera recordaba ahora los argumentos que había utilizado Aleix para convencerla, pero sí que en aquel momento le habían parecido razonables. Sensatos. Y había creído, inocentemente, que esos mismos razonamientos servirían para persuadir también a Marc. Pero no había salido bien. Nada. Marc se había puesto furioso. Furioso de verdad. Como si le estuvieran traicionando.

Gina cerró los ojos. ¿Qué había dicho aquella policía cotilla? «Había conocido a otra chica, ¿verdad? En Dublín, quizá.» Gina no había sabido lo que eran los celos hasta que Marc regresó. Para ella eran una emoción desconocida y nada la había preparado para su fuerza. Lo corrompían todo. Te volvían malvado, retorcido. Te hacían decir cosas que nunca se te habrían ocurrido, hacer cosas que jamás hubieran cruzado por tu mente. Ella nunca había pensado en sí misma como en una chica apasionada; eso quedaba para las películas, las novelas, las canciones… mujeres que son capaces de apuñalar a sus novios porque las engañan. Algo ridículo. Casi risible. Y en este caso ni siquiera tenía el consuelo de ser la novia engañada, no en el sentido estricto de la palabra. No era culpa de él que Gina llevara meses jugando a que eran novios y repitiéndose que algún día, pronto, él se daría cuenta de que el cariño se había convertido en otra cosa. ¿Cómo se podía ser tan estúpida? Así que no había tenido más remedio que tragarse esos celos, fingir que no existían, forzar una sonrisa que disfrazara el odio de admiración. «Es guapa, ¿verdad?» Claro que lo era. Guapa, y rubia, y lánguida. Una puta *madonna* del

Renacimiento. Pero lo peor de esa foto, la que Marc le había enseñado al día siguiente de su llegada, justo después de que ella le confesara que le había echado mucho de menos, algo a lo que él respondió: «Ya, Gi, yo también» —sin mirarla, sin dar a la frase más significado del que tenía mientras buscaba en la carpeta la dichosa foto—, no era que la chica en cuestión fuera guapa; lo peor, lo más doloroso, era ver los ojos de Marc al mirarla. Como si quisiera aprendérsela de memoria, como si notara la suavidad de su pelo al acariciar el papel, como si descubriera algo nuevo y maravilloso en aquella cara cada vez que la observaba.

Por suerte había cogido esa foto. Sorprendentemente fue lo primero que hizo tras ver a Marc descoyuntado sobre el suelo del patio. Así no la encontraría ningún metomentodo, como aquella poli que se las daba de simpática y sólo quería confirmar lo que ya intuía. Que Gina no era lo bastante buena para Marc. Que había otra chica. Que la noche de San Juan ella le había pedido a su madre por primera vez en años que la ayudara a escoger un vestido y a maquillarse. ¿Por qué no? Esa Iris podía ser hermosa, pero era una simple foto. No era real. No estaba allí. En cierto modo, ni siquiera estaba viva. Ella sí.

Sacó la foto del cajón y la apoyó sobre el teclado. Le habría gustado quemarla pero en su habitación no tenía con qué, así que se conformó con cortarla con unas tijeras: primero por la mitad, a la altura de la nariz, y luego siguió descomponiéndola en pedazos cada vez más pequeños hasta dejarla reducida a uno de esos puzzles de cientos y cientos de piezas, tan diminutas que por sí solas resultan irreconocibles.

13

Si el despacho de un hombre es el reflejo de su personalidad, Enric Castells era un individuo organizado y sobrio como pocos. Su estudio podría haber sido el escenario de una película de abogados con Michael Douglas como protagonista, pensó Héctor mientras se sentaba en la silla de piel negra, rígida pero cómoda, y esperaba a que su anfitrión se decidiera decirle de qué quería hablar con él.

El señor Castells se tomó su tiempo; bajó el estor con cuidado, retiró la silla que había al otro lado de la mesa de cristal con patas de aluminio y después de sentarse movió un poco, apenas unos milímetros, un teléfono antiguo, de color negro brillante, que se hallaba en uno de los extremos. Héctor se preguntó si se trataba de una coreografía estudiada para impacientar o desconcertar a su interlocutor, pero el rostro de Castells indicaba una intensa concentración, una preocupación que difícilmente podía fingirse. Tenía que haber sido un hombre atractivo antes de que los años y las responsabilidades le dejaran aquel rictus de amargura en sus labios finos, levemente arqueados hacia abajo, en un gesto de descontento perpetuo que le afeaba la expresión. Sus ojos eran pequeños y de un azul desvaído, fatigado, que tendía a grisáceo.

De repente, Enric Castells soltó el aire con lentitud y apoyó la espalda. Por un momento sus rasgos se relajaron y al hacerlo mostraron el rostro de alguien más joven y más inseguro; definitivamente, más parecido al joven Marc.

—Esta tarde he hablado con mi ex mujer. —La expresión de disgusto había vuelto a apoderarse de su semblante—. Lamento decirlo, pero creo que está desquiciada. Por otro lado, era de esperar.

—¿Sí? —Héctor se ciñó a su técnica de decir lo menos posible. Aparte de que tampoco sabía muy bien qué añadir a algo así.

—Inspector Salgado —prosiguió Castells en tono seco—, sé que las cosas parecen haber cambiado mucho en los últimos tiempos, pero hay actos que simplemente van en contra de la naturaleza humana. Abandonar a un hijo cuando aún no ha empezado a andar es uno de ellos. Y nadie puede convencerme de que acciones como ésa no se cobran su precio tarde o temprano. Sobre todo cuando acontecen tragedias como la que acabamos de vivir.

A Héctor le sorprendió el rencor que destilaba la frase, tanto el contenido como la forma. Se preguntó si ese rencor había estado siempre allí o había resurgido ahora, tras la muerte del hijo que la pareja había tenido en común. Castells parecía encontrar consuelo en dar rienda suelta a ese odio que no había superado del todo.

—Lo que quiero decirle con esto es que no voy a permitir que las sospechas de una neurótica hagan daño a mi familia. Más daño del que ya ha sufrido.

—Le comprendo, señor Castells. Y le prometo que respetaremos su dolor en la medida de lo posible. Pero al mismo tiempo —Héctor miró a su oponente a los ojos, con seriedad— debemos hacer nuestro trabajo. A conciencia.

Castells le sostuvo la mirada. Le evaluaba. En ese momento Héctor se sintió molesto, su paciencia se agotaba. Sin embargo, antes de que pudiera añadir algo más, Castells preguntó:

—¿Tiene usted hijos, inspector?

—Uno.

—Entonces le será más fácil entenderme. —«No lo es», pensó Héctor—. Crié al mío lo mejor que supe. Pero en la vida hay que asumir los fracasos.

—¿Marc fue un fracaso?

—Él no; yo, como padre. Me dejé convencer por teorías modernas, asumí que la falta de su madre era un escollo difícil de superar, algo que justificaba su apatía, su... mediocridad.

Héctor se sintió casi ofendido de una forma que no llegaba a comprender.

—Me mira como si fuera un monstruo, inspector. Pero créame si le digo que yo quería a mi hijo, tanto como usted al suyo. No tengo nada que reprocharle a él, sino a mí mismo. Yo debería haber sido capaz de evitar que sucediera algo así. Ya, ya sé que piensa que los accidentes son fruto del azar, y no se lo niego. Pero no voy a caer en la trampa por la cual todo el mundo se exime de sus responsabilidades: los jóvenes beben, los jóvenes hacen tonterías, la adolescencia implica tener que aguantar que tu hijo haga lo que le dé la gana y esperar que se le cure sola, como si fuera la gripe. No, inspector; nuestra generación se ha equivocado en muchas cosas y ahora nos toca pagar las consecuencias. A nosotros y a nuestros hijos.

Salgado percibió entonces el dolor. Un dolor real, tan genuino como podía serlo el de una madre deshecha en lágrimas. Enric Castells no lloraba, pero no por eso sufría menos.

—¿Qué cree que pasó, señor Castells? —preguntó en voz baja.

Se tomó su tiempo para responder. Como si arrancar las palabras fuera un esfuerzo.

—Pudo caerse. No se lo niego. Pero en los accidentes hay a veces un componente de desidia, de indiferencia.

Héctor asintió.

—No creo que Marc tuviera arrestos ni motivos para suicidarse, si es eso lo que está pensando. Y lo que parece temer Joana, aunque no lo diga. En cambio, creo que era lo bastante inconsciente, lo bastante irreflexivo, como para hacer una tontería. Por el simple hecho de hacerla. Para impresionar a esa niña o sentirse más hombre. O simplemente porque le daba igual. Tienen casi veinte años y siguen jugando como si fueran niños, como si no hubiera límites. Nada importa, todo está bien, piensa en ti mismo; ése es el mensaje que les hemos transmitido. O que hemos permitido que les inculquen.

—Entiendo lo que quiere decir, pero al parecer Marc había vuelto de Dublín más adulto… ¿o no?

Castells asintió.

—Eso creí yo también. Parecía haber madurado. Tener un objetivo claro en la vida. O al menos eso decía. Yo ya había aprendido a que con él había que esperar a ver hechos, no palabras.

—¿Mentía?

—De una forma distinta a la de muchos, pero sí. Por ejemplo, la expulsión del colegio, esa historia del vídeo colgado en internet.

—¿Sí?

—Al principio pensé que era una muestra más de la falta de respeto que impera ahora; la falta de sensibilidad, de pudor incluso. Por ambas partes: la del chico que se masturba en un lugar público y la del que lo graba y lo comparte con el mundo entero. Asqueroso de principio a fin.

Aunque veía diferencias cualitativas entre ambas conductas, Salgado no dijo nada y esperó; Castells no había terminado.

—Sin embargo, una vez pasado todo, cuando el asunto ya parecía olvidado, un día Marc vino a verme aquí, al despacho. Se sentó en esa misma silla donde está usted ahora y me preguntó cómo había podido creerle capaz de algo así.

—Él mismo lo había confesado.

—Eso le dije. —Sonrió con amargura—. Pero insistió, casi con lágrimas en los ojos. «¿De verdad crees que lo hice?», me preguntó. Y no supe qué responderle. Cuando se fue lo estuve pensando. Y lo peor es que no llegué a ninguna conclusión.

Mire, inspector; no le he engañado respecto a Marc. Era perezoso, apático, consentido. Pero a la vez, por todo eso, a veces pienso que era incapaz de cometer un acto tan cruel. Podía haberse burlado de ese chico, mejor dicho, haber permitido que se burlaran de él, pero creo que nunca habría humillado a alguien a sangre fría. Eso no era propio de él.

—¿Quiere decir que cargó con la culpa de otro?

—Algo así. No me pregunte por qué. Intenté hablar con él, pero se cerró en banda. Y, ¿sabe una cosa? Mientras lo enterrábamos, me maldije una y otra vez por no haberle dado la satisfacción de decirle que no, que en realidad no le creía capaz de haber cometido un acto tan deshonroso.

Se produjo un silencio que Héctor respetó; podía no estar de acuerdo con ese hombre, pero una parte de él lo comprendía. Para Enric Castells todo en la vida tenía un responsable, y se había adjudicado el papel de culpable en el accidente de su hijo. Por eso rechazaba todo tipo de investigaciones; para él no tenían ningún sentido.

—¿Sabe una cosa, inspector? —prosiguió Castells, en voz más baja—. Cuando recibimos la llamada el día de San Juan a primera hora de la mañana, supe que había pasado algo terrible. Creo que es lo que todos los padres tememos: una llamada en plena noche que te parte la vida en dos. Y de un modo u otro había estado esperando que eso sucediera, rezando para que no pasara. —Héctor apenas podía oírle entonces, pero súbitamente su interlocutor volvió a su tono normal—. Ahora tengo que decidir qué hacer con esta nueva mitad de mi vida. Tengo una esposa maravillosa y una hija a la que debo cuidar y proteger. Así que es momento de replantearse muchas cosas.

—¿Va a entrar en política? —preguntó Salgado, recordando lo que Savall le había dicho.

—Es posible. No me gusta este mundo en el que vivimos, inspector. La gente puede considerar que ciertos valores son caducos, pero lo cierto es que no hemos logrado sustituirlos por otros. Tal vez no sean tan malos al fin y al cabo. ¿Es usted religioso?

—Me temo que no. Aunque ya sabe lo que dicen: «En las trincheras no hay ateos».

—Es una buena frase. Muy descriptiva. Los ateos piensan que no dudamos, que la fe es como un yelmo que no nos deja ver más allá. Se engañan. Pero es en momentos como éste cuando las creencias religiosas cobran su verdadero sentido, cuando uno siente que existe una tabla a la que aferrarse para seguir nadando en lugar de rendirse y dejarse llevar por la corriente. Eso sería lo más fácil. Pero no espero que lo entienda.

La última frase llevaba consigo un matiz despectivo que Héctor prefirió pasar por alto. No tenía la menor intención de discutir sobre religión con un creyente convencido que acababa de perder a su hijo. Castells esperó unos instantes y, al ver que el inspector no añadía nada, cambió de tercio.

—¿Puede decirme por qué quiere llevarse las pertenencias de Marc? ¿Hay algo en ellas que pueda serles útil?

—Sinceramente, no lo sé, señor Castells. —Se extendió un poco más en el detalle de la camiseta manchada y sus sospechas de que esa noche algo había pasado entre los chicos. No quería darle mucha importancia, pero al mismo tiempo sabía que el padre de la víctima tenía derecho a estar informado—. En cuanto al portátil, el móvil y demás objetos… no creo que saquemos nada concluyente, pero nos ayudará a completar la investigación. Son como los diarios de antaño: correos electrónicos, mensajes, llamadas. Dudo que haya nada en ellos que sirva para aclarar lo que pasó, aunque no está de más echarles un vistazo.

—Me temo que poca información van a sacar de su portátil… Apareció roto.

—¿Roto?

—Sí. Supongo que tal vez se cayó al suelo. La verdad es que no me di cuenta hasta cuatro o cinco días más tarde.

De algún modo, Enric Castells se sintió de repente incómodo, así que se levantó de la silla, dando por terminada la entrevista. Sin embargo, ya en la puerta, se volvió hacia el inspector.

—Llévese las cosas de mi hijo si quiere. Dudo que le aporten alguna respuesta, pero cójalas.

—Se las devolveremos cuanto antes. Le doy mi palabra.

La mirada de Castells llevaba incorporada una leve indignación.

—Son sólo objetos, inspector —dijo fríamente—. De todos modos, le ruego que si necesita algo más se ponga en contacto conmigo en mi despacho. Glòria está muy preocupada por la niña. Natàlia es pequeña, pero lo percibe todo; ha estado preguntando por su hermano y es muy difícil explicarle a una cría lo que ha pasado de forma que lo entienda.

Héctor hizo un gesto de asentimiento y le siguió hacia el pasillo. Castells avanzaba, con los hombros rectos y la espalda erguida. Cualquier rastro de debilidad se había esfumado al cruzar la puerta. Volvía a ser el señor de la casa: firme, equilibrado, seguro de sí mismo. Un papel que, Héctor estaba seguro, tenía que resultar agotador.

Mientras tanto, Leire había permanecido sentada en el salón, observando cómo Natàlia realizaba dibujo tras dibujo ante la perpetua admiración de su madre. El padre Castells se había ido poco después de que Enric y el inspector se encerraran en el despacho del primero, y ella, una vez confiscada la camiseta manchada, se había sentado en una silla, a esperar a que salieran. Por un momento se imaginó así, encerrada en casa una tarde de verano contemplando los progresos artísticos de un niño o una niña, y la idea la horrorizó. Por enésima vez desde que la noche anterior se hizo la fatídica prueba, trató de imaginarse con un bebé en brazos, pero su cerebro no conseguía formar la imagen. No, las personas como ella no tenían hijos. Eso, y la independencia económica, era la base de su vida, tal y como la concebía. Tal y como le gustaba. Y ahora, sólo por culpa de un descuido, todo su futuro se tambaleaba. Al menos, se dijo con cierta satisfacción, el tipo había merecido la pena… Por desgracia, ése no pertenecía a los chicos del Cola-Cao, y valoraba su libertad tanto como ella. Libertad relativa, pensó, ya que era esclavo de un trabajo que le hacía viajar por todo el continente.

—Mira. —La niña había ido hacia ella y le mostraba su último dibujo, un manchurrón indescifrable para Leire—. Eres tú —aclaró.

—Ah. ¿Y es para mí?

Ahí Natàlia dudó, y su madre habló por ella:

—Claro que sí. Se lo regalas, ¿verdad?

Leire extendió la mano, pero la niña no acababa de decidirse a soltar el dibujo.

—No —dijo por fin—. Otro. —Y corrió hacia la mesa en busca de otra de sus obras de arte—. Éste.

—Gracias igualmente. ¿Y qué es? —preguntó Leire, aunque en este caso estaba más claro.

—Una ventana. El tete es malo.

Glòria Vergés fue hacia su hija. Su mirada expresaba una honda preocupación.

—Ahora le ha dado por ahí —susurró dirigiéndose a la agente—. Supongo que tiene la sensación de que es malo porque no está.

—Es malo —repitió Natàlia—. Tete malo.

—Ya vale, cariño. —Su madre se agachó y le acarició el cabello, liso y brillante—. ¿Por qué no traes tu muñeca? Estoy segura de que a…

—Leire.

—… a Leire le encantará verla. —Lanzó una sonrisa de disculpa a la agente Castro, y la niña se apresuró a obedecer.

—Lo siento —dijo la agente—. Supongo que está siendo muy complicado para ella. Para todos.

—Es horrible. Y lo peor es que tampoco sabes muy bien cómo explicárselo. Enric es partidario de decirle la verdad, pero yo no puedo…

—¿Estaba muy unida a su hermano?

Glòria vaciló.

—Me gustaría decirle que sí, pero me temo que la diferencia de edad era demasiado grande. Marc básicamente la ignoraba, y supongo que es normal. Pero, últimamente, desde que regresó de Dublín, parecía tenerle más cariño. Y ahora ella le echa de...

Antes de que pudiera terminar, Natàlia entró corriendo. De algún modo, aquel ruido infantil, tan normal en cualquier otra casa donde viviera un crío, resultó extraño. Como si el decorado perfecto se tambaleara.

—Natàlia, cielo...

Pero la niña no le hizo el menor caso, y se dirigió a la mesa donde dibujaba para recoger los papeles.

—¡Qué ordenada! —comentó Leire.

—No crea... Ahora los meterá en mi estudio. —Sonrió—. Desde que yo también voy al cole, como ella dice, le encanta dejar sus cosas en mi mesa. Voy a ver qué hace antes de que sea demasiado tarde.

Leire, a quien esa escena de maternidad devota empezaba a resultarle insoportable, decidió levantarse de la silla y esperar al inspector en el coche.

Allí la encontró Héctor, cuando salió cargado con la caja que contenía las pertenencias de Marc. Ajena a su aparición, miraba ensimismada la pantalla del móvil como si éste fuera un cuerpo extraño, algo que acababa de caer en su poder por arte de magia y que le resultaba totalmente indescifrable. Él tuvo que llamar su atención para que le abriera la portezuela trasera. La chica balbuceó una disculpa, innecesaria por otro lado, y se guardó el teléfono en el bolsillo.

—¿Te encuentras bien? —le preguntó él.

—Claro. Veo que ha conseguido convencer a Castells.

El deseo de cambiar de tema era tan evidente que Héctor no insistió. Miró su propio móvil antes de entrar en el vehículo; tres llamadas perdidas: dos de Andreu y una de su hijo. Por fin. No quería responder a ninguna de ellas delante de Castro, así que decidió ir con ella hasta la plaza Bonanova y luego seguir por su cuenta.

—Lleva todo esto a comisaría. Yo tengo algunas cosas que hacer —dijo mientras subía al vehículo—. Por cierto, el portátil está roto. ¿No lo vieron el día que estuvieron acá?

Leire dudó. Ella había pasado la mayor parte del tiempo abajo, presenciando la retirada del cadáver.

—De hecho —dijo por fin—, no vimos ningún portátil. Estaba el ordenador de sobremesa en la buhardilla y se examinó para ver si Marc había dejado algún mensaje en él, algo que pudiera interpretarse como una nota de suicidio. No había nada. Y en ningún momento nadie comentó que tuviera otro ordenador.

Héctor asintió.

—Pues tenía uno. En su cuarto, supongo. —No dijo nada más, y la idea de que no se había hecho un trabajo concienzudo quedó flotando en el interior del coche. El inspector se dio cuenta de ello, así que antes de bajar, comentó—: Tampoco creo que nos aporte nada. Lo más probable sigue siendo que el chico se cayera accidentalmente. Analicemos la camiseta y veamos qué sale de ahí. Ah, y cuando sepamos algo, tendríamos que hablar con el otro chico, ese tal Aleix Rovira. Pero en comisaría. Ya estoy harto de visitar a estos niñatos en sus casas.

—Muy bien. ¿Seguro que quiere que le deje aquí?

—Sí, aprovecharé para hacer unos recados —mintió él. Y teniendo en cuenta que ya eran casi las nueve, era obvio que pocos recados podían hacerse—. Te veo mañana. —Iba a preguntarle de nuevo si se encontraba bien, pero se calló; los asuntos de Castro no eran cosa suya—. Buenas noches.

El coche se alejó, y Héctor tardó unos segundos en sacar el móvil de nuevo y devolver las llamadas de Martina Andreu. Ella contestó enseguida, aunque la conversación fue breve, marca de la casa de la subinspectora. No había nada nuevo sobre la desaparición de Omar, aunque sí sobre la cabeza de cerdo, que al parecer había sido entregada por una carnicería cercana, que solía servirle vísceras para sus trucos siniestros. En cuanto al falso doctor, parecía haberse esfumado de la faz de la tierra y dejado sólo un rastro de sangre. Sí, no habían llegado aún los resultados, pero lo más probable era que fuera suya. Una huida precipitada o un ajuste de cuentas de alguien que se había llevado todos sus papeles, y había dejado únicamente una parte del expediente de Salgado. Lo cual, la verdad, resultaba bastante extraño. Andreu se despidió bruscamente y Héctor llamó de inmediato a su hijo, quien, para no perder la costumbre, no respondió al móvil. Necesitaba hablar con él, pensó Héctor. Después de todo un día con padres de adolescentes mimados, quería oír la voz de Guillermo, asegurarse de que todo iba bien. Le dejó un nuevo mensaje y, tras haberlo hecho, se encontró en pleno paseo Bonanova sin nada que hacer y decidió caminar un rato.

Hacía tiempo que no pisaba esa parte de la ciudad, y al verla de nuevo se asombró al comprobar lo poco que había cambiado. Más o menos todos los barrios de Barcelona habían cambiado en los últimos años, pero era obvio que la zona alta permanecía inmune a la mayoría de ellos. Ni turistas en masa, ni inmigrantes, excepto las que trabajaban limpiando en casas de la zona. Se preguntó si lo mismo sucedía en otras ciudades: la existencia de zonas impermeables, reductos que se protegían de los aires nuevos, no de forma hostil pero sí efectiva. El metro no llegaba a la parte alta de la ciudad, sus habitantes tomaban los ferrocarriles, lo que para ellos era algo distinto. Un destello esnob que a Ruth, por ejemplo, le había costado vencer. Sonrió al recordar lo horrorizados que se habían quedado sus padres cuando su única hija abandonó el tranquilo barrio de Sarrià, a pocas manzanas de donde estaba él ahora, y se fue a vivir con un argentino, con un sudaca, primero a Gràcia y luego, horror, ahí abajo, cerca del mar. Por mucho que hubieran cambiado tras las olimpiadas, las playas de Barcelona y sus alrededores seguían siendo destinos de cuarta fila para ellos. «Os matará la humedad», había sido el comentario de ambos. Y él sabía a ciencia cierta que su suegra tomaba un taxi cada vez que iba sola a ver a su hija y a su nieto.

Claro que la capacidad de Ruth para escandalizar a su familia no había menguado... Ahora, separada, iniciando una nueva vida con otra mujer, había alquilado un loft no muy lejos de su piso con Héctor, donde, además de vivir, tenía espacio para su estudio. «Así sigues estando cerca de Guillermo», había sido idea de ella, rompiendo los estereotipos de ex mujeres vengativas. Ruth había pedido lo justo, y él se lo había concedido sin dudarlo. En eso, como en todo, habían sido de lo más civilizados.

Debería habérselo dicho al comecocos, pensó él con una sonrisa. «Mire, doctor, mi esposa me dejó por otra mina... Oyó bien, sí. ¿Que cómo se siente uno? Pues mire, es un mazazo en las bolas. Como si te las desintegraran de golpe. Y se te queda una cara de boludo que no imaginás, porque durante diecisiete años estuviste orgulloso de lo bien que la pasaban en la cama, orgulloso de haber sido casi su primer y, en teoría único hombre, aunque siempre existe un noviete de antes con el que "casi no hicimos nada, no seas bobo", y por mucho que ella insista en que las cosas cambiaron de a poco, y te jure que descubrió el orgasmo contigo y que gozó de verdad a tu lado, y te diga, con una sinceridad desarmante, que esto es algo "nuevo que necesita explorar", uno la mira como idiotizado, apabullado más que incrédulo, porque si ella lo dice es que tiene que ser verdad, y si es verdad es que parte de tu vida, de la de ambos pero sobre todo de la tuya, ha sido una mentira. Como en *El show de Truman*, ¿se acuerda, doctor? Ese tipo que cree que vive su vida pero está rodeado de actores que hacen su papel y su realidad no es más que una ficción que otros inventan y representan. Pues así se queda uno, doctor, con cara de Jim Carrey.» Se rió de sí mismo sin amargura mientras esperaba para cruzar. Aunque últimamente no lo hacía demasiado, idear monólogos medio ridículos sobre sí mismo, o a veces sobre otros, siempre le había servido de terapia.

Caminaba despacio, bajando por Muntaner, hacia el centro de esa ciudad que había sido su hogar durante tantos años. Era un paseo largo, pero le apetecía andar un poco, retrasar la llegada a su piso vacío. Además, había algo en las calles del Eixample, en esa parrilla geométrica de vías paralelas y perpendiculares y en esas fachadas regias y antiguas, que le aportaba paz y cierta sensación de nostalgia. Con Ruth había explorado aquellas calles, y muchas otras; con ella había visto tanto los monumentos como las tabernas. Para él, Barcelona era Ruth: bella sin estridencias, superficialmente tranquila pero con rincones oscuros, y con ese punto de elegancia pija que resultaba tan encantador como exasperante. Ambas eran conscientes de su encanto natural, de tener ese algo indefinible que muchas otras querrían alcanzar y que sólo podían admirar o envidiar.

Llegó a casa agotado tras caminar durante casi dos horas y se dejó caer en el sofá. La maleta recuperada le esperaba en un rincón, y evitó mirarla. Debería haber comido algo durante el camino, pero la idea de cenar solo en público le deprimía. Fumó, pues, para matar el hambre a base de nicotina y sintiéndose culpable por ello. En la mesita había dejado las películas que le había devuelto Carmen, toda una selección de clásicos con su actriz favorita de protagonista. ¿Cuánto tiempo hacía que no veía *La ventana indiscreta*? No era una de sus preferidas, le gustaba mucho más el inquietante ambiente de *Los pájaros* o la obsesiva pasión de *Vértigo*, pero era la que tenía más a mano y sin pensarlo mucho la puso en el reproductor. Mientras empezaba, fue a la cocina a buscar al menos una cerveza; creía haber visto alguna esa mañana en la nevera. Con ella en la mano volvió al comedor y observó la pantalla oscura. El disco avanzaba, podía verlo en el frontal del reproductor, pero las imágenes se resistían a salir. Sin embargo, por fin una luz apareció en la pantalla: débil, cruda, extraña, brillaba en mitad de un fondo borroso. Atónito, contempló cómo la niebla se disipaba y la luz ganaba terreno. Y entonces, sin poder apartar la vista del televisor, vio lo que nunca habría querido ver: a sí mismo, con el rostro demudado por la rabia, golpeando sin cesar a un viejo sentado en una silla. Un escalofrío le ascendió por la espina dorsal. El timbre del teléfono le sobresaltó tanto que soltó la cerveza. Lo descolgó con aprensión, con la mirada aún puesta en ese otro yo a quien casi no reconocía, y oyó una voz de mujer, tomada por la rabia, que le gritaba: «¡Eres un cabrón, argentino de mierda. Un hijo de la gran puta!».

14

Estaré en bcn este finde y me apetece verte. T.» Ése había sido el mensaje que había leído Leire en cuanto salió de casa de los Castells. El mensaje al que había respondido, sin dudarlo, casi sin pensar, llevada por las ganas de verlo. Algo de lo que ahora, tras una larga conversación con su mejor amiga, se arrepentía con todas sus fuerzas; algo que, unido al bochorno estival y a los terribles maullidos de una gata en celo que paseaba por los tejados cercanos, no la dejaba dormir.

María era una belleza morena, de padre barcelonés y madre italiana, que causaba estragos en la población masculina. A su metro ochenta de curvas perfectas, se unía un rostro sonriente, un enorme sentido del humor y una boca de camionero.

—¡Y una mierda! —le soltó en pleno restaurante en cuanto Leire le expresó sus dudas sobre si debía explicarle o no a Tomás, «T» en los mensajes, que en su último encuentro le había dejado un regalo en forma de embrión—. A ver, ¿el embarazo te ha afectado al cerebro o algo así? Deben de ser las hormonas infantiles que la atontan a una.

—No seas bruta. —Leire apartó el tiramisú, del que había dado cuenta después de un abundante plato de *spaghetti* carbonara—. ¿Te vas a terminar el *mousse* de limón?

—¡No! Y tú tampoco deberías… Eres como una piraña.

—Pero le acercó la copa—. Escucha, hablo en serio. ¿Qué ganas con decírselo?

Leire detuvo la cucharilla en el aire antes de atacar.

—No es lo que gano o dejo de ganar. Es su padre. Creo que tiene derecho a saber que hay un niño con sus genes dando vueltas por el mundo.

—A ver, ¿dónde está ese niño ahora? ¿Quién lo llevará en el vientre durante nueve meses? ¿Quién lo parirá gritando como una loca? ¡Él sólo soltó cuatro bichitos y se largó de viaje, joder! Y si este fin de semana no se hubiera quedado sin plan, no habrías sabido nada más de él.

Leire sonrió.

—Tú di lo que quieras, pero me ha escrito un mensaje.

—Un momento, ¿qué quieres decir con eso? No, no te pongas roja y contéstame.

—Nada. —Se metió una cucharada de *mousse* en la boca. Estaba delicioso—. Dejémoslo ya. Tal vez tengas razón. Cuando lo vea, decidiré.

—Cuando lo vea, decidiré —repitió María en tono de burla—. Eo, la Tierra llamando a Leire Castro. Houston, tenemos un problema. ¿Se puede saber dónde está Leire «no más de una cita» Castro? Si eres tú la que siempre me dice que el amor es un invento perverso de Hollywood para someter a las mujeres del mundo.

—Vale. Dame un respiro, por favor. —Leire resopló—. Es la primera vez en mi vida que estoy embarazada. Disculpa si no sé cómo actuar.

María la miró con cariño.

—Oye, una cosa más, y cambiamos de tema. Yo también quiero contarte cosas. —Se paró antes de preguntarlo—. ¿Estás segura de que quieres tenerlo?

—Sí. —Vaciló—. No. Bueno… Estoy segura de que está ahí —dijo señalándose la barriga— y de que va a nacer dentro de siete meses. —Se acabó el *mousse* y relamió la cucharilla—. Bueno, ¿y tú qué? ¿Qué ha pasado con Santi?

—¡Nos vamos de vacaciones! —exclamó María, radiante.

—Pero ¿él no se iba con una ONG? ¿A construir un consultorio en África?

—Sí. Y me ha pedido que le acompañe.

Leire apenas pudo sofocar una carcajada. La visión de María construyendo cualquier cosa, no digamos ya un consultorio en una aldea africana, le parecía más marciana aún que la de ella misma preparando una canastilla de bebé.

—Yo iré sólo unos días.

—¿Cuántos?

—Doce —mintió—. Bueno, quizá más, aún no lo sé. Pero será genial; haremos algo útil, los dos. Mira, estoy harta de chicos que sólo hablan de fútbol, de sus jefes o del daño que les hizo su última novia; de metrosexuales que te roban las cremas y de separados que pretenden que les entretengas a los niños el fin de semana que les tocan. Santi es diferente.

—Ya. —Los gustos de ambas en relación con los hombres eran una fuente inagotable de desacuerdos, pero una parte fundamental de su amistad. Jamás les había gustado el mismo tipo de chico. A Leire, Santi le parecía un pedante aburrido al que le hacía falta un buen chorro de desodorante. Y María, estaba segura, habría pensado que Tomás era un chulo que se creía George Clooney por llevar un traje con camisa blanca y tener unos dientes perfectos. Levantó el vaso de agua y dijo en voz alta—: ¡Brindemos por el turismo sexual solidario!

María la imitó con su copa de vino tinto.

—¡Por el turismo sexual solidario! ¡Y por los bichitos que dejan huella!

—¡Bruja!

La sábana estaba ya arrugada de tanto dar vueltas. Leire cerró los ojos e intentó relajarse en la oscuridad. Una oscuridad cálida, porque no corría ni la más leve brisa; la ventana abierta sólo servía para que el cuarto quedara inundado por los maullidos de la dichosa gata. Llevaba apenas unos meses en ese apartamento y durante las primeras semanas se había despertado sobresaltada por esos gemidos que sonaban igual que el llanto de un bebé; había salido a la pequeña terraza en busca de la fuente de aquel sollozo lastimero sin poder averiguar de dónde procedía, hasta que por fin una noche se cruzó con los ojos de aquella gata insomne, inmóvil como una estatua, que la observaban impasibles al compás de su aullido felino. Ahora ya se había acostumbrado, aunque en el fondo seguía molestándole ese grito animal, ese instinto puro que pedía sexo sin el menor pudor. En ese momento pensó que cerrar la ventana sólo amortiguaría los gemidos y, por otro lado, aumentaría el calor.

Encendió un cigarrillo, aunque ese día ya había consumido los cinco que le tocaban, y salió a la diminuta terraza, apenas un cuadrado con dos maceteros colgados de la baranda y una mesita redonda de madera. Buscó a la gata con la mirada; allí estaba, ahora súbitamente callada, contemplándola como un pequeño buda con bigotes. Las primeras caladas la tranquilizaron un poco, una paz falsa, lo sabía, pero paz al fin y al cabo. Como si quisiera recordarle su existencia, el animal maulló de nuevo desde el tejado de enfrente y Leire la miró con más cariño que antes. El cigarrillo se había consumido y lo tiró al suelo, reprendiéndose por ello pero sin ganas de ir a buscar el cenicero. La gata la observó e inclinó la cabeza, con gesto de franca reprobación. «¿Tienes hambre?», le preguntó Leire en voz baja, y por primera vez en el tiempo que llevaba viviendo allí se le ocurrió la posibilidad de ponerle un poco de leche en un cuenco. Lo hizo y se metió en casa, segura de que el animal no se acercaría si la veía fuera. Permaneció unos minutos apostada en la puerta, con la luz del interior encendida, a la espera de que la gata venciera su miedo y saltara a la terraza, pero no advirtió el menor movimiento. Se sintió agotada de repente y decidió volver a acostarse; eran las cuatro y veinte, y con un poco de suerte aún podría dormir al menos dos horas y media. Ya acostada, alargó la mano y cogió el móvil. Dos nuevos mensajes de Tomás. «Llego mañana Sants, AVE 17.00. Me muero de ganas de verte. T.» «Ah, tengo q proponerte algo. Besos.»

Apoyó la cabeza en la almohada, ya fría, y cerró los ojos, decidida a dormir. En ese momento dulce que precede a la pérdida de conciencia pensó en la sonrisa de Tomás, en su Predictor, en el turismo sexual solidario y en el cuenco de leche de la terraza, hasta que de repente un detalle disonante, una nota fuera de lugar, la desveló de nuevo. Se sentó en la cama súbitamente alerta e intentó recordar. Sí, estaba segura. Visualizó la buhardilla desde donde había caído al vacío el joven Marc Castells, la ventana, el alféizar, el cuerpo en el suelo. Y comprendió que algo no encajaba, que la secuencia de acontecimientos no podía ser tal y como la habían reconstruido. Había algo fuera de lugar en esa escena, algo tan simple como un cenicero en el sitio equivocado.

viernes

15

El desayuno era uno de los momentos preferidos de Ruth. Lo tomaba en la cocina, sentada en un taburete alto, y le dedicaba el tiempo necesario. Le gustaba el ritual de prepararse el zumo de naranja y las tostadas, la combinación del aroma del café con el del pan caliente. Era un placer que nunca había conseguido compartir con ninguna de sus parejas; Héctor apenas era capaz de probar bocado por las mañanas y, al parecer, lo mismo le sucedía a Carol. Es más, dado que solían mirarla entre sorprendidos e incrédulos ante la dedicación que ella ponía a cada detalle, disfrutaba mucho más cuando lo hacía sola. Alguna vez se había planteado si ese placer matutino y solitario no sería un augurio de lo que le esperaba en el futuro; cada vez con más frecuencia se veía a sí misma como una persona tendente a la independencia, algo curioso para alguien que, en realidad, nunca había estado sin compañía. Sus padres, su marido, su hijo, y ahora Carol... Frunció el ceño al pensar que no conseguía ponerle otro nombre que no fuera el propio: «amante» sonaba vulgar, «novia» era algo que aún no conseguía decir, y «compañera» le parecía falso, un eufemismo ñoño para disimular la verdad. Mientras untaba de mantequilla la tostada con un cuidado exquisito y extendía sobre ella una fina capa de mermelada de melocotón, hecha por ella misma, se preguntó qué era Carol en realidad. Era la misma pregunta que le había formulado la propia interesada la noche anterior, después de la pelea con Héctor, y a la que al parecer Ruth no había podido dar una respuesta satisfactoria, ya que la cena para dos había quedado intacta y Carol, su amante, su novia, su compañera o lo que fuera, se había marchado a su piso envuelta en un silencio hosco sin que ella hiciera el menor esfuerzo por evitarlo. Sabía que habría bastado una palabra para detenerla, un simple apretón de manos para disipar su ataque de impaciencia o de celos, pero simplemente le habían faltado ganas de hacerlo. Y aunque luego habían hablado por teléfono durante casi una hora, cincuenta y tres largos minutos para ser exactos, que Carol había invertido en disculparse por su brusca partida y en reiterarle su comprensión y su amor incondicional, la sensación de fatiga no había menguado en lo más mínimo. Al revés, toda la escena había despertado en ella unas ganas locas de desaparecer, de irse durante un fin de semana, ese fin de semana sin esperar más, a algún lugar donde poder estar tranquila; sin presiones, disculpas, ni promesas de amor. «Menuda noche», se dijo Ruth. Ella había llegado de buen humor, dispuesta a disfrutar de una agradable velada con Carol, y se la había encontrado histérica, dando voces por teléfono, insultando como una energúmena a su ex marido. Le había pedido explicaciones con la mirada y había logrado por fin que colgara el teléfono y le contara a qué venía aquella escena surrealista. Carol se limitó a decir: «Míralo tú misma. Eso estaba dentro de la caja de alfajores que el cabrón de tu ex te dio ayer». Y, tras esas palabras, había apretado un botón del mando a distancia. La pantalla se había llenado con unas imágenes de Carol y ella tomadas varios días atrás: ambas en una playa nudista de Sant Pol, desnudas, al caer la tarde. Ruth recordaba bien ese día, pero verlo ahí, ver sus besos convertidos en una grabación barata y tosca, le generó una profunda sensación de repugnancia. Los cuerpos de ambas acariciándose en aquella playa solitaria despertaron en ella una súbita sensación de pudor. A partir de ahí, todo había ido de mal en peor. Ella había intentado razonar con Carol, decirle que Héctor estaba en Argentina cuando se rodaron esas imágenes; y que, aunque hubiera estado aquí, él jamás habría cometido un acto tan... obsceno. Carol había cedido por fin, aunque seguía arguyendo que existían detectives privados a quienes se les encargaban esas cosas y preguntando cómo había llegado esa mierda de DVD a la caja de alfajores que le había regalado Héctor, preguntando por qué defendía más a su ex marido que a ella, haciendo por fin la pregunta clave: «¿Qué diablos soy yo en tu vida?». Preguntas que no tenían respuesta y que habían sumido a Ruth en un vértigo agotador. Sólo quería tirar esa película a la basura y olvidarse de todo ello. Pero antes pensó que debía llamar a Héctor para hablar con él, una breve conversación para tranquilizarlo, lo que desde luego Carol no comprendió en absoluto. Cuando colgó, ella ya se había ido, y de repente, Ruth se había sentido aliviada de estar, por fin, totalmente sola.

Seguía dándole vueltas a esa misma idea, aunque era absolutamente consciente de que a Carol no iba a gustarle, y no sin razón: habían planeado hacer cosas ese fin de semana, aprovechando que Guillermo no regresaba hasta el domingo por la noche. Según Carol, necesitaban pasar más tiempo juntas. Despertar, comer, cenar y dormir juntas, como una pareja de verdad. Ruth se había quedado mirándola sin saber cómo explicarse; no podía decirle que esa retahíla de actividades en común, enunciadas en un tono más imperativo que cariñoso, le habían sonado más a condena que a otra cosa. Debía tener paciencia con Carol, se dijo, mientras atacaba la segunda tostada. Era joven, vehemente, y tendía a ser exigente cuando quería demostrar su cariño. Esa actitud, esa franqueza extrema que en principio había conseguido derribar las defensas de Ruth cuando ambas se conocieron el año anterior, se revelaba extenuante en el día a día. Carol tenía los ojos más negros que Ruth había visto en su vida y un cuerpo perfecto, fuerte sin dejar de ser femenino, esculpido a base de horas de Pilates y estrictas dietas. Era, sin duda, una mujer hermosa; no simplemente guapa, sino bella. Y por otro lado, su inseguridad, el miedo ante la posibilidad de que Ruth renegara de esa nueva sexualidad descubierta a los treinta y siete años, le daba un aire frágil que, combinado con sus rasgos extremos, resultaba irresistible. Nada era plácido con Carol, reflexionó Ruth; estallaba y se arrepentía, pasaba de los celos fríos a una pasión desbordante, se reía a carcajadas o lloraba como una niña pequeña frente a cualquier película triste. Un encanto, sí, pero un encanto que podía ser abrumador.

Al segundo café había tomado ya una decisión. Llamaría a sus padres y, si ellos no iban, pasaría el fin de semana en el apartamento de Sitges. No solía ir en verano porque el gentío la agobiaba, pero necesitaba un refugio cercano y conocido, y eso era mejor que nada. De repente la perspectiva de pasar tres días sola, haciendo lo que le diera la gana, se le antojó maravillosa y a pesar de que era temprano llamó a su madre para saber si el apartamento estaba libre, cruzando los dedos para que la respuesta fuera afirmativa. Lo fue, así que sin perder un instante envió un mensaje a Carol comunicándole sus planes, un texto breve y escueto que no admitía réplica. Dudó un segundo, sin embargo, antes de hacer lo mismo con Héctor; no tenía por qué informarle de sus idas y venidas, pero la noche anterior lo había notado preocupado. Su tono de voz denotaba inquietud, y Héctor, que tenía muchos defectos, no era un hombre que se turbara fácilmente. Jugueteó con el móvil hasta que por fin decidió hablar con él.

—¿Hola? —respondió él, casi antes de que el teléfono diera la señal de sonar—. ¿Todo bien?

—Sí, sí —se apresuró a aclarar—. Oye, anoche me dejaste preocupada. Tienes que contarme qué está pasando.

Suspiro largo.

—La verdad es que no tengo ni idea. —Héctor le contó con un poco más de calma lo mismo que le había dicho la noche anterior: esa velada amenaza que parecía cernirse sobre él, y, quizá, sobre su familia—. No creo que ocurra nada, tal vez sólo pretendan ponerme nervioso, crear problemas, pero por si acaso... estate alerta, ¿de acuerdo? Si ves algo raro, o sospechoso, avísame enseguida.

—Claro. De hecho llamaba para decirte que me voy a Sitges este fin de semana. A casa de mis padres. De paso aprovecharé para pasar por Calafell y recoger a Guillermo el domingo por la noche.

—¿Vas sola? —Lo preguntó más por seguridad que por otra cosa, pero al instante se arrepintió, y el tono áspero de Ruth le confirmó que había sido una intervención inoportuna.

—Eso no es asunto tuyo.

—Perdona. No... no quería meterme en tu vida.

—Ya. —Ruth se mordió la lengua para no ser desagradable—. Pues ha sonado a eso. Adiós, Héctor, hablamos el lunes.

—Sí, pásalo bien. Y, Ruth... —Se notaba que él no sabía cómo decirlo—. Lo dicho, si ves algo raro, me llamas al momento, ¿vale?

—Adiós, Héctor. —Ruth colgó enseguida, y comprobó que tenía dos llamadas perdidas de Carol. Lo último que le apetecía era discutir, de manera que optó por no verlas y empezó a preparar las cuatro cosas que quería llevarse.

Héctor tampoco perdió el tiempo. Había dormido muy poco y mal, como de costumbre, pero esa mañana la falta de sueño se tradujo en hiperactividad. Independientemente de lo que acababa de decirle a Ruth, estaba preocupado. Sobre todo porque, aunque presentía la amenaza, no sabía por dónde vendría ni qué estaba pasando realmente. Algo le decía que no era sólo él quien corría ese peligro indeterminado; que la venganza, si es que de eso se trataba, se extendería a quienes le rodeaban. Cuando la noche anterior consiguió, por fin, comunicarse con su hijo, soltó un suspiro de alivio. Guillermo estaba encantado en casa de su amigo, y por un momento Héctor estuvo tentado de decirle que se quedara allí unos días más si eso era posible, aunque no lo hizo, tenía demasiadas ganas de verlo. Entre los acontecimientos previos a su partida a Buenos Aires y el viaje en sí, hacía un mes desde la última vez. Y le echaba de menos, más de lo que habría creído nunca. En cierto modo, la relación con su hijo había ido estrechándose a medida que éste crecía. Héctor no podía presumir de haber sido un padre modelo; el exceso de horas de trabajo, por un lado, y la incapacidad real para emocionarse con los juegos infantiles, por otro, le habían convertido en un padre cariñoso pero vagamente ausente. Sin embargo, en los últimos tiempos se había sorprendido con la madurez con que Guillermo aceptaba los cambios en su vida. Era un chico más bien introvertido, aunque no insociable, que había heredado de su madre la habilidad para el dibujo y de su padre un aire irónico que le hacía parecer mayor. Héctor se había descubierto pensando que no sólo quería a su hijo, de eso no tenía la menor duda, sino que además el chico le caía bien, y entre ambos había empezado a establecerse una relación que, si no era de amistad —eso le parecía absurdo—, sí tenía visos de camaradería. La separación, el tener que pasar solos algunos fines de semana completos, había contribuido a mejorar la relación entre padre e hijo en lugar de entorpecerla.

Pero la noche anterior Héctor no se había limitado a confirmar que su familia estuviera sana y salva, sino que había hecho otra llamada, a un número que aún conservaba en su agenda de cuando llevaba el caso de las chicas nigerianas. Había concertado una cita con Álvaro Santacruz, doctor en teología especializado en religiones africanas que daba clases en la facultad de historia. Su nombre había surgido como experto en la materia durante sus anteriores pesquisas, pero no había llegado a hablar con él. Ahora sentía la imperiosa necesidad de recabar la ayuda de alguien que arrojara un poco de luz al asunto, alguien que pudiera añadir cierto rigor a sus sospechas. El doctor Santacruz los esperaba, a él y a Martina Andreu, a las diez y media en su despacho de la facultad, y hacia allí se dirigió. Había quedado con Andreu un poco antes para que le pusiera al día de las novedades, si es que había alguna.

Seguían existiendo más interrogantes que otra cosa. Una ojerosa subinspectora Andreu, que tampoco parecía haber dormido especialmente bien aquella noche, le informó de ello mientras desayunaban en una cafetería cercana a la facultad.

—Definitivamente, hay algo raro en ese doctor Omar —dijo Andreu—. Bueno, más bien lo poco que hay resulta bastante raro. Veamos, nuestro apreciado doctor llegó a España hace ocho años y se instaló en Barcelona hace cinco. Antes estuvo por el sur, aunque no está muy claro qué hacía. Lo que sí se sabe es que llegó aquí con efectivo suficiente para comprar ese piso y empezar con sus historias. Y, o bien guardaba el dinero en un cajón de casa, o bien los negocios en los que andaba metido no daban para mucho. Sus movimientos bancarios son escasos y no vivía con muchos lujos, como ya viste. Siempre queda la posibilidad de que mandara el dinero fuera, pero de momento no tenemos nada. Según las apariencias, el doctor Omar, cuyo verdadero nombre es Ibraim Okoronkwo, por cierto, vivía modestamente de sus consultas. Si no fuera por lo que dijo esa chica, y conste que pudo confundirse, no tendríamos nada que le relacionara con la red de trata de mujeres, ni con ningún otro delito aparte de vender agua sagrada para curar la gastritis y ahuyentar los malos espíritus.

Héctor asintió.

—¿Y qué hay de la desaparición?

—Nada. El último que le vio fue ese abogado suyo, Damián Fernández. La sangre en la pared y en el suelo apunta a un secuestro, o algo peor. Y la dichosa cabeza de cerdo parece un mensaje, pero ¿dirigido a quién? ¿A nosotros? ¿A Omar?

Héctor se levantó para pagar y Andreu se unió a él en la barra. Cruzaron la calle y juntos buscaron el despacho del doctor Santacruz.

La facultad de historia era un edificio feo, y los amplios pasillos, semivacíos en el mes de julio, tampoco ayudaban. Los doctores en teología tenían algo intimidatorio para un ateo convencido como Héctor, pero el doctor Santacruz era un hombre con poco aspecto de místico, más cerca de los sesenta que de los cincuenta, y unía a sus conocimientos una amplia base de investigación. Sus libros sobre cultura y religión africanas eran clásicos que se estudiaban en las facultades de antropología de toda Europa. A pesar de su edad, Santacruz parecía conservarse en plena forma, a lo que contribuía un corpachón de casi metro noventa y unas espaldas de pelotari vasco. Era lo más opuesto a un teólogo que Héctor pudiera imaginar, y eso le hizo sentirse más cómodo.

Santacruz escuchó con atención y absoluta seriedad lo que habían ido a exponerle. Héctor se remontó a la operación contra el tráfico de mujeres y la muerte de Kira y pasó luego a relatarle los últimos acontecimientos, aunque censuró tanto la paliza que había propinado a Omar como esos misteriosos DVD que habían aparecido la última noche y de los que ni siquiera Andreu sabía una palabra. Le habló de la desaparición de Omar, de la cabeza de cerdo y del expediente con su nombre. Cuando hubo terminado, su interlocutor permaneció un momento callado, pensativo, como si algo de lo que había oído no terminara de convencerle. Negó con la cabeza ligeramente antes de hablar.

—Lo siento. —Se removió en su silla, incómodo—. Todo esto que me cuentan me sorprende mucho. Y me preocupa, para serles sincero.

—¿Por algo en especial? —preguntó Andreu.

—Sí. Por varias cosas. Veamos, la parte de las prostitutas no es ninguna novedad. El vudú, en su peor acepción, se ha usado como herramienta de control. Esos ritos de los que han oído hablar son absolutamente reales y, para quienes creen en ellos, de una gran eficacia. Esas chicas están convencidas de que sus vidas y las de sus familias están amenazadas, y de hecho en cierto modo lo están. Podría relatarles varios casos que he presenciado durante mis estudios en África y en ciertas partes de Caribe del sur. El condenado pasa unos días sumido en el terror más profundo, y es ese terror el que le ocasiona la muerte.

—¿Y bien? —preguntó Héctor, algo impaciente.

—El terror absoluto es una emoción difícil de explicar, inspector. No obedece a la lógica, ni puede curarse con razonamientos. Es más, como seguramente sucedió en este caso, la víctima escogió una forma de morir expeditiva, para aliviar el pánico y de paso salvar a su familia. No duden que esa pobre chica se inmoló, por así decirlo, convencida de que era la única salida. Y, aunque les parezca absurdo, para ella lo era.

—Eso lo entiendo. Al menos, creo entenderlo —puntualizó Hector—, pero ¿qué es lo que le sorprende?

—Todo lo que ha sucedido después. La desaparición de ese individuo, ese grotesco episodio de la cabeza de cerdo, sus fotos en un expediente… Esto no tiene nada que ver con el vudú en su forma más pura. Más bien parece un decorado. Una puesta en escena dedicada a alguien. —Hizo una pausa y observó a ambos detenidamente—. Intuyo que hay algo que no desean contarme, pero si quieren que les ayude, deben responderme a una pregunta. ¿Ese hombre tiene alguna deuda pendiente con alguno de ustedes?

Hubo un instante de duda antes de que Salgado respondiera:

—Puede ser. No —se corrigió—, la tiene.

El doctor Santacruz podría haber sonreído, de pura satisfacción, pero su semblante pasó a expresar una inquietud clara y franca.

—Es lo que me temía. Miren, tienen que entender algo. Por poderosa que sea su magia, como a veces la llaman, ésta resulta del todo inocua para quienes no creen en ella. ¿Me equivoco al pensar que es usted más bien escéptico, inspector? ¿No sólo en este tema, sino en todos los relacionados con las ciencias ocultas? No, ya lo suponía. Pero sí teme por su familia, por la seguridad de los suyos…

—¿Acaso están en peligro?

—No me atrevo a decir tanto, ni deseo alarmarle. Es sólo que… ¿cómo lo diría? Buscan que usted sienta miedo, desasosegarle. Sacarle de su enfoque racional, occidental, y atraerlo al suyo, más atávico, sujeto a elementos sobrenaturales. Y, por lo tanto, están usando una parafernalia que cualquiera pueda comprender. —Se volvió hacia Andreu—. Su compañero me ha dicho que usted registró la consulta de ese Omar. ¿Encontró algo que apoye esto que digo?

Martina bajó la mirada, obviamente intranquila.

—Ya se lo ha dicho. Hallamos unas fotos de Héctor y de su familia.

—¿Nada más?

—Sí. Disculpa, Héctor, no te lo dije porque me pareció ridículo: habían quemado algo en un rincón del despacho. Y las cenizas estaban metidas en un sobre, junto con uno de esos muñecos grotescos hecho a base de soga. Todo estaba dentro de la carpeta con tus fotos y las de Ruth y de Guillermo. Lo saqué antes de que llegaras.

El doctor Santacruz intervino antes de que Héctor pudiera decir nada.

—Me extrañaba que no lo hubieran encontrado, simplemente porque es el rito más conocido del vudú, uno del que todos hemos oído hablar. —Miró a Salgado y dijo con franqueza—: Quieren asustarle, inspector. Si no hay miedo, su poder es nulo. Pero le diré algo más: por lo que veo, parecen decididos a generarle ese miedo, a asustarle con cosas que usted sí puede temer. La seguridad de su familia, la inviolabilidad de su hogar. Incluso la de sus amigos íntimos. Si entra en su juego, si empieza a creer que sus amenazas pueden traducirse en peligros reales, entonces estará en sus manos. Como esa chica.

16

En cuanto llegaron a comisaría, Héctor advirtió que Leire tenía algo que decirle, pero antes de que tuviera tiempo de acercarse a ella, Savall lo llamó a su despacho. Por su cara, la reunión a puerta cerrada no presagiaba nada bueno, y Héctor hizo acopio de paciencia para aguantar el sermón, que intuía relacionado con el tema del doctor Omar. Sin embargo, comprendió que el tema no iba por ahí al ver que había otra persona sentada frente a la mesa del comisario: una mujer de cabellos claros, de unos cincuenta años, que se volvió hacia él y le dirigió una mirada intensa. Héctor no se sorprendió cuando Savall hizo las presentaciones; estaba seguro de que tenía que tratarse de Joana Vidal. Ella le saludó con un movimiento leve de cabeza y siguió sentada. Tensa.

—Héctor, estaba informando a la señora Vidal de tus averiguaciones. —El tono de Savall era suave, conciliador y con un deje de advertencia—. Pero creo que es mejor que se lo cuentes tú mismo.

Héctor tardó unos segundos en tomar la palabra. Sabía lo que le estaba pidiendo el comisario: un relato neutro y amable, al tiempo que persuasivo, que convenciera a aquella mujer de que su hijo se había caído por la ventana. El mismo discurso que emplearía un profesor ante un alumno que ha suspendido con un cuatro coma nueve: puede ir con la cabeza bien alta ya que ha sido un suspenso más que digno... vuelva en septiembre y seguro que aprueba. En el caso de Joana Vidal: mejor váyase y no vuelva más. Pero a la vez algo le decía que esa mujer, que permanecía con las piernas cruzadas y agarraba con fuerza los brazos de la silla, guardaba un as en la manga. Una bomba que soltaría cuando lo creyera oportuno y que los pillaría a todos desprevenidos y sin saber qué decir.

—Por supuesto —dijo por fin, y se calló de nuevo para medir sus palabras—. Pero antes quizá la señora Vidal tenga algo que contarnos también.

La rápida mirada de la mujer le indicó que había dado en el clavo. Savall enarcó las cejas.

—¿Es así, Joana? —preguntó.

—No estoy segura. Tal vez. Pero antes quiero oír lo que el inspector Salgado tenga que decirme.

—Muy bien. —«Ahora sí», pensó Héctor al notar que la mujer que tenía sentada al lado se relajaba un poco. Movió su silla para verle la cara y le habló directamente, como si el comisario no estuviera en la sala—. Por lo que sabemos, la noche de la verbena de San Juan, su hijo y dos amigos suyos, Aleix Rovira y Gina Martí, hicieron una pequeña fiesta en la buhardilla de Marc. Los relatos de los chicos coinciden en líneas generales: la reunión parecía desarrollarse con normalidad, hasta que, por alguna razón, Marc se puso de mal humor, apagó la música y discutió con Aleix cuando éste le recriminó que había vuelto muy cambiado de Dublín. Aleix se marchó a su casa, pero Gina, que estaba bastante borracha, se quedó a dormir en la habitación de Marc. El enfado de éste la afectaba también a ella, ya que en cuanto Aleix se fue, él la mandó a la cama diciéndole que estaba bebida, lo que molestó bastante a la chica. Luego se acostó y se durmió enseguida. Por su parte, Marc se quedó solo en la buhardilla e hizo lo que tenía por costumbre: fumarse un último cigarrillo sentado en el alféizar de la ventana.

Se detuvo ahí aunque el rostro de esa mujer sólo indicaba concentración. Ni pesar, ni dolor. Había algo nórdico en las facciones de Joana Vidal, una frialdad aparente que podía o no ser una máscara. Lo era, pensó Héctor, aunque se trataba de una máscara que llevaba mucho tiempo ahí y empezaba ya a fundirse con los rasgos originales. Sólo sus ojos, de un color castaño oscuro corriente, parecían contradecirla; ocultaban un brillo que, en las condiciones adecuadas, podía ser peligroso. Sin poder evitarlo, comparó mentalmente a Joana con la segunda esposa de Enric Castells, y se dijo que había un parecido superficial, una palidez común a ambas mujeres, sin embargo ahí se acababan las similitudes: en los ojos de Glòria había duda, inseguridad, incluso obediencia; en los de Joana asomaba la rebelión, el desafío. No cabía duda de que Castells no había querido correr el mismo riesgo dos veces y había escogido una mujer más suave, más dócil. Más manejable. Se dijo que la mujer merecía saber la verdad y prosiguió en el mismo tono, haciendo caso omiso de la expresión de impaciencia que se apoderaba del semblante del comisario.

—Pero los chicos mienten, al menos en parte. No estoy diciendo que tuvieran nada que ver con lo que pasó luego —aclaró—. Sólo que hay una parte de la historia que han… suavizado, por así decirlo.

Pasó a referirles lo que había descubierto Castro al ver las fotos del Facebook de Gina Martí, así como el hallazgo de la camiseta que llevaba puesta Marc durante la fiesta: limpia aunque con unas manchas que bien podían ser de sangre.

—Así que el paso siguiente es interrogar a fondo a Aleix Rovira —lo dijo sin mirar a Savall—, porque la supuesta discusión que nos han contado podría haber sido algo más violenta de lo que sugiere el relato. Y hablar con el hermano de Aleix para que confirme de nuevo que el chico llegó a la casa y no volvió a salir. Sinceramente, creo que es lo más probable; tal vez sólo sucedió eso, una pelea entre amigos, nada muy serio pero lo bastante para que Marc se manchara de sangre la camiseta y se cambiara de ropa. Una pelea que quizá hizo que el portátil de Marc cayera el suelo y se rompiera…

Se quedó pensativo. ¿Por qué Gina no les había dicho nada del portátil roto? Incluso si se había tratado de una simple discusión, como ella decía, resultaba menos sospechoso contar algo que averiguarían de todos modos. Se obligó a frenar; sus pensamientos avanzaban demasiado deprisa y debía continuar.

—Eso no cambia lo que sucedió después —dijo, pero su voz no sonó demasiado convincente—. Sólo que nos faltan piezas para completar la imagen. De momento hemos traído el portátil y el móvil de Marc Castells, a ver qué podemos sacar. Y deberíamos interrogar otra vez a Aleix Rovira. —En ese momento sí miró al comisario. Le complació ver que asentía, aunque de mala gana—. Y ahora, ¿hay algo que quiera decirnos, señora Vidal?

Joana descruzó las piernas y buscó en su bolso hasta sacar unos papeles doblados. Los mantuvo en la mano mientras hablaba, como si no quisiera deshacerse de ellos.

—Hace unos meses, Marc se puso en contacto conmigo por e-mail. —Le costaba contarlo. Carraspeó y echó la cabeza hacia atrás; tenía el cuello largo y blanco—. Como ya deben saber, no nos habíamos visto desde que me fui, hace dieciocho años. Así que fue toda una sorpresa cuando recibí su primer correo.

—¿Cómo obtuvo tu dirección? —preguntó el comisario.

—Se la dio Fèlix, el hermano de Enric. Te parecerá raro, pero hemos mantenido el contacto durante todo este tiempo. Con mi ex cuñado, quiero decir. ¿Le conoce? —preguntó, dirigiéndose a Héctor.

—Sí, le vi ayer. En casa de su ex. Parecía querer mucho a su sobrino.

Ella asintió.

—Bueno, Enric es un hombre ocupado. —Negó con la cabeza—. No, no tengo derecho a criticarlo. Estoy segura de que hizo cuanto pudo… pero Fèlix no tiene otra familia que la de su hermano y se ha preocupado siempre mucho por

Marc. Da igual, el caso es que recibí un correo, a principios de año. De... mi hijo. —Era la primera vez que lo decía, y no le había resultado fácil—. Me quedé muy sorprendida. Está claro que algo así podía ocurrir en cualquier momento, pero la verdad es que no lo esperaba. Nunca lo esperas.

Se hizo un silencio, que Savall y Héctor no se atrevieron a romper. Lo hizo ella.

—Al principio no supe qué contestarle, pero él insistió. Me mandó dos o tres correos más y ya no pude negarme, así que empezamos a escribirnos. Ya sé que suena raro, no voy a negarlo. Una madre y su hijo que prácticamente no se han visto nunca comunicándose por correo electrónico. —Esbozó una sonrisa amarga, como si estuviera retándoles a que hicieran el menor comentario. Ninguno de los dos abrió la boca. Ella prosiguió—: Yo temía las preguntas, los reproches incluso, pero no los hubo; Marc se limitaba a contarme cosas de su vida en Dublín, de sus planes. Era como si nos acabáramos de conocer, como si yo no fuera su madre. La correspondencia siguió durante unos tres meses, hasta que... —Calló unos instantes y desvió la mirada—. Hasta que sugirió que podía venir a verme a París.

Bajo la vista a los papeles que tenía en la mano.

—La idea me aterró —dijo simplemente—. No sé por qué. Le dije que tenía que pensarlo.

—¿Y él se enfadó? —preguntó Héctor.

Ella se encogió de hombros.

—Supongo que fue un jarro de agua fría. A partir de ahí sus correos fueron haciéndose menos frecuentes hasta que casi dejó de escribir. Pero hacia el final de su estancia en Irlanda me mandó este correo.

Desdobló los papeles, escogió uno y se lo dio a Savall. Éste lo leyó y luego pasó la hoja a Héctor. El texto decía así:

Hola, sé que llevo mucho tiempo sin dar señales de vida, y no voy a insistir en lo de vernos, al menos de momento. De hecho, debo volver a Barcelona para arreglar un asunto pendiente. Aún no sé cómo hacerlo, pero sí sé que debo intentarlo. Cuando todo eso haya pasado, me gustaría que nos viéramos. En París o en Barcelona, donde prefieras. Un beso,

Marc

Héctor levantó la cabeza del papel y Joana contestó a su pregunta antes de que llegara a formularla.

—No, no tengo ni idea de a qué asunto se refería. En ese momento pensé que debía de tratarse de un tema de estudios, enfocar su carrera o algo por el estilo. La verdad es que no le di importancia hasta ayer por la tarde. Me puse a leer todos los correos, uno tras otro, como si fueran una conversación de verdad. Éste es el último que recibí de él.

Las miradas del comisario Savall y Héctor se encontraron. Poco había que decir. Ese mensaje podía referirse a todo, y a nada.

—Ya, ya sé que esto parece un poco exagerado, pero, no sé… quizá sea otra cosa, quizá tenga algo que ver con su muerte. —Movió las manos, un gesto más de impaciencia que de desconsuelo, y se puso de pie—. Bueno, supongo que ha sido una estupidez por mi parte.

—Joana. —Savall se incorporó también y rodeó la mesa para acercarse a ella—. Nada es una estupidez en una investigación. Te dije que llegaríamos hasta el fondo de este asunto y así será. Pero tienes que entender, que aceptar, que quizá lo más evidente es lo que sucedió de verdad. Los accidentes son difíciles de asumir, y sin embargo ocurren.

Joana asentía, aunque Héctor tenía la sensación de que no era eso lo que la preocupaba. O al menos no sólo eso. Tenía que haber sido una mujer muy guapa, y aún lo era en cierto modo, pensó él. Elegante y con estilo, aunque su rostro dejaba entrever ya el paso de los años sin que ella hiciera nada por disimularlo. Ni maquillaje, ni operaciones. Joana Vidal aceptaba la madurez de manera natural y el resultado denotaba una dignidad de la que carecían otros rostros de su edad. La observó aprovechando que ella parecía absorta en lo que le decía el comisario.

—Te mantendremos informada. Personalmente. El inspector Salgado o yo mismo, te lo prometo. Intenta descansar.

Savall se ofreció a acompañarla hasta la puerta, pero ella se negó, con el mismo mohín de impaciencia que Héctor había apreciado unos minutos antes. No debía de ser una mujer fácil, de eso también estaba seguro, y mientras la veía alejarse le vino a la cabeza la imagen de Meryl Streep. La figura de Leire Castro, que se había acercado en cuanto salió Joana Vidal, le devolvió a la realidad.

—¿Tiene un momento, inspector?

—Sí, pero, si te soy sincero, necesito un cigarrillo. ¿Fumas? —le preguntó por primera vez.

—Más de lo que debería y menos de lo que me apetece.

Él sonrió.

—Pues ahora lo harás por orden de tu superior.

Sin saber por qué, Leire le siguió el juego.

—Peores cosas me han pedido.

Él levantó las manos, en gesto de falsa inocencia.

—No puedo creerte… Vamos a contaminar el aire a la calle y me lo cuentas.

Lograron encontrar un rincón a la sombra, aunque en Barcelona en verano suponía un falso refugio. El sol de mediodía caía a plomo sobre la ciudad y la humedad aumentaba la temperatura hasta límites africanos.

—Ésa era la madre de Marc, ¿verdad? —preguntó ella.

—Sí. —Él aspiró profundamente y fue soltando el humo despacio—. Dime, ¿hay algo en el portátil, o en el móvil?

Ella asintió.

—Estamos investigando los números, aunque la mayoría de llamadas y mensajes de los días previos a su muerte son a Gina Martí y Aleix Rovira. Y a una tal Iris, aunque en su caso son básicamente por WhatsApp. —Él mostró su desconcierto y ella le explicó de qué se trataba—. Es gratuito, y por el prefijo sabemos que esa chica estaba en Irlanda. En Dublín, supongo. Practicaban poco inglés, la chica debe de ser española, y por lo que he leído, Marc estaba bastante colado por ella. He transcrito todos los mensajes a ver si hay algo, pero a primera vista parecen normales: te echo de menos, me gustaría que estuvieras aquí... Creo que planeaban verse porque hay alguna referencia a «pronto acabará todo esto». —Ella sonrió—. Todo con abreviaturas muy poco románticas, la verdad. En cuanto al portátil, están intentando repararlo pero me han dicho que está bastante cascado. Como si lo hubieran roto a propósito.

—Ya. —El tema del ordenador le preocupaba. Iba a comentar sus dudas en voz alta, pero Leire no le dejó.

—Hay otra cosa, inspector. Me di cuenta anoche, en casa. —Los ojos le brillaban, y Héctor se fijó por primera vez en que eran de color verde oscuro—. Con este calor no había forma de dormir, así que salí a la terraza a fumar un cigarrillo. Se me olvidó el cenicero y acabé apagándolo en el suelo, pensando que ya lo recogería luego. No es muy higiénico, lo reconozco. Luego, mientras estaba en la cama, se me ocurrió. ¿Qué haría usted si fuera a fumar un cigarrillo sentado a la ventana?

Él meditó un segundo.

—Bueno, o bien tiraría la ceniza al aire o me llevaría un cenicero y lo tendría cerca, al lado o incluso en la mano.

—Exacto. Y por lo que me dijo la asistenta, Glòria Vergés es una obsesa de la limpieza. No soporta el humo, ni las colillas. Supongo que por eso el chico fumaba en la ventana. —Hizo una pausa breve antes de continuar—: La colilla no estaba en el suelo, al menos no por la mañana, cuando procesamos la escena. Sí, pudo tirarla lejos, pero de algún modo no me imagino a Marc ensuciando el jardín. Lo más lógico era que se llevara el cenicero a la ventana para ahorrarse la bronca. Pero no estaba allí. Estaba dentro, lo recuerdo perfectamente, en la estantería que hay al lado de la ventana. Creo que incluso aparece en alguna de las fotos que tomamos.

El cerebro de Héctor funcionaba a toda máquina a pesar del calor.

—Lo que significa que Marc apagó el cigarrillo y volvió a entrar.

—Eso pensé. He estado dándole vueltas y no es nada definitivo. Pudo perfectamente fumar, entrar y luego volver a la ventana. Pero según nos han dicho no era algo que solía hacer. Quiero decir que la idea que nos han vendido es que Marc se sentaba en la ventana a fumar. Punto. No a meditar, ni a pasar el rato.

—Existe otra opción —rebatió él—. Que alguien retirara el cenicero de la ventana.

—Sí, también lo he pensado. Pero la asistenta tuvo que ocuparse de Gina Martí, que tuvo un ataque de nervios al despertar; no subió a la buhardilla antes de que llegáramos. El señor Castells llegó con su hermano, el cura, al mismo tiempo que nosotros; su mujer y su hija bajaron después; la señora Castells no quiso que la niña viera el cadáver, como es lógico, así que se quedó en el chalet de Collbató hasta la tarde.

—¿Estás segura de que Gina no volvió a entrar en la buhardilla por la mañana?

—Según su declaración, no. Los gritos de la asistenta la despertaron y bajó corriendo a la puerta. Al ver a Marc muerto tuvo un ataque de nervios y la mujer tuvo que hacerle una tila, que no se bebió. Nosotros llegamos enseguida. Y tampoco la imagino quitando el cenicero de la ventana y colocándolo en su sitio.

—A ver… —Héctor entrecerró los ojos—. Imaginemos la escena: Marc ha estado con sus colegas y la noche ha acabado mal. Se han peleado. Lo bastante para que se le haya manchado la camiseta de sangre. Aleix se ha ido y él ha mandado a Gina a la cama. Son casi las tres de la madrugada y hace calor. Se cambia la camiseta sucia y antes de irse a la cama hace lo de siempre: fumarse un cigarrillo sentado en la ventana. Asumamos que se llevó el cenicero, estoy seguro de que lo hacía de manera habitual. Así que fuma tranquilamente, apaga el cigarrillo y vuelve a entrar en la buhardilla; deja el cenicero…

—¿Lo ve? —insistió Castro—. No encaja con la idea de que estuviera mareado y se cayera accidentalmente. Es más, si estaba mareado debió de notarlo, y en ese caso, ¿para qué volver a salir?

Héctor pensó en el temor que había leído en los ojos de Joana Vidal hacía sólo un momento, en las palabras de Enric Castells que negaban con una vehemencia excesiva la posibilidad de que su hijo se hubiera lanzado al vacío por voluntad propia. ¿Podía haber sido un suicidio? ¿Un arrebato de desesperación por algo que había sucedido esa noche quizá? ¿O había entrado alguien, habían discutido y había acabado empujándolo por la ventana? Tenía que ser alguien medianamente fuerte, lo que descartaba a Gina. ¿Aleix? ¿Se habían peleado y el resultado de esa pelea había sido el ordenador roto? Leire parecía seguir su razonamiento ya que sus ojos despedían chispas.

—He hecho algo más —dijo ella—. Esta mañana he llamado a la facultad de informática, donde estudia Aleix Rovira. Me ha costado un poco, pero al final me lo han dicho: no ha aprobado una sola asignatura, de hecho prácticamente no ha asistido a clase desde Semana Santa.

—¿No era una especie de niño prodigio?

—Pues al parecer perdió los superpoderes al entrar en la universidad.

—Investiga sus llamadas. Quiero saberlo todo sobre Rovira: a quién llama, por dónde se mueve; como suele decirse, a qué dedica el tiempo libre… que debe de ser bastante si no asiste a clase. Me da la impresión que esos dos niñatos están jugando con nosotros. Lo citaré en comisaría para el lunes, así que habrá que apurarse. ¿Algún problema?

Leire negó con la cabeza, aunque su expresión no demostraba la misma seguridad. De hecho, esa tarde debía recoger a Tomás en la estación de Sants, y en teoría libraba ese fin de semana. Iba a decirlo en voz alta cuando pensó que tener algo que hacer tal vez no le fuera mal.

—Ningún problema, inspector.

—Muy bien. Otra cosa, Marc escribió a su madre comentándole que tenía algo que resolver acá. No creo que tenga ninguna importancia, pero…

—Pero en este caso vamos a ciegas, ¿no cree?

—Muy a ciegas. —Recordó lo que le había dicho Savall y añadió, sin poder evitar un tonillo irónico—: Y no olvides que todo esto es «extraoficial». Ya hablo yo con el comisario. Quiero recoger todos los datos posibles sobre Aleix Rovira antes del lunes. Ocúpate de él, yo me encargaré de interrogar a Óscar Vaquero.

Ella pareció desconcertada.

—El gordito a quien le gastaron la broma. Ya, ya sé que hace un par de años de eso, pero los rencores a veces no se apagan con el tiempo sino al revés. —Una sonrisa cínica asomó a su semblante—. Te lo aseguro.

17

El aire acondicionado de esa triste habitación hacía un ruido infernal. Con las cortinas corridas —rígidos trozos de tela de un color verde musgo— para ocultar el sol de justicia que caía sobre la ciudad a esas horas, el runrún del aparato recordaba al rugido entrecortado de una bestia del inframundo. Podría haber sido un motel de carretera, uno de esos establecimientos que, pese a su sordidez, poseen un halo romántico o cuando menos sensual. Habitaciones que huelen a sábanas sudorosas y a cuerpos entregados, a sexo furtivo pero inevitable, a deseos nunca saciados del todo, a colonia barata y a ducha rápida.

En realidad, no se trataba de un motel sino de una pensión situada cerca de la plaza Universitat, discreta y hasta limpia si se la miraba con buenos ojos —o mejor, si no la miraba uno demasiado—, especializada en alquilar cuartos por horas. Dada la proximidad del «Gayxample», la zona gay por excelencia de Barcelona, la mayor parte de la clientela era homosexual, algo que en cierto modo tranquilizaba a Regina.

En lo que iba de año había acudido más o menos regularmente a esa pensión sin nunca cruzarse con una cara conocida. Lo peor era el momento de entrar y salir, pero hasta entonces había tenido suerte. Seguramente porque en el fondo le importaba un pimiento. No era que ella y Salvador tuvieran explícitamente una relación abierta, pero a su marido tenía que resultarle más o menos obvio que si no hacía el amor con ella, otra persona debía ocupar su lugar en la cama al menos de vez en cuando. Si era sincera consigo misma, Regina debía admitir que cuando se casó con Salvador, dieciséis años mayor que ella, no lo hizo porque el hombre fuera una fiera sexual, aunque los primeros años no había tenido la menor queja al respecto. No, Regina no era una mujer especialmente apasionada, pero sí orgullosa. Llevaba veintiún años casada, y durante la primera mitad de ese tiempo había sido tremendamente feliz. Salvador la adoraba, con una devoción que parecía inquebrantable, eterna. Y ella florecía bajo sus halagos, ante esas miradas que la acariciaban como una malla ceñida, realzando sus curvas sin apretar demasiado.

Lo único que no calculó cuando decidió casarse con ese caballero, atractivo en un sentido poco convencional, alto y canoso ya en la foto de boda, fue que los gustos de ese intelectual reconocido no cambiarían con los años. Si a los cuarenta y cuatro Salvador se fijaba en las chicas de veintitantos, a los sesenta y cuatro, convertido por azares del destino en un autor popular, su interés seguía centrándose en los mismos cuerpos jóvenes, las mismas caras insultantemente tersas. Las que sólo necesitan agua y jabón para estar brillantes. Y esas jovencitas, aún más tontas que Regina hace años, lo encontraban distinguido, encantador, inteligente. Incluso romántico. Leían emocionadas sus novelas de amor, cuentos de hadas urbanos con títulos como *El dulce sabor de las primeras citas* o *Con vistas a la tristeza* que él empezó a escribir cuando sus sesudos libros con pretensiones experimentales aburrieron incluso a los críticos más repelentes, y asistían a sus conferencias en las que palabras como «deseo», «piel», «sabor» y «melancolía» se repetían hasta la saciedad.

Había sido un golpe duro darse cuenta de que aquella admiración constante se apagaba poco a poco. O, mejor dicho, se desplazaba sutilmente en otras direcciones. A los treinta y ocho años, Regina dejó de ser la bola blanca de la partida de billar, el centro de las atenciones de su marido, y a los cuarenta y cinco se convirtió definitivamente en la bola negra, esa que sólo se toca al final de la partida y cuando no queda más remedio. Ahora, al borde de los cincuenta, después de varios retoques faciales que no habían recibido más que una fugaz mirada de reconocimiento por parte de Salvador, había decidido cambiar de juego. Un buen día la lógica se había impuesto al amor propio; se había percatado de que estaba luchando contra un enemigo tan brutal como implacable, al que podía contener pero no ganar.

Fue su resolución del Fin de Año anterior: levantar su autoestima a cualquier precio. Y, al observar lo que la rodeaba, descubrió que esas miradas que ya no le dirigía su marido podían llegar, sorprendentemente, desde ángulos insospechados. En cierto sentido, pensó, la infidelidad restauraba el orden y equilibraba su matrimonio. Y aunque al principio no buscaba realmente sexo, sino más bien recuperar un ego maltrecho que no respondía a los tratamientos antiarrugas ni a las incisiones del bisturí, fue una verdadera sorpresa el alud de sensaciones que le proporcionaron aquellos brazos fuertes y musculosos, aquellas nalgas duras y suaves como piedras romas, aquellos besos torpes y aquella lengua inquieta que llegaba a los rincones más recónditos de su sexo. Ese amante de nueva generación capaz de follarla hasta el agotamiento sin perder la sonrisa, de morderla en el cuello como un cachorro juguetón, incluso de abofetearla cuando el placer era tan intenso que los ojos se le cerraban sin quererlo. Como ella, como todos, él deseaba ser visto y admirado, pero al contrario que otros, la gran opinión que tenía de sí mismo se quedaba en la calle; en la cama se volvía generoso e incansable, exigente y cariñoso. A días, un auténtico cabrón; a días, un chaval asustadizo que pide caricias. Ella no habría sabido decir qué prefería; sí sabía que, semana a semana, había ido enganchándose a aquellos juegos a puerta cerrada, y que la perspectiva de estar un mes sin verle, desterrada en la Costa Brava con aquel marido sexagenario que ahora le resultaba repulsivo —la imagen de Salvador en traje de baño se había convertido en una pesadilla de la que no podía librarse—, y una hija en plena tramontana emocional, era francamente desagradable. A Dios gracias, no estaba enamorada de alguien que podía ser su hijo; de hecho hacía tiempo que dudaba de la existencia de ese amor con mayúsculas del que su marido no se cansaba de escribir para deleite de mujeres que deseaban vivir en esos libros. Era, simplemente, el aliciente indispensable de unas semanas que, sin él, perdían su eje. Aunque a veces, sola en su cuarto, disfrutaba tanto al recordar aquellos encuentros que creía poder pasar sin ellos... Todo llegaría, estaba segura, pero mientras tanto almacenaría en su memoria detalles morbosos a los que su cuerpo respondía sin vacilación.

—¿En qué piensas? —le susurró Aleix al oído.

—Creía que dormías —dijo ella, y le besó en la frente. Se incorporó un poco para que él la rodeara con su brazo. Sus manos se entrelazaron. La fuerza que irradiaban esos dedos fuertes le daba vida.

—Sólo un poco. Pero la culpa es tuya —usaba un ronroneo obsceno—, me dejas agotado.

Ella se rió, satisfecha, y la otra mano de él se coló por debajo de las sábanas y le rozó los muslos.

—Basta —protestó ella, y se apartó un poco—. Tenemos que irnos.

—No. —La aprisionó con todo su cuerpo—. Quiero quedarme aquí.

—Eh... Vamos, levanta. Holgazán... Hace demasiado calor para tenerte encima. —Ella usaba un tono de falsa severidad; él, como un crío rebelde, la estrechaba entre sus brazos con más fuerza. Por fin, Regina consiguió desasirse, se sentó en el borde de la cama y encendió la cruda luz de la mesita de noche.

Aleix abrió brazos y piernas en cruz, ocupando prácticamente todo el espacio. Ella no pudo evitar que la belleza de ese cuerpo desnudo volviera a sorprenderla. Era una sensación agridulce, una mezcla de admiración y de vergüenza. Sin levantarse, estiró el brazo para coger el sujetador y la blusa, tirados en una silla cercana.

—Puedes quedarte en la cama si quieres —dijo mientras se vestía, de espaldas a él.

—No te vayas aún. Tengo que hablar contigo.

Algo en su tono de voz la alarmó de repente y se volvió, con la blusa a medio abotonar.

—¿Tiene que ser ahora? —Terminó de abrocharse la blusa y cogió el reloj de pulsera de la mesita—. Es tardísimo.

Él se incorporó hasta ponerse de rodillas sobre las sábanas y la besó en el cuello.

—Quita… Si ayer no me hubieras dejado plantada, habríamos tenido más tiempo. Salvador llega dentro de una hora y tengo que ir al aeropuerto a recogerle.

—Lo hice por Gina, ya te lo he dicho… Y en parte es culpa tuya: nada de mensajes al móvil, ningún contacto fuera de aquí. No pude avisarte.

Ella asintió con un gesto rápido, impaciente.

—Así tiene que ser. Bueno, aprovecha mientras me visto. ¿Qué tienes que decirme? —Se levantó de la cama y empezó a ponerse las bragas y luego la falda. No tenía ni tiempo para pasar por casa a ducharse. Iría directamente a recoger al Viejo.

—Estoy en un lío. Un mal lío.

Silencio.

—Necesito dinero.

—¿Dinero? —Regina no supo qué decir. Enrojeció y terminó de vestirse.

Él notó que la había ofendido; saltó de la cama, aún desnudo y fue hacia ella. Regina desvió la mirada.

—Eh, eh… Mírame —le dijo él. Ella lo hizo, y entonces, al verle la cara, comprendió que el tema iba realmente en serio—. No te lo pediría si no fuera imprescindible. Pero he metido la pata y lo necesito. De verdad.

—Tienes padres, Aleix. Seguro que te ayudan.

—No seas absurda. No puedo recurrir a ellos.

Regina suspiró.

—¿Qué pasa? ¿Has dejado embarazada a alguna universitaria o algo así?

Él cambió de expresión, le cogió la mano.

—¡Suelta! —No lo hizo. La asió con más firmeza y la atrajo hacia él.

—No es ninguna broma, Regina. Si no consigo tres mil euros antes del martes…

No lo dejó terminar, lo interrumpió con una carcajada seca, irónica.

—¿Tres mil euros? ¡Estás loco!

Aleix le apretó la mano con más fuerza pero luego la soltó. Se quedaron frente a frente, midiéndose con la mirada.

—Te los devolveré.

—Oye, ni hablar. No se trata de que me los devuelvas o no. ¿Te crees que puedo sacar tres mil euros de la cuenta sin que Salvador se entere? ¿Y qué le digo? ¿Que el polvo me ha salido un poco caro esta vez?

Estaba ofendida; era lo que él temía, hacerla sentir como alguien que tiene que pagar a cambio de sexo. Intentó explicarse:

—Escucha, no te los pido como amante. Te los pido como amiga. Te los pido porque si no los devuelvo, esos tíos me van a matar.

—Pero ¿de qué estás hablando? —Empezaba a ser tarde. Quería terminar con esa conversación y largarse de allí—. ¿Qué tíos?

Él bajó la cabeza. No podía contárselo todo.

—No te estaría diciendo esto si no fuera importante.

Regina no quería darle más opciones; se sentó en la silla para calzarse las sandalias blancas, pero el silencio, sólo interrumpido por el rugido del aparato de aire, le pesó demasiado.

—Aleix, voy a hablarte en serio. Si de verdad estás en un

lío, tienes que recurrir a tus padres. No puedo resolver tus problemas. ¿Lo entiendes?

—No te pongas en plan protectora conmigo. No cuando acabo de follarte dos veces.

Ella esbozó una media sonrisa.

—Vamos a dejarlo, Aleix. No tengo ganas de pelearme contigo.

Era su última baza: la jugó a la desesperada, con un atisbo de remordimiento. Se dejó caer sobre la cama y clavó la mirada en ella.

—Yo tampoco quiero discutir. —Intentó que su voz sonara fría, súbitamente despreocupada—. Pero creo que al final me vas a ayudar. Aunque sólo sea por tu hija.

—No te atrevas a meter a Gina en esto.

—Tranquila, no pienso contarle que me tiro a su madre un día por semana. Eso te lo dejaré a ti. —Bajó la voz; ya había empezado, detenerse ya no era una opción—. Lo que haré será contarle a ese inspector argentino que vi cómo la inocente y asustada Gina empujaba a Marc por la ventana.

—¿Qué coño estás diciendo?

—La verdad, pura y dura. ¿Por qué crees que Gina está así? ¿Por qué crees que ayer fui a tu casa? Para no dejarla sola con la poli porque tu niña está acojonada por lo que hizo.

—Te lo estás inventando. —Le temblaba la voz. Por su cabeza pasaron entonces imágenes fragmentadas de los últimos días. Intentó disiparlas antes de seguir hablando. Aquello era un farol, tenía que ser un puto farol de aquel niñato cabrón. Fue indignándose por momentos.

Aleix siguió hablando:

—Se moría de celos desde que Marc nos contó que había conocido a una chica en Dublín. Y la noche de San Juan ya no pudo aguantar más: se había puesto aquel vestido para ligar con él, pero él seguía pasando.

Regina se levantó y fue hacia Aleix. Tenía que controlar la voz, controlarse para no perder los estribos y cruzarle la cara.

Controlarse para que no le quedara ninguna duda de que ella iba en serio.

—Tú te fuiste... eso declaraste a la policía, y eso dijo Gina también.

Él sonrió: Regina dudaba. Sembrar la duda en ella era cuanto necesitaba en ese momento.

—Claro. Es lo que se hace por una amiga, ¿no? A pesar de que Marc también era mi amigo. Está en tus manos, Regina. Es simple: favor por favor. Tú me ayudas, yo os ayudo a ti y a Gina.

Justo entonces sonó el móvil de Aleix, que él había dejado sobre la mesita de noche. Extendió el brazo para ver quién era y frunció el ceño. Contestó bajo la mirada fija de Regina.

—¿Edu? ¿Pasa algo? —Su hermano lo llamaba pocas veces, por no decir nunca.

Mientras él escuchaba lo que Edu tenía que decirle, Regina recogió su bolso despacio. La conversación apenas duró un minuto. Aleix se despidió con un «gracias» y colgó.

La miró sonriente. Seguía desnudo, consciente del atractivo de su cuerpo. Ella supo que iba a decirle algo más, lo notaba en su cara de satisfacción, en esa sonrisa que expresaba más arrogancia que otra clase de alegría.

—Qué casualidad. Al parecer la poli quiere verme. El lunes por la tarde. El tiempo justo para que tú y yo resolvamos este asunto... entre nosotros.

Por un momento Regina vaciló. Una máscara fría le cubrió las facciones. Parte de ella, la parte que correspondía a la mujer defraudada, deseaba cruzarle la cara a ese niñato chulo, pero finalmente su lado maternal se impuso. Lo primero era hablar con Gina. Decidió que el bofetón podía esperar.

—Ya te llamaré —le dijo antes de dar media vuelta.

—¿Qué?

Regina sonrió para sus adentros.

—Eso. Que ya te diré algo. —Se volvió hacia él intentando que su expresión fuera lo más despectiva posible—. Ah, y si de verdad necesitas ese dinero, sigue buscándolo. Yo en tu lugar no confiaría demasiado en que te lo dé.

Él le sostuvo la mirada. «Puta», dibujaron sus labios.

Aleix buscó desesperadamente una frase que zanjara ese pulso a su favor, pero no la encontró, así que se limitó a sonreírle de nuevo.

—Tú sabrás lo que haces. Tienes hasta el lunes por la mañana para salvar a tu niña de este lío. Piénsatelo.

Ella esperó unos segundos antes de abrir la puerta y huir.

18

Martina Andreu miró el reloj. Su turno acababa en menos de media hora y tenía el tiempo justo para ir al gimnasio antes de recoger a los niños. Necesitaba unos buenos estiramientos, la espalda la estaba matando esos días y sabía que en parte era debido a la falta de ejercicio. Intentaba organizarse, pero a veces simplemente no podía con todo. Trabajo, marido, casa, dos hijos pequeños rebosantes de actividades extraescolares...

Guardó los papeles del caso del doctor Omar en la carpeta con un suspiro de frustración. Si había algo que la sacaba de quicio eran los casos que no avanzaban en ninguna dirección. Empezaba a pensar que ese tipo se había largado con su macabra música a otra parte. No era una idea descabellada en absoluto; si la red de tráfico de mujeres era su principal fuente de ingresos, ahora tenía que buscar otro modo de ganarse la vida. La sangre en la pared y el numerito de la cabeza de cerdo podían ser sólo una cortina de humo, una forma de desaparecer por la puerta grande, por así decirlo. Aunque, por otro lado, el tipo no era ningún chaval. En Barcelona tenía sus contactos y aquella consulta repugnante. Quizá no ganara lo bastante para hacerse millonario, pero desde luego más de lo que sacaría en otro sitio donde tuviera que empezar de cero.

La personalidad de ese individuo era un misterio. La gente del barrio había aportado escasa información. Ella misma había ido puerta por puerta durante toda la mañana, intentando averiguar algo, y lo único que había sacado en claro era que el nombre del doctor inspiraba al menos desconfianza; en algunos casos, un temor reconocido. Una de las mujeres con las que había hablado, una joven colombiana que vivía en la misma escalera, había dicho sin censurarse: «Es un tipo raro... Yo me santiguaba cuando me cruzaba con él. Ahí dentro hacía cosas malas». La había presionado un poco y sólo había obtenido un vago «dicen que saca a los diablos del cuerpo, pero si me pregunta a mí le diré que el diablo es él en persona». Y a partir de ahí se había callado como una tumba.

No era algo tan extraño, pensó Martina; por sorprendente que pareciera, en ciudades como Barcelona se realizaban regularmente unos cuantos exorcismos, y dado que ahora los sacerdotes de la ciudad condal no entraban en esos temas, los creyentes en esas cosas tenían que buscar exorcistas alternativos. Estaba segura de que el doctor Omar podía ser uno de ellos. El registro de su consulta había aportado pocos pero significativos indicios: multitud de cruces y crucifijos, libros sobre satanismo, santería y otras historias parecidas, escritos en francés y español. Sus movimientos bancarios eran ridículos, había comprado el piso al contado años atrás; no tenía amigos, y si tenía algún cliente, éste no iría a declarar a comisaría.

Martina notó un escalofrío al pensar en que esas cosas podían seguir sucediendo en una ciudad como Barcelona. Fachadas modernistas y tiendas modernas, hordas de turistas que saqueaban la ciudad cámara en mano... y por debajo de todo eso, protegidos por el anonimato, individuos como el doctor Omar: sin raíces, sin familia, dedicándose a ritos aberrantes sin que nadie se enterara. «Basta ya», se dijo. Seguiría el lunes. Dejó el expediente cerrado encima de la mesa y se levantaba ya cuando sonó el teléfono. «Mierda», pensó, las llamadas en el último minuto siempre acarreaban problemas.

—¿Sí?

Una voz de mujer, temblorosa por los nervios y con un marcado acento sudamericano, balbuceó al otro lado:

—¿Es usted la que lleva el caso del doctor?

—Así es. ¿Me da su nombre, por favor?

—No, no... Llámeme Rosa. Tengo algo que decirle, si quiere nos vemos.

—¿Cómo ha conseguido mi número?

—Me lo dio una vecina a la que interrogaron.

Martina miró el reloj. El gimnasio se desdibujó en el horizonte.

—¿Y quiere que nos veamos justo ahora?

—Sí, enseguidita. Antes de que vuelva mi marido...

«Espero que sea algo que merezca la pena», pensó Martina, resignada.

—¿Dónde podemos vernos?

—Vaya al Parque de la Ciudadela. Estaré detrás de la cascada. ¿Sabe dónde le digo?

—Sí —respondió Martina. Llevar a los niños al zoo de vez en cuando tenía sus ventajas.

—La espero allí, dentro de media hora. Sea puntual, no tengo mucho tiempo...

La subinspectora iba a añadir algo, pero la llamada se cortó antes de que pudiera hacerlo. Cogió su bolso y salió de comisaría. Con un poco de suerte, al menos llegaría a recoger a los niños.

La tarde también estaba siendo fructífera para Leire Castro. Ante sí tenía un desglose de la actividad telefónica de Aleix Rovira en los últimos dos meses, y era de lo más interesante, ni que fuera por el altísimo número de llamadas. Con la lista sobre la mesa fue señalando los números que más se repetían, lo cual, dada la intensidad de comunicaciones de ese teléfono, no era tarea fácil. Las más curiosas eran las que se realizaban el fin de semana; durante todo el día, y gran parte de la noche, el móvil de Aleix recibía llamadas breves, de apenas unos segundos. Había otros números que se repetían con relativa frecuencia. Leire los anotó, dispuesta a averiguar a quién pertenecían. Uno de ellos había efectuado varias llamadas, diez para ser exactos, la noche del 23 de junio. Aleix no contestó a ninguna, pero sí se puso en contacto con ese número al día siguiente. Una conversación de cuatro minutos. Fue la única llamada que se molestó en devolver, después de haber dejado varias sin contestar. Contó los números: seis números distintos habían efectuado varias llamadas, y Aleix había atendido a las dos primeras. Ninguna más.

Intentó ordenar esos datos dispersos, mientras repasaba mentalmente la historia que Gina y el propio Aleix habían contado en declaraciones previas. Una historia que no era del todo verdad. ¿Por qué se habían peleado él y Marc Castells? Una pelea lo bastante fuerte para que la camiseta de Marc se hubiera manchado de sangre. ¿A quién pertenecía el número que había llamado insistentemente esa noche, y al que Aleix sí se había tomado la molestia de responder al día siguiente? Eso, al menos, sería fácil de averiguar. En efecto, tras unas rápidas comprobaciones, obtuvo el nombre de ese usuario: Rubén Ramos García. Suspiró. El nombre no le decía nada. Introdujo luego otro de los números que más aparecía en la lista. Ese nombre sí le dijo, y mucho. Regina Ballester. La madre de Gina Martí... Desde luego iban a tener cosas que preguntar a Aleix el lunes.

Miró el reloj. Sí, aún tenía tiempo. Introdujo el nombre de Rubén Ramos García en el ordenador. Instantes después, gracias a la magia de la informática, apareció en la pantalla la foto de un joven moreno. Leire leyó la información totalmente desconcertada. ¿Qué diablos hacía un joven de buena familia, como diría el comisario, relacionándose con ese chaval que, a todas luces, no pertenecía a su círculo social? Rubén Ramos García, veinticuatro años, fichado en enero del año anterior y otra vez en noviembre por posesión de cocaína. Sospechas de tráfico de estupefacientes que no se habían demostrado. Otra nota: interrogado en relación con una agresión skinhead a unos inmigrantes que acabaron retirando la denuncia.

Leire hizo un informe rápido de todo ello y lo dejó sobre la mesa, tal y como había acordado con el inspector. Luego, sin querer detenerse a pensar en nada, cogió el casco y fue a por la moto.

Martina Andreu cruzaba la verja del Parc de la Ciutadella a las cinco y veinte en punto. Unas oscuras nubes empezaban a asomar desde el mar y un viento, cálido pero potente, agitaba las ramas de los árboles. En los parterres, algo secos por la falta de lluvia, grupos de jóvenes tocaban la guitarra o simplemente disfrutaban de una cerveza. Verano en la ciudad. Avanzó con paso rápido por el suelo de tierra hasta dar con la cascada y el sonido del agua le proporcionó una pasajera sensación de frescor. La rodeó, dirigiéndose a un rincón del parque situado detrás, donde había un par de bancos dispersos. Recorrió el espacio con la mirada hasta localizar a una mujer de baja estatura, de cabello muy moreno, que de espaldas a ella estaba jugando con una niña pequeña. La mujer se volvió justo cuando ella se acercaba y asintió débilmente con la cabeza.

—¿Rosa?

—Sí. —Estaba nerviosa; sus oscuras ojeras transmitían un cansancio que era fruto de toda una vida—. Amor, mamá va a hablar con esta señora de un trabajo. Juega tú solita acá un momento, ¿de acuerdo?

La niña miró a la recién llegada con seriedad. Había heredado las ojeras de su madre, aunque a cambio tenía unos bonitos ojos negros.

—Estamos en ese banco —añadió Rosa, y señaló el más cercano—. No te alejes, amor.

Martina fue hacia el banco y Rosa la siguió; ambas se sentaron. El viento arreciaba, augurando una noche de lluvia. «Ya era hora», pensó la subinspectora.

—Va a llover —dijo Rosa, que no apartaba la mirada de su hija, ni dejaba de retorcerse las manos: dedos recios y cortos, endurecidos a fuerza de limpiar casas ajenas.

—¿Cuántos años tiene?

—Seis.

Martina sonrió.

—Uno menos que los míos. Son gemelos —aclaró.

Rosa le sonrió, algo menos nerviosa, aunque sus manos seguían tensas. «Complicidad entre madres», pensó la subinspectora.

—¿Qué tenía que decirme, Rosa? —No quería demostrar impaciencia, pero el tiempo se le echaba encima. Al ver que la mujer no respondía, insistió—: ¿Algo sobre el doctor Omar?

—No sé si he hecho bien, señora. No quiero meterme en líos. —Bajó la cabeza, y llevó la mano a una medalla que llevaba colgada al cuello.

—Tranquila, Rosa. Usted ha creído que debía llamarme, así que debe de tratarse de algo importante. Puede confiar en mí.

La mujer miró a su alrededor y suspiró:

—Es…

—¿Sí?

—Yo… —Por fin tomó fuerzas y se decidió a hablar—: Prométame que no vendrá a buscarme, ni tendré que declarar en la comisaría.

Martina odiaba hacer promesas que no sabía si podría cumplir, pero esa clase de mentiras formaban parte de su trabajo.

—Se lo prometo.

—Bien… yo conocía al doctor. Él curó a mi niña. —La voz empezó a temblarle—. Yo… yo sé que ustedes no creen en estas cosas. Pero yo lo veía, día tras día. La niña estaba cada vez peor.

—¿Qué tenía?

Rosa la miró de reojo y sujetó con firmeza la medalla.

—Por la Virgen se lo digo, señora. Mi niña estaba embrujada. Mi marido no quería ni oír hablar de eso. Incluso me levantó la mano cuando se lo dije... pero yo lo sabía.

Martina sintió frío de repente, como si esa mujer que tenía al lado lo llevara consigo.

—¿Y la llevó a la consulta del doctor Omar?

—Sí. Una amiga me lo recomendó, y no vivimos lejos. Así que la llevé y él me la curó, señora. Puso sus manos santas sobre su pecho y ahuyentó al maligno.

Se santiguó al decirlo. Martina no pudo evitar que su tono fuera gélido cuando preguntó:

—¿Me ha hecho venir para contarme esto?

—¡No! No, quería que supiera que el doctor era un buen hombre. Un santo, señora. Pero hay algo más. Yo no tenía dinero para pagarle todo de una vez así que tuve que volver... Creo que le vi el día en que desapareció.

La subinspectora se puso alerta.

—¿A qué hora?

—Por la tarde, señora, sobre las ocho. Fui a pagarle, y cuando salía de su consulta le vi.

—¿A quién vio?

—A un hombre que esperaba en la puerta de la calle, fumando, como si no se decidiera a entrar.

—¿Cómo era? —Martina sacó su bloc de notas, definitivamente alerta.

—No hace falta que se lo describa —La mujer casi rompió a llorar—. Usted... usted lo conoce. Al día siguiente volví a verlo, con usted, comiendo en un restaurante cercano.

—¿Se refiere al inspector Salgado?

—No sé cómo se llama. Comía con usted, como si fueran amigos.

—¿Está segura?

—No la habría llamado si no lo estuviera, señora. Pero

prométame que nadie vendrá a casa. Si mi marido se entera de que llevé a la niña a ese doctor…

—Tranquila —susurró Martina—. No diga nada de esto a nadie. Pero tengo que poder localizarla, déjeme un número de móvil, algo…

—¡No! Vengo aquí todas las tardes, con la niña. Si necesita algo ya sabe dónde encontrarme.

—Muy bien. —Martina la miró con seriedad—. Se lo repito, Rosa: no diga ni una palabra de todo esto.

—Se lo juro por la Virgen, señora. —Rosa besó la medalla antes de levantarse del banco—. Ahora tengo que irme.

La niña, que había permanecido ajena a la conversación, se volvió al oír que su madre iba hacia ella. Seguía sin sonreír.

Martina Andreu las vio alejarse. También ella debía irse pero sus piernas se negaban a moverse del banco. Los caballos dorados de la cuadriga que coronaba la fuente parecían encabritarse ante un viento que seguía azotando los árboles, y a lo lejos se oyó el eco de un trueno. «Una tormenta de verano», se dijo. «Todo esto no será más que una puta tormenta de verano.»

19

El AVE procedente de Madrid llegó a la hora prevista, desafiando años de retraso en el servicio de ferrocarriles del país. A esas horas de la tarde, en un viernes de verano, el vestíbulo de la estación se hallaba repleto de gente que pretendía cambiar el sofoco de la ciudad por el gentío de las playas, aunque eso implicara un trayecto en un tren abarrotado. Sentada en uno de los bancos en el gran vestíbulo de la estación, Leire observaba el trasiego de personas: excursionistas con mochila que hablaban a gritos, madres con inmensas bolsas al hombro arrastrando a niños pequeños que se empeñaban en meter torpemente el billete por la ranura, inmigrantes agotados tras una jornada de trabajo que casi seguro había empezado al amanecer, turistas que estudiaban el panel de salidas como si fueran las tablas de la ley sin prestar atención a sus billeteras.

La atenta mirada de Leire descubrió a un par de chicas jóvenes que deambulaban por el recinto sin decidirse a tomar tren alguno. «Carteristas», se dijo al sorprender una mirada de complicidad entre ellas: una plaga más veraniega que los mosquitos y, desde luego, más difícil de combatir. Hurtos de poca monta, condenas inexistentes, turistas amargados y cacos triunfantes; ése era el único resultado en el mejor de los casos. Estaba observando a una de ellas, que entraba en los lavabos detrás de una señora de mediana edad, evidentemente extranjera, cuando notó que alguien se sentaba a su lado.

—¿Espiando a la gente? —preguntó el recién llegado en tono irónico—. Te recuerdo que ahora no estás de servicio.

Se volvió hacia él. Las mismas gafas de sol con cristales de espejo, la misma barba de dos días, nunca más; los mismos dientes blanquísimos, las mismas manos. El mismo individuo con quien había coincidido en la sala de espera de un gabinete de fisioterapeutas y que, tras observarla como un lobo por encima del periódico, le había dicho: «Los masajes sacan mi parte más tierna. ¿Nos encontramos abajo en una hora aproximadamente?». Y ella había asentido, divertida, creyendo que era broma.

—El crimen nunca descansa —repuso Leire.

—El crimen quizá no, pero tú deberías —bromeó él. Se puso de pie—. Mis pulmones necesitan nicotina. Y yo, una cerveza. ¿Has venido en moto?

—Sí.

Él le dio un beso rápido. Como ella, no era muy amigo de las caricias en público, pero le dejó un buen sabor de boca, ganas de más.

—¿Por qué no nos acercamos hasta la playa? Llevo una semana ahogándome de calor en Madrid. Quiero ver el mar contigo.

El chiringuito de la playa anunciaba la llegada del viernes noche con música de discoteca, y los clientes, con el cuerpo brillante de bronceador, se dejaban seducir por ese ritmo entre suave y machacón y la oferta de mojitos que una preciosa joven latinoamericana preparaba en una barra anexa. Con las rodillas dobladas y los pies apoyados en la silla de enfrente, Tomás encendió su tercer cigarrillo y pidió la segunda cerveza. Había apurado la primera casi de un trago y contemplaba la playa, ya medio vacía, y ese tranquilo mar de ciudad, casi sin olas, de un azul desvaído.

—No sabes las ganas que tenía de esto… —dijo él, relajando los hombros y exhalando el humo despacio, como si con él expulsara algo de dentro que lo agotaba. Se había quitado la americana y desabrochado los primeros botones de la camisa.

Leire le sonrió.

—Puedes darte un chapuzón si quieres. No son aguas puras y cristalinas, pero no están mal.

—No llevo el bañador —dijo él. Bostezó—. Además, ahora quiero fumar y beber. ¿Tú sólo quieres una Coca-Cola?

—Sí. —Intentó que el humo no le diera en la cara. ¿Cómo podía darle náuseas el humo ajeno y no el propio?

—Bueno, ¿y qué me cuentas? ¿Algún caso interesante?

—Alguno que otro. Pero no hablemos de trabajo, por favor. He tenido una semana horrible.

—Tienes razón. Aunque al menos lo tuyo es interesante. Las auditorías en tiempos de crisis son deprimentes. —La atrajo hacia él y le rodeó los hombros con el brazo—. Hacía tiempo que no nos veíamos.

Ella no contestó y él siguió hablando.

—He pensado en llamarte varias veces, pero no quería agobiarte. Durante una semana todo fue bastante intenso.

Intenso. Sí, ésa era la palabra. Una de ellas. Sólo estar a su lado, notar ese brazo fuerte, disparaba todos los resortes de su cuerpo. Era algo extraño. Pura química sexual, como si ambos estuvieran hechos para complacerse.

—Pero el otro día ya no pude más. —Ella no preguntó por qué—. Supe que tenía que verte. Al menos este fin de semana.

Leire seguía con la vista puesta en el mar, en unas nubes que avanzaban a toda velocidad por el horizonte. No quería verlas.

—Va a llover —dijo.

—¿No te gusta estar en la playa bajo la lluvia?

—Prefiero estar en la cama. Contigo.

Apenas esperaron a entrar en su casa. La proximidad en la moto mezclada con el tenso ambiente de tormenta fue subiendo la temperatura de ambos, y él empezó a meterle mano ya en la escalera, sin el menor pudor. Ella no se resistió lo más mínimo. Se besaron con avidez en el umbral hasta que ella se soltó y le arrastró hacia dentro de la mano. No la soltó en ningún momento, ni siquiera cuando él buscó sus bragas con los dedos mientras le rozaba los labios con la lengua sin llegar a besarla del todo, dejándola con ganas de más. Las manos, entrelazadas contra la puerta, fueron descendiendo a medida que ella se excitaba. Cuando llegaron a la altura de sus caderas, él la besó de verdad, con fuerza, y retiró los dedos juguetones. Entonces la cogió en brazos y la llevó hasta la cama.

Tomás no era de los que se dormía después de hacer el amor, algo que a ella francamente le daba igual. De hecho, ese día, lo habría preferido. Por suerte, tampoco era de los que hablaba; tendido a su lado, mantenía el contacto, disfrutaba del silencio. Fuera, una intensa lluvia azotaba las calles. Ella se dejó mecer por el rumor, por el roce, mientras pensaba que ése era el momento. Que quizá él no tuviera derecho alguno, como le había repetido María la noche anterior, pero que ella, en conciencia, debía contárselo. No pretendía pedirle nada, ni exigirle ninguna responsabilidad. Sólo decir la verdad.

—Leire —susurró él—. Quiero contarte algo.

—Yo también. —Él no pudo ver su sonrisa, a oscuras—. Empieza tú.

Él volvió la cara hacia ella.

—He hecho una locura.

—¿Tú?

—No te enfades, ¿vale? Prométemelo.

—Prometido. Y lo mismo digo yo.

—He alquilado un barco. Para el mes que viene. Quiero irme unos días a las islas, a Ibiza, o Menorca. Y me gustaría que vinieras conmigo.

Por un momento no le creyó. La perspectiva de viajar con él, los dos solos; de noches enteras follando sin parar en un camarote, de playas de aguas azules y cenas románticas en cubierta, la dejó sin palabras. Pensó en María, cargando cubos de agua para construir el consultorio en la aldea africana, y se echó a reír.

—¿De qué te ríes?

Ella no podía parar.

—De nada... —balbuceó, sin poder evitar otra carcajada.

—¿Acaso crees que no sé manejar un barco?

—No es eso... de verdad...

Él empezó a hacerle cosquillas.

—¡Te ríes de mí! ¿Te estás riendo de mí? ¡Serás...!

—Para, para... ¡Para, por favor! ¡Basta!

La última orden surtió efecto porque él se detuvo, aunque dijo, en tono amenazante:

—Dime que vendrás... o te mato a cosquillas.

Leire suspiró. Ya. No podía demorarlo más. La lluvia parecía haberse calmado. Una tormenta se alejaba, pensó ella. Tomó aire y empezó:

—Tomás, hay...

Un teléfono interrumpió la frase.

—Es el tuyo —dijo él.

Leire saltó de la cama, aliviada por ese respiro momentáneo. Tardó unos segundos en dar con el móvil porque no sabía ni dónde había dejado la chaqueta. La encontró en el suelo del comedor, junto a la puerta, y consiguió responder antes de que colgaran. La llamada fue breve, apenas unos segundos, los suficientes para comunicar la terrible noticia.

—¿Pasa algo? —preguntó él. Estaba de rodillas, desnudo, en medio de la cama.

—Tengo que irme —respondió ella—. Lo siento.

Recogió su ropa a toda prisa y corrió hacia el baño, aún abrumada por lo que acababa de oír.

—Volveré en cuanto pueda —le dijo antes de irse—. Y hablamos, ¿vale?

20

Ya había empezado a llover cuando Héctor llegó a comisaría. Iba con la esperanza de encontrar aún a Martina Andreu, pero su despacho estaba vacío. Saludó a un par de conocidos sintiéndose muy incómodo, como si ése ya no fuera su lugar y, sin poder evitarlo, miró de reojo la puerta de su propio despacho. Aunque técnicamente había estado de vacaciones, todo el mundo sabía lo sucedido. Llevaba muchos años en comisarías, y éstas eran como cualquier lugar de trabajo: un hervidero de rumores y comentarios. Sobre todo si afectaban a alguien que hasta entonces se había distinguido por un historial intachable. Con paso resuelto, se dirigió hacia la mesa de Leire Castro y enseguida vio el informe, colocado sobre el teclado del ordenador dentro de una carpeta. Apoyado en la mesa, revisó el informe de las llamadas de Aleix Rovira. Ese chico estaba resultando una fuente inagotable de sorpresas, pensó al ver los nombres de Rubén Ramos y de Regina Ballester en el informe adjunto. Y, sin embargo, el primer nombre era más una confirmación que una verdadera sorpresa, se dijo, al recordar la conversación que acababa de mantener con Óscar Vaquero.

Había quedado con él a las puertas de un gimnasio en el centro de la ciudad, y mientras le esperaba pensó que el chico debía de haberse tomado en serio lo de perder peso. No obstante, cuando se le acercó un joven no muy alto pero ancho de espaldas, con unos brazos musculosos que amenazaban con romper las mangas de la camiseta y en absoluto obeso, tuvo que mirarle dos veces para reconocer en él la descripción que le habían hecho de Óscar Vaquero. Claro está, habían transcurrido dos años desde aquel vídeo que había terminado con la expulsión de Marc Castells y el cambio de colegio de Óscar. Y, a juzgar por los resultados, este último había aprovechado el tiempo. Luego, ya sentados en una terraza en plena calle a pesar de las nubes que empezaban a cubrir el cielo, pudo constatar que el cambio en Óscar no había sido sólo físico. Héctor pidió un café solo y Óscar, tras pensarlo un poco, optó por la Coca-Cola zero.

—¿Te enteraste de lo que le sucedió a Marc Castells? —preguntó Héctor.

—Sí. —Se encogió de hombros levemente—. Una pena.

—Bueno, no creo que tú le tuvieras mucho cariño —insinuó el inspector.

El chico sonrió.

—Ni a él, ni a la mayoría de la gente de ese colegio... Pero eso no significa que me alegre de que se mueran. —Algo en su tono de voz desmentía en parte la frase—. Esto no es América; aquí los marginados no entran en el colegio con una escopeta y se lían a tiros con toda la clase.

—¿Por falta de armas o de ganas de hacerlo? —preguntó el inspector, manteniendo el tono ligero.

—No creo que deba tener esta conversación sobre ansias homicidas con un policía...

—Los policías también fuimos alumnos un día. Pero, hablando en serio —dijo, cambiando de tono y sacando un cigarrillo del paquete—, está claro que todo ese asunto del vídeo tuvo que hacerte daño.

—Eso sí que le hace daño —repuso el chico, y señaló el tabaco—. La verdad es que no me gusta mucho hablar de eso... Es como otra época. Otro Óscar. Pero sí, claro, me jodió bastante. —Desvió la mirada, como si de repente le interesaran mucho las maniobras que una furgoneta hacía en la esquina apuesta para intentar meterse en un hueco que a todas luces era demasiado estrecho para ella—. Era el gordito maricón. —Esbozó una sonrisa amarga—. Ahora soy un gay cachas. Intento olvidarme de esa época, pero a veces vuelve.

Héctor asintió.

—Vuelve cuando menos te lo esperas, ¿verdad?

—¿Cómo lo sabe?

—Ya te dije que todos hemos sido chicos alguna vez.

—Tengo fotos guardadas, de esa época, para no olvidarme. Pero dígame, ¿qué es lo que quiere?

—Sólo intento hacerme una idea de cómo era Marc Castells. Cuando muere alguien, todo el mundo habla bien de él —dijo, y se sorprendió al pensar que en este caso el refrán no era cierto.

—Ya… ¿Y ha venido a buscar a alguien que lo odiara? Pero ¿por qué? ¿No fue un accidente?

—Estamos cerrando el caso, y no podemos descartar otras posibilidades.

Óscar asintió.

—Ya. Bueno, pues me temo que se ha equivocado de persona. Yo no odiaba a Marc. Ni entonces ni ahora. Era uno de los pocos con quienes hablaba.

—¿Y no te extrañó que colgara ese vídeo?

—Inspector, no diga tonterías. Marc nunca habría hecho eso. No lo hizo, en realidad. Todo el mundo lo sabía. Por eso lo expulsaron sólo una semana.

—Entonces, ¿cargó con la culpa de otro?

—Claro. A cambio de ayuda académica. Marc no era muy listo, ¿sabe? Y Aleix lo tenía cogido por los huevos. Hacía todos sus exámenes.

—A ver, ¿estás diciéndome que quien grabó el vídeo y lo colgó en internet fue Aleix Rovira y que Marc cargó con las culpas por él?

—Sí. Por eso me fui. Ese colegio daba asco. Aleix era el número uno, el chico listo, un intocable. Marc también, pero menos.

—Entiendo —dijo el inspector.

—Pero en el fondo ese imbécil de Aleix me hizo un favor. Y creo que me va bastante mejor que a él, por lo que he oído.

—¿Qué has oído?

—Digamos que a Aleix le ha dado por el *wild side*. Y es lo bastante idiota para creerse un chico duro. Ya me entiende, inspector Salgado.

—No. ¿Duro en qué sentido?

—Mire, todo el mundo sabe que si uno quiere algo para el fin de semana, algo para pasarlo bien, sólo hay que llamar a Aleix.

—¿Me estás diciendo que es un camello?

—Era camello *amateur* pero creo que últimamente se lo está tomando más en serio. Traficar y consumir. O eso dicen. Y que va con mala gente también.

Así que ahora, al ver el nombre de otro chaval de edad parecida y con antecedentes de posesión de cocaína, Héctor comprendió que Óscar no le había mentido. Ignoraba si eso tenía algo que ver con la muerte de Marc, pero lo que estaba claro era que Aleix Rovira tendría que explicarle muchas cosas sobre peleas, sobre drogas, sobre culpas endosadas a otros... Tenía ganas de apretarle las tuercas a ese niñato, pensó. Y ahora había con que hacerlo.

—¿Inspector?

La voz le sobresaltó. Estaba tan absorto en sus pensamientos que no había oído llegar a nadie.

—Señora Vidal. ¿Me buscaba?

—Sí. Pero llámeme Joana, por favor. Señora Vidal me hace pensar en mi madre.

Llevaba la misma ropa que antes y parecía cansada.

—¿Quiere sentarse?

Ella vaciló.

—Preferiría… ¿Le importa si vamos a tomar algo?

—No, claro que no. Puedo ofrecerle un café si quiere.

—Estaba pensando en un gin-tonic, inspector, no en un café.

Él miró el reloj y sonrió.

—Héctor. Y tienes razón. A partir de las siete el café produce insomnio.

Llovía a cántaros cuando salieron, así que se metieron en el primer bar que encontraron, uno de esos bares de menú que por las tardes sólo sobrevivían gracias a parroquianos que no se movían de la barra, donde discutían de fútbol y consumían una cerveza tras otra. Las mesas estaban libres, así que, a pesar de la mirada reprobadora del camarero, Héctor condujo a Joana hasta la más alejada de la barra, donde podrían hablar con tranquilidad. El camarero la limpió con desgana, más atento a la discusión que se mantenía en la barra sobre los nuevos fichajes del Barça que de los clientes. Sin embargo, se apresuró a llevarles dos gin-tonic bien cargados, más para que le dejaran en paz en su tertulia que por generosidad.

—¿Fumas? —dijo Héctor.

Ella negó con la cabeza.

—Lo dejé hace años. En París no se podía fumar en ningún sitio.

—Bueno, aquí durará poco. Pero de momento resistimos. ¿Te molesta?

—En absoluto. De hecho me gusta.

De repente ambos se sintieron incómodos, como un par de desconocidos que acaban de ligar en un bar cutre y se preguntan qué diablos están haciendo. Héctor carraspeó y bebió un sorbo del gin-tonic. No pudo evitar una mueca de disgusto.

—Esto está terrible.

—No nos matará —repuso ella. Y dio un sorbo valiente y largo.

—¿Para qué has venido a comisaría? Hay algo que no nos has contado antes, ¿verdad?

—Noté que te dabas cuenta.

—Mira… —Se sintió incómodo por el tuteo, pero prosiguió—. Te voy a ser totalmente sincero, aunque te parezca brusco: éste puede ser uno de esos casos que no se resuelva nunca. No he tenido muchos así en mi carrera, pero en todos ellos la duda siempre ha quedado en el aire. ¿Cayó? ¿Saltó voluntariamente? ¿Le empujaron? Sin testigos, con pocos indicios que apunten a que se ha cometido un delito, acaban siendo clasificados como «muerte accidental» por falta de otras pruebas. Y la duda siempre sigue ahí.

—Lo sé. Eso es precisamente lo que quiero evitar. Tengo que saber la verdad. Ya sé que te parecerá contradictorio, y como mi ex se empeña en recordarme cada vez que me ve, es un interés que llega tarde. Pero no voy a retirarme sin saber qué pasó.

—Tal vez fuera un accidente. Debes contar con eso.

—Cuando podáis asegurarme que fue un accidente, os creeré. De verdad.

Ambos bebieron a la vez. El hielo se deshacía, y tanto el gin-tonic como la conversación fluían mejor. Joana tomó aire y se decidió a confiar en ese inspector de aspecto melancólico y ojos amables.

—El otro día recibí otro correo electrónico. —Buscó en el bolso y sacó el papel impreso—. Léelo.

From: siempreiris@gmail.com
To: joanavidal@gmail.com
Asunto:

Hola… Disculpe que le escriba, pero no sabía a quién acudir. Me he enterado de lo que ha pasado y creo que deberíamos vernos. Es importante que no le diga nada a nadie hasta que usted y yo hablemos en persona. Por favor, hágalo por Marc, sé que habían empezado a escribirse y espero poder confiar en usted.

Volaré hasta Barcelona desde Dublín el próximo domingo por la mañana. Me gustaría ir a verla enseguida y contarle algunas cosas sobre Marc… y sobre mí.

Muchas gracias,

Siempreiris

Héctor levantó la cabeza de la hoja de papel.

—No lo entiendo. —Los cabos de ese caso parecían multiplicarse, apuntar hacia direcciones distintas, ninguna definitiva. Si media hora antes estaba bastante seguro de que la pelea entre Aleix y Marc estaba relacionada con asuntos de drogas, ahora aparecía ese nombre de nuevo, Iris. Había una tal Iris en el móvil de Marc—. Siempreiris. Es una extraña forma de firmar un correo, ¿no crees? Como si ése no fuera su nombre. Como si fuera una especie de homenaje.

Joana cogió el gin-tonic, le temblaba un poco la mano. Se lo acercó a los labios, pero no llegó a beber. La tertulia de la barra estaba alcanzando cotas de discusión apasionada.

—Estuve a punto de decírselo a mi ex marido ayer. De preguntarle si sabía algo de esa Iris, si el nombre le resultaba familiar. Se mostró tan cruel, que pensé que era mejor no hacerlo. Además, esa chica me pedía que no se lo contara a nadie, como si corriera peligro, como si escondiera algo…

—Has hecho bien en decírmelo —le aseguró Héctor.

—Eso espero. —Joana sonrió—. Apenas puedo reconocer a Enric. ¿Quieres saber una cosa? Cuando éramos novios pensé que estaría con él toda la vida.

—¿Eso no lo pensamos todos?

—Supongo que sí. Pero todo cambió tanto cuando nos casamos…

—¿Por eso te fuiste?

—Por eso, y porque la idea de ser madre me aterraba.

Joana apuró el gin-tonic y volvió a dejarlo en la mesa.

—Suena fatal, ¿verdad?

—El miedo es humano. Sólo los estúpidos son inmunes a él.

Ella se rió.

—Buen intento, inspector Salgado. —Miró hacia la puerta—. ¿Te importa si vamos a dar una vuelta? Creo que ya ha dejado de llover. Necesito que me dé el aire.

La lluvia había dado una capa de brillo a una ciudad que se preparaba para el fin de semana. Corría una brisa leve, nada especial, pero entre eso y las calles mojadas se respiraba un frescor que era de agradecer tras esos días de intenso bochorno. Héctor y Joana empezaron a callejear sin rumbo, caminaron hacia plaza Espanya y una vez allí oyeron una animada música étnica que procedía de la zona del palacio de Montjuïc, donde al parecer se celebraba una de esas fiestas de verano. Quizá se sentían a gusto el uno con el otro, quizá ninguno de los dos tenía muchas ganas de volver a una casa vacía; lo cierto es que ambos, de común y tácito acuerdo, encaminaron sus pasos hacia la música. Anochecía, y el escenario iluminado los atrajo. En el camino, puestos de empanadas, tacos y mojitos hechos a granel ofrecían sus productos entre banderas de colores y charcos de agua. Los responsables de los puestos intentaban poner buena cara al mal tiempo, pero era obvio que la lluvia había aguado parte de la fiesta.

—¿Puedo preguntarte si estás casado? —dijo ella, mientras un grupo de salsa llenaba el escenario de sensuales bailes tropicales.

—Lo estuve.

—¿Otra víctima del desamor?

—¿Y quién no?

Ella se rió. Hacía tiempo que no estaba tan a gusto con alguien. Él se detuvo frente a uno de los puestos y pidió un par de mojitos.

—No deberías, inspector. No se debe invitar a una mujer soltera a más de una copa.

—Chis, baja la voz. —Al ir a pagar sacó el móvil del bolsillo y vio que había tres llamadas perdidas que habían pasado desapercibidas con los acordes caribeños—. Disculpa un momento —dijo, y se apartó unos pasos—. ¿Qué? Perdona, estoy en la calle y hay mucho ruido. Por eso no oí el móvil. ¿Qué? ¿Cuándo? ¿En su casa? Voy para allá.

Joana dirigió la mirada hacia el escenario, con los dos mojitos en la mano. Al fondo, las fuentes de Montjuïc lanzaban sus chorros de colores, y la calle empezaba a llenarse de gente que, como ellos, había decidido unirse a la fiesta después de la lluvia. El mojito estaba aguado. Dio un largo sorbo y le tendió el otro vaso a Héctor, con un gesto casi de coquetería, pero su sonrisa se esfumó al ver la expresión de su rostro.

21

La casa de los Martí parecía invadida por una tropa de soldados cautos, que hablaban en voz baja y realizaban las tareas pertinentes con cara de circunstancias. En la sala, un severo Lluís Savall daba órdenes escuetas a sus hombres mirando de reojo a Salvador Martí y a su mujer, que, pese a estar sentados uno al lado del otro en el oscuro sofá, daban la impresión de hallarse a kilómetros de distancia. Él tenía la mirada clavada en la puerta; ella permanecía tensa, envarada por una fuerza interior, y sus ojos secos y enrojecidos delataban una mezcla de incredulidad y dolor. En esa estancia cerrada el horror estaba sólo en sus mentes, en unas imágenes que difícilmente conseguirían borrar de su memoria. En el cuarto de baño, sin embargo, la tragedia estallaba en todo su macabro esplendor: brochazos dispersos en las paredes esmaltadas de la bañera, una cuchilla de afeitar en la repisa, el agua teñida de rojo y el cuerpo inerte de Gina, medio sumergido con el semblante tranquilo de una niña dormida.

Frente a la puerta, Héctor escuchaba con atención lo que le decía una seria agente Castro mientras un compañero de la policía científica terminaba de recoger las muestras de la tragedia. No fue un relato largo, no hacía falta. Regina Ballester había ido a buscar a su marido al aeropuerto sobre las siete, pero el avión llegó con retraso. Durante la espera, de más de una hora, llamó a su hija varias veces, pero ésta no se puso al teléfono. El vuelo de Salvador Martí aterrizó por fin, y ambos llegaron a casa sobre las nueve y cuarto, después de sortear un fuerte atasco provocado por la lluvia y la salida del fin de semana. Regina había subido inmediatamente al cuarto de su hija y al no verla allí pensó que quizá había salido, pero cuando pasaba por delante del baño se fijó en que la puerta estaba entreabierta y la luz encendida. Sus gritos al ver a Gina en la bañera, sumergida en un mar de sangre, alertaron a su marido. Fue él quien llamó al teléfono de emergencias, aunque sabía que ya nada podía hacer la ciencia médica por revivir a su única hija. La conclusión aparente, a falta de otras pruebas, era que Gina Martí se había cortado las venas en la bañera.

—¿Ha dejado alguna nota?

Leire asintió con la cabeza.

—En el ordenador, apenas dos líneas. Dice algo así como: no puedo más, tengo que hacerlo... los remordimientos no me dejan en paz.

—¿Remordimientos? —Héctor imaginó a Gina, medio borracha, despechada, observando a Marc sentado en el alféizar de la ventana. Caminando hacia él, poseída por el rencor, empujándolo antes de que él se volviera hacia ella y le hiciera flaquear en su decisión. Eso tenía sentido. Lo que no conseguía creer era que esa misma chica hubiera bajado luego a acostarse en la cama del chico al que amaba y al que acababa de matar y se hubiera quedado allí, dormida o no, como si nada hubiera ocurrido. No creía que Gina Martí hubiera sido capaz de actuar con esa frialdad.

—Inspector Salgado, me habían dicho que estaba de vacaciones. —La forense, una mujer menuda y vivaracha, célebre por su eficacia y su lengua viperina, se dirigió hacia ellos e interrumpió sus pensamientos.

—La echaba de menos, Celia.

—Pues para echarme tanto de menos llega tarde. Le estábamos esperando por si quería verlo. —Miró hacia el interior con la inexpresividad de quien lleva años examinando cadáveres: viejos, jóvenes, sanos y enfermos—. ¿He oído que hay una nota de suicidio?

—Sí.

—Pues entonces tengo poco que añadir. —Pero su tono, su ceño fruncido, indicaban otra cosa.

Héctor entró en el baño y contempló el cuerpo sin vida de la pobre Gina. Recordó de repente su estallido en el sofá, cuando anunció a voz en grito que ella y Marc se querían ante la mirada condescendiente de su madre. Había detectado en ese momento un destello de triunfo en su voz; Marc no estaba ya para contradecirla, ella podía aferrarse a ese amor, fuera real o no. Con el tiempo, ante personas ajenas a todo ese asunto, incluso habría cambiado su relato; habría desterrado de él el rechazo de Marc en su última noche, lo habría transformado en el joven enamorado que le daba un beso, le decía cariñosamente «espérame despierta, no tardaré», y luego se precipitaba al vacío en un accidente nunca explicado.

—La agente Castro me ha dicho que la interrogaron ayer. ¿Les pareció una chica decidida? ¿Segura de sí misma?

¿Decidida? Héctor dudó sólo un instante. La voz de Leire fue más tajante:

—No. En absoluto.

—Pues en ese caso tenía buen pulso. Miren. —Celia Ruiz se dirigió a la bañera y, sin pensárselo dos veces, sacó la mano derecha del agua—. Un único corte, profundo y firme. El otro es igual. Los suicidas adolescentes suelen hacerse varios cortes hasta atreverse con el definitivo. Ella no; tenía claro lo que quería y no le tembló la mano. Ninguna de las dos.

—¿Podemos retirar ya el cadáver? —preguntó un agente.

—Por mí sí. ¿Inspector Salgado?

Él asintió y se apartó de la bañera para dejar pasar a los otros.

—Gracias, Celia.

—De nada. —Héctor y Leire ya salían por la puerta cuando Celia añadió—: Tendrán el informe completo el lunes, ¿de acuerdo?

—A sus órdenes. —Héctor le sonrió—. Vamos a su habitación. Quiero ver esa nota.

Leire acompañó al inspector. La caja con los peluches estaba en el mismo rincón donde la agente la había visto la tarde anterior. Sobre la mesa, al lado del ordenador, había un vaso con restos de zumo.

—Ahora les digo a los chicos que se lo lleven al laboratorio, por si encuentran algo. —Con las manos protegidas por unos guantes, Leire movió el ratón y la pantalla del ordenador volvió a la vida. Había un texto breve, escrito con letras grandes: «No puedo mas, tengo ke hacerlo... los remordimientos no me dejan en paz»—. Hay algo más.

Leire minimizó el texto y maximizó otra página. Lo primero que vio Héctor fue la foto borrosa de una niña y, justo debajo otra, en blanco y negro, que mostraba a una joven de cabellos rubios agitados por el viento. Leire fue subiendo con el cursor hasta llegar al inicio de la página. Un encabezamiento simple, típico de los formatos de blog, anunciaba: *Cosas mías (sobre todo porque no creo que le interesen a nadie!)*. Al lado, una pequeña foto revelaba que ése era el blog de Marc Castells. Pero lo que más llamó la atención a Héctor Salgado fue la entrada del blog que estaba leyendo Gina antes de morir, fechada el 20 de junio. La última que había escrito Marc antes de morir. Era muy breve, apenas unas cuantas líneas: «Todo está preparado. Se acerca la hora de la verdad. Si el fin justifica los medios, la justicia avala lo que vamos a hacer. Por Iris».

—El nombre me resultaba familiar de la lista de llamadas de Marc, y el texto es de lo más extraño.

Héctor pensó en el mensaje de Joana. Siempreiris...

—Nos lo llevamos. —Antes de cerrar, vio que el blog de Marc no tenía muchos seguidores; de hecho, sólo dos: gina m. y Siempreiris—. Hay que hablar con los Martí. Luego nos ocuparemos de esto.

Mientras bajaban, puso al corriente a Leire de su conversación con Joana Vidal.

—La tal Iris que firmaba el mensaje le pedía que no la mencionara a nadie hasta que pudieran verse en persona. Creo que será mejor que sigamos sus instrucciones, por el momento. Espero que el domingo nos cuente algo importante.

Leire asintió.

—Inspector, ¿qué piensa de todo esto?

Héctor permaneció unos instantes con la mirada perdida.

—Pienso que está muriendo demasiada gente joven. —Volvió la cabeza hacia la habitación de la que acababan de salir—. Y pienso que hay muchas cosas que no sabemos.

—Si le digo la verdad, Gina Martí no me pareció del tipo suicida. Estaba triste, sí, pero al mismo tiempo tuve la impresión de que estaba… disfrutando con su papel. Como si la muerte de Marc la hubiera elevado a la categoría de protagonista.

—Las protagonistas también mueren a veces —repuso él—. Y tal vez el problema de Gina no fuera la depresión, sino el sentimiento de culpabilidad.

Leire negó con la cabeza.

—No acabo de verla empujándolo por la espalda sólo porque él no la correspondía. Eran amigos desde niños… Cualquiera ha podido teclear esa nota.

—Las amistades pueden retorcerse a veces de manera insospechada.

—¿Cree que lo mató por amor? —preguntó ella con un deje de ironía.

En ese momento, un sollozo histérico seguido de un rumor de pasos se elevó hacia ellos. Regina, que no había pronunciado ni una sola palabra en toda la noche, rompió en un llanto sonoro e incontrolable cuando los agentes sacaron a Gina de la bañera, colocada sobre una camilla y completamente cubierta por una sábana blanca.

Savall los esperaba al final de la escalera, junto a la puerta que daba a la sala. Resultaba obvio que tenía unas ganas enormes de marcharse.

—Salgado, ¿te ocupas de esto? No creo que podáis hablar con los Martí esta noche.

Hasta ellos llegó la voz tensa y ronca de Regina:

—No quiero un calmante. ¡No quiero calmarme! Quiero ir con Gina. ¿Adónde se la llevan? —Regina se zafó de los brazos de su marido y caminó hacia la puerta. La vieron ir, casi corriendo, en pos de los agentes. Pero al llegar a la puerta se detuvo, como si una barrera invisible le impidiera cruzarla. Se le doblaron las rodillas y habría caído al suelo de no haber sido por Héctor, que estaba a su espalda.

Su marido se le acercó con el paso vacilante de un anciano y miró a los agentes con ojos que revelaban una hostilidad arraigada. Por una vez, a Salvador Martí le fallaron las palabras y sólo exigió:

—¿Pueden dejarnos en paz por hoy? Mi esposa necesita descansar.

Parecía mentira que la calle estuviera tan tranquila, tan ajena al drama que se desarrollaba a sólo unos metros. Si los fines de semana de verano el barrio ya se quedaba vacío, en ése, tras los días de calor infernal, se había provocado un éxodo casi absoluto. Ni siquiera la lluvia de la tarde había conseguido disuadir a nadie. Un señor de mediana edad paseaba un perro de raza indefinida por el centro de Via Augusta; tiendas cerradas, cafeterías a oscuras, huecos para aparcar en ambos lados de la calle. Un panorama de sosiego que sólo quedaba truncado por las luces azules de los coches de policía que se alejaban sin hacer ruido, destellos silenciosos que se llevaban consigo los últimos restos de la tragedia.

Héctor y Leire pasearon hasta la Diagonal casi sin proponérselo. Inconscientemente buscaban luz, tráfico, sensación de vida. Ella sabía que Tomás la esperaba pero no se sentía con ánimos de hablar con él. Héctor retrasaba el momento de llamar a Joana para contarle lo sucedido porque no sabía muy bien qué decirle y necesitaba aclarar sus ideas. Tampoco le apetecía en absoluto volver a su piso; tenía la sensación de que en ese espacio, antaño acogedor, podían aguardarle ahora sorpresas atroces. La visión de sí mismo golpeando sin piedad a aquel bastardo no era fácil de olvidar, ni amable de recordar.

—Vi lo que me dejaste sobre las llamadas de Aleix Rovira —dijo él. Y pasó a contarle su charla con Óscar Vaquero: las sospechas de que Aleix podía estar pasando cocaína guardaban relación con las llamadas a aquel camello de poca monta, el tal Rubén. Más curiosas resultaban las llamadas a Regina Ballester, pensó Héctor. Prosiguió sin darle tiempo a decir nada, hablando consigo mismo a la vez que para ella—: Creo que empiezo a hacerme una idea de lo que sucedió esa noche. Era la verbena, un buen día para los negocios de Aleix. Gina nos dijo que llegó más tarde, así que ya debía de haber vendido algo, pero seguro que tenía más. Fue recibiendo llamadas, y si asumimos que se dedicaba a eso, tenían que ser de posibles clientes. Pero no contestó a ninguna. Y si lo que dice su hermano es cierto, volvió a su casa tan pronto como se fue de la de Marc. Si hubo una pelea, y la sangre en la camiseta de Marc lo deja bastante claro, es posible que la coca fuera el motivo de la discusión. O, como mínimo, formara parte de ella.

Leire seguía su razonamiento.

—¿Quiere decir que ellos se pelearon y Marc se deshizo de la cocaína? Eso explicaría por qué Aleix no contestó a las llamadas de sus clientes. Pero ¿por qué se pelearían? Gina nos habló de una discusión; dijo que Marc había vuelto cambiado de Irlanda, que no era el mismo… Pero tuvo que existir una razón más importante, algo que motivara que Marc se enfrentara a Aleix y se vengara de él deshaciéndose de la cocaína.

—Aleix los había dominado a ambos. Y Marc se rebeló.

—¿Está sugiriendo que Aleix pudo volver a casa de Marc

y ajustar cuentas con él? ¿Y luego matar a Gina, fingiendo un suicidio, para que ella no le delatara?

—Sugiero que no deberíamos llegar a ninguna conclusión hasta interrogar a ese chico como Dios manda. También sugiero que le tendamos una pequeña trampa a su amigo Rubén. Quiero tenerlos a ambos cogidos por los huevos. —Hizo una pausa y prosiguió—: Y luego tenemos a Iris. En el mensaje de Joana, en el móvil de Marc, y ahora en su blog. Es como un fantasma.

—Un fantasma que aparecerá pasado mañana. —Leire suspiró. Estaba agotada. Notó que sus músculos empezaban a relajarse tras la tensión acumulada en casa de los Martí.

—Sí. Es tarde, y mañana nos espera un día duro. —La miró con afecto—. Deberías descansar.

Tenía razón, pensó ella, aunque intuía que le iba a costar conciliar el sueño esa noche. Sin saber muy bien por qué, empezaba a sentirse a gusto con ese tipo tranquilo, algo taciturno pero a la vez sólido. Sus ojos castaños insinuaban un poso de tristeza, sí, pero no de amargura. De sana melancolía, si es que eso significaba algo.

—Sí. Tengo que ir a por la moto.

—Claro. Nos vemos mañana —dijo él. Se alejó unos pasos, pero de repente se volvió para llamarla, como si hubiera recordado algo importante—. Leire, antes me preguntaste si creía que Gina había matado a Marc por amor. Nunca se mató a nadie por amor, eso es una falacia de los tangos. Sólo se mata por codicia, despecho o envidia, créeme. El amor no tiene nada que ver con eso.

22

Héctor entró en su despacho como si fuera un intruso. No había tenido ánimos de volver a su casa y había decidido ir a comisaría, a leer el blog de Marc Castells. Intentó sacudirse de encima la sensación de estar haciendo algo que no debía, pero no lo logró del todo. Puso en marcha su ordenador, recordó su contraseña —kubrick7—, y tecleó la dirección del blog de Marc Castells en el navegador, mientras pensaba en la falta de pudor que delataban esos diarios del siglo veintiuno. Los antiguos, los de papel, eran algo privado, algo que sólo leía el interesado y en los que, por tanto, podía volcar todos sus secretos. Ahora la vida privada se exhibía en la red, lo cual, estaba seguro, imponía cierta censura a la hora de escribir. Si uno no podía ser absolutamente sincero, ¿para qué molestarse en escribirlo? ¿Eran una llamada de atención al mundo? ¡Eh, escuchad, mi vida está llena de cosas interesantes! Haced el favor de leerlas…

Quizá lo que pasaba era que se estaba haciendo viejo, pensó. Hoy en día la gente ligaba en internet; algunos, como Martina Andreu, incluso se casaban con personas que habían conocido en ese espacio difuso que era el cibermundo, personas que a veces vivían en otras ciudades y con las que tal vez jamás se habrían cruzado si no se hubieran sentado una tarde delante del ordenador. «Definitivamente, estás pasado de moda, Salgado», concluyó mientras se abría la página. *Cosas mías (sobre todo porque no creo que le interesen a nadie más!).* Era un buen nombre, aunque resultaba irónico que las cosas de Marc le interesaran a alguien después de que él hubiera muerto.

Por lo que pudo ver, Marc había empezado en el mundo del blog cuando se fue a Dublín, probablemente como forma de comunicarse con la que era su mejor amiga, que comentaba profusamente casi todas sus entradas. Incluía fotos de su cuarto en una residencia de estudiantes dublinesa, del campus, de calles mojadas por la lluvia, de puertas de colores en adustos edificios georgianos, de parques inmensos, de jarras de cerveza, de colegas que sostenían las jarras. Marc no dedicaba mucho tiempo a escribir; la mayoría de sus textos eran breves y comentaban aspectos tan apasionantes como el tiempo —siempre lluvioso—, las clases —siempre aburridas— y las fiestas —siempre rebosantes de alcohol—. A medida de que él mismo se iba aburriendo de sus comentarios, éstos se hacían menos frecuentes.

Héctor fue descendiendo por la pantalla hasta que encontró una foto que le llamó la atención; mostraba a una joven rubia, de cabellos agitados por el viento, a los pies de un acantilado. Sin quererlo, pensó en *La mujer del teniente francés*, que paseaba su pena por otros acantilados azotados por las olas. El pie de foto rezaba: «Excursión a Moher, 12 de febrero». Gina no había escrito comentario alguno. La siguiente entrada estaba fechada siete días después, y era con diferencia la más larga de todo el blog. El encabezamiento tenía por título «En recuerdo de Iris».

Hace mucho tiempo que no pienso en Iris ni en el verano en que murió. Supongo que he tratado de olvidarlo todo, de la misma forma que superé las pesadillas y los terrores de la infancia. Y ahora, cuando quiero recordarla, a mi mente sólo acude el último día, como si esas imágenes hubieran borrado todas las anteriores. Cierro los ojos y me traslado a aquella casa grande y vieja, al dormitorio de camas desiertas que esperan la llegada del siguiente grupo de niños. Tengo seis años, estoy de campamento y no puedo dormir porque tengo miedo. No, miento. Aquella madrugada me porté como un valiente: desobedecí las reglas y me enfrenté a la oscuridad sólo por ver a Iris. Pero la encontré ahogada, flotando en la piscina, rodeada por un cortejo de muñecas muertas.

Héctor no pudo evitar un estremecimiento y su mirada buscó la foto en blanco y negro de aquella niña rubia. Sentado en ese despacho vacío que se le hacía extraño, en una comisaría a media luz, se olvidó de todo y se sumergió en el relato de Marc. En la historia de Iris.

Recuerdo que el suelo estaba frío. Lo noté al bajar descalzo de la cama y caminar deprisa hacia la puerta. Había esperado a que amaneciera porque no me atrevía a salir de noche del inmenso cuarto desierto, pero llevaba ya un buen rato despierto y no podía retrasarlo más. Me tomé unos segundos para cerrar la puerta con cuidado para no hacer ruido. Tenía que aprovechar ese momento, mientras todos dormían, para lograr mi propósito.

Sabía que no había tiempo que perder, así que fui a buen paso; sin embargo, antes de atravesar el largo pasillo me detuve y tomé aire antes de atreverme a cruzarlo. Las persianas de la planta baja dejaban entrever una débil línea de luz, pero el pasillo de arriba seguía a oscuras. ¡Cómo odiaba esa parte del caserón! De hecho, odiaba la casa entera. Sobre todo en días como ése, en que estaba casi deshabitada hasta que llegara el siguiente grupo de niños con los que tendría que compartir diez días. Por suerte ya era el último: luego podría volver a la ciudad, a ese cuarto conocido para mí solo, a los muebles nuevos que no crujían de noche y a las paredes blancas, paredes que protegían en lugar de asustar.

Solté el aire sin darme cuenta y tuve que inspirar de nuevo. Era algo que me había enseñado Iris: «Tomas aire y lo expulsas mientras corres, así apagas el miedo». Pero a mí no me servía de mucho; quizá porque en mis pulmones no cabía suficiente aire, aunque no se lo había dicho a ella porque me daba vergüenza.

Intenté avanzar pegado a la barandilla de madera, colocada a lo largo del pasillo para que nadie pudiera caerse abajo, y mantener la mirada fija hacia delante para no ver a ese pajarraco tieso que, desde la mesita apoyada en la pared, parecía vigilar mis pasos. De día no era tan horrible, a veces llegaba a olvidarme de él, pero en la penumbra ese búho de ojos de cristal resultaba aterrador. Debí de agarrarme con más fuerza a la baranda porque ésta crujió y la solté enseguida: no quería hacer ruido. Avancé en línea recta siguiendo el extraño dibujo de las baldosas frías, y recuerdo perfectamente la sensación de pisar algo rugoso cuando apoyaba el pie en alguna que estaba rota. Ya faltaba poco: el cuarto de Iris era el último, al final del pasillo.

Tenía que verla antes de que se levantaran los demás porque si no, no me dejarían hacerlo. Iris estaba castigada, y aunque en el fondo incluso yo creía que era un castigo merecido, no quería que pasara otro día sin hablar con ella. Casi no había tenido tiempo de hacerlo la tarde anterior, cuando la encontró uno de los monitores después de que ella se escapara y estuviera una noche entera en el bosque. Sólo pensar en esa posibilidad, en aquel bosque poblado de sombras y de búhos inmóviles, me ponía la carne de gallina. Pero al mismo tiempo me moría de ganas de que Iris me contara lo que había visto allí. Ella quizá se hubiera portado mal, pero era valiente y eso era algo que yo no podía dejar de admirar. Claro que precisamente por eso estaba castigada; me lo había dicho su hermana, y su madre. Para que no volviera a escaparse. A darles un susto como ése.

Por fin llegué a la puerta y aunque me habían enseñado que siempre debía llamar antes de entrar, me dije que no hacía falta: ella estaría durmiendo y, además, lo principal era no hacer ruido. Iris compartía la habitación con su hermana en lugar de hacerlo con los demás niños porque ellas no estaban de campamento: eran las hijas de la cocinera. Y esa noche su hermana dormía con su madre. Yo se lo había oído al tío Fèlix. Iris debía pasar dos días encerrada en su cuarto, sola, para aprender la lección. Al abrir vi que las ventanas de la habitación estaban completamente cerradas; eran raras, distintas a las de mi casa en Barcelona. Tenían un cristal y luego una tabla de madera que no dejaba pasar ni un poco de luz.

«Iris», susurré, caminando a tientas. «Iris, despierta.» Como no encontraba el interruptor, me acerqué a la cama y la palpé a ciegas, desde los pies. De repente mis manos rozaron algo blando y lanoso. Me aparté de un salto y al hacerlo choqué con la mesita, que se tambaleó un poco. Entonces me acordé de que encima de esa mesita había una lámpara pequeña, que Iris solía tener encendida hasta altas horas de la noche para leer. Leía demasiado, decía su madre. La amenazaba con quitarle los libros si no se terminaba la cena. La lamparita estaba ahí; fui siguiendo el cable con la mano hasta dar con la pera que encendía la bombilla. No era una luz muy fuerte, pero lo bastante para ver que el cuarto estaba casi vacío: no estaban las muñecas de los estantes, ni Iris en la cama, claro. Sólo el osito de peluche, el mismo que Iris me había prestado durante las primeras noches para que no tuviera miedo, pero que le devolví cuando uno de los niños se rió de mí. Estaba ahí, sobre la almohada, destripado: tenía la barriga abierta, como si lo hubieran operado, y de ella asomaba un relleno verde.

Tomé aire de nuevo y me agaché para comprobar si había alguien debajo de la cama; sólo había polvo. Y de repente también yo me enfadé con Iris, como todos. ¿Por qué hacía esas cosas? Escaparse, desobedecer. Ese verano su madre la regañaba a todas horas: porque no comía, porque contestaba mal, porque no estudiaba, porque no paraba de incordiar a su hermana Inés. Si había vuelto a escaparse mientras estaba castigada, el tío Fèlix iba a enfadarse mucho. Recuerdo que por un momento pensé en ir a contárselo, pero me dije que eso no estaría bien: éramos amigos, Iris y yo, y a pesar de que ella era mayor nunca le había importado jugar conmigo.

Me fijé entonces en la ventana y pensé que quizá había bajado al patio a primera hora, igual que había salido yo, mientras todos dormían. Me costó un poco, pero conseguí mover el cierre metálico que sujetaba la madera. Ya era de día. Ante mis ojos se alzaba el bosque, filas de árboles muy altos que se elevaban por las laderas de la montaña. De día no me daba miedo, era hasta bonito, con distintos tonos de verde. No vi a nadie en el patio y ya iba a cerrar la ventana de nuevo cuando se me ocurrió mirar en dirección a la piscina. Sólo alcanzaba a distinguir un trozo, así que me asomé un poco más para tener una visión más amplia.

Recuerdo como si fuera ahora mismo la alegría que sentí al verla: esas alegrías infantiles, intensas, que surgen ante cosas tan simples como un helado o la visita a un parque de atracciones. Iris estaba allí, en el agua. ¡No se había escapado, sólo había bajado a nadar! Me contuve para no gritar y me conformé con saludarla con la mano para llamar su atención, aunque me di cuenta de que era una tontería porque tal y como estaba no podía verme. Tendría que esperar a que llegara al borde opuesto de la piscina, la zona donde el agua cubría menos, donde se bañaban los pequeños y los que no se atrevían a meterse en la parte más honda.

Y ahora, años después, al pensar en todo eso, al revivir cada detalle de aquella madrugada, me invade la misma extrañeza fría que entonces. Porque apenas unos segundos después caí en la cuenta de que Iris no avanzaba, de que estaba quieta sobre el agua, como si hiciera el muerto pero al revés. Sé que de repente ya me dio igual que me oyeran y bajé corriendo a la piscina, pero no me atreví a meterme en el agua. Incluso con seis años supe que Iris se había ahogado. Y entonces vi las muñecas: flotaban, bocabajo, como pequeñas Iris muertas.

La imagen era tan potente, tan inquietante, que Héctor minimizó la pantalla en un gesto automático. Buscó el paquete de cigarrillos y encendió uno, contraviniendo todas las normas. Dio una profunda calada y exhaló el aire despacio. A medida que se iba calmando, bendita nicotina, su cerebro empezó a colocar esa nueva pieza en un puzzle que se estaba volviendo cada vez más macabro. Y supo, con la seguridad que dan los años en el oficio, que hasta que no supiera exactamente cómo había muerto Iris no lograría entender qué le había pasado a Marc en la ventana, ni a Gina en la bañera. «Demasiados muertos», se dijo de nuevo. «Demasiados accidentes. Demasiados jóvenes que habían perdido la vida.»

El teléfono interrumpió su razonamiento y él miró la pantalla, entre molesto y aliviado.

—¿Joana? —contestó.

—¿Es muy tarde? Disculpa...

—No. Estaba trabajando.

—Me ha llamado Fèlix. —Hizo una pausa—. Me ha dicho lo de esa chica.

—¿Sí?

—¿Es verdad? ¿Esa cría ha dejado una nota diciendo que mató a Marc? —Había un deje de incredulidad y esperanza en su voz.

Héctor tardó unos segundos en responder, y habló con suma cautela:

—Eso parece. Aunque yo no estaría muy seguro. Hay... hay muchos interrogantes aún.

Silencio. Como si Joana estuviera digiriendo esa respuesta vaga, como si estuviera pensando qué añadir a continuación.

—No quiero estar sola esta noche —dijo por fin.

Él miró la pantalla; pensó en su piso hostil, en la ausencia de Ruth, en el rostro maduro y bello de Joana. ¿Por qué no? Dos solitarios que se hacían compañía en una noche de verano. No podía haber nada de malo en ello.

—Yo tampoco —repuso él—. Voy para allá.

sábado

23

En el fondo de su conciencia Héctor sabe que está soñando, pero destierra esa idea y se sumerge en ese paisaje de vivos colores, ese dibujo infantil que quiere representar un bosque: manchurrones verdes y casi redondos, rayajos azules salpicados de simpáticos algodones blancos, un sol amarillo que sonríe a medias. Un escenario naif diseñado por Tim Burton y pintado con plastidecor. Sin embargo, en cuanto pisa las piedras marrones que forman el sendero, todo el espacio cambia, como si su presencia humana transformara el entorno de repente. Las manchas verdes devienen árboles de altas ramas, poblados de hojas; las nubes se convierten en hilos tenues y el sol calienta de verdad. Oye el crujido de sus pisadas sobre la grava y avanza con decisión, como si supiera hacia dónde va. Se sorprende al levantar la vista y comprobar que los pájaros siguen siendo de mentira: dos líneas curvas unidas por el centro suspendidas en el aire. Ésa es la prueba que necesita para afianzarse en su idea de que se trata de un sueño y seguir adelante, como si se hubiera convertido de repente en el protagonista de una película de animación. Es entonces cuando empieza a soplar el viento, al principio es un rumor sordo que crece poco a poco, hasta formar un vendaval grisáceo que barre a esos falsos pájaros y sacude sin la menor clemencia las ramas de los árboles. Apenas puede seguir, cada paso es una lucha contra ese torbellino inesperado que ha oscurecido el cuadro, las hojas salen disparadas de los árboles y conforman una manta verde que oculta la luz. Debe seguir, no puede detenerse, y de repente sabe por qué, tiene que encontrar a Guillermo antes de que ese huracán lo arrastre para siempre. Maldita sea… Le dijo que no se alejara, que no se internara en el bosque solo, pero, como de costumbre, su hijo no le hizo caso. Esa mezcla de preocupación y de enfado le hace tomar fuerzas y seguir adelante a pesar del torbellino imprevisto y de un camino que ahora se eleva en forma de cuesta empinada. Se sorprende a sí mismo pensando en que tendrá que castigarlo. Nunca le ha puesto la mano encima, pero esta vez ha ido demasiado lejos. Grita su nombre, aunque sabe que con ese torbellino de hojas los gritos son inútiles. Asciende con dificultad, de rodillas cuando la intensidad del vendaval le impide seguir en pie. Sabe, por alguna razón, que sólo tiene que llegar a la cumbre de ese camino escarpado y todo será distinto. Por fin logra volver a incorporarse y, tras un tambaleo momentáneo, consigue arrancar y seguir subiendo. El viento ha dejado de ser su enemigo y se ha convertido en su aliado, le empuja hacia arriba y sus pies apenas rozan el suelo. Atisba el final del camino y se prepara mentalmente para lo que pueda haber más allá. Desea ver a su hijo sano y salvo, pero al mismo tiempo no quiere que el alivio sofoque por completo su enfado, como sucede siempre. No, esta vez no. Un último empujón lo precipita hacia el otro lado del camino y hace acopio de todas sus fuerzas para permanecer de pie. En cuanto rebasa la cumbre, el viento amaina y la escena cambia. Luce el sol. Y ¡sí! Tenía razón. Allí está. La figura de Guillermo, parado en un prado, de espaldas a él, inocentemente ajeno a todo lo que su padre ha sufrido para encontrarlo. No puede evitar un suspiro al constatar que su hijo está bien. Se toma unos segundos de descanso. Advierte, sin la menor sorpresa, que la ira que le había llevado hasta allí empieza a evaporarse, parece salir con cada exhalación, disiparse en el aire. Y entonces aprieta la mandíbula y tensa los hombros. Cierra los puños. Se concentra en su enfado para avivarlo. Camina con paso rápido y firme, aplastando las suaves briznas de hierba, y va acercándose al niño que sigue inmóvil, distraído. Esta vez le va a dar una buena lección, aunque le cueste. Es lo que debe hacer, lo que su padre habría hecho en su lugar. Le agarra por el hombro con fuerza y Guillermo se vuelve. Para su sorpresa ve que su cara está empapada en lágrimas. El niño señala en silencio hacia delante. Y entonces Héctor ve lo mismo que su hijo, la piscina de aguas azules y una niña de cabellos rubios que flota entre muñecas muertas. «Es Iris, papá», susurra su hijo. Y entonces, mientras ellos se acercan despacio al borde de aquella piscina excavada en la llanura, las muñecas se dan la vuelta, despacio. Los miran con los ojos muy abiertos y sus labios de plástico murmuran: «Siempreiris, Siempreiris».

Despierta sobresaltado.

La imagen era tan real que debe hacer un esfuerzo para borrarla de su mente. Para volver al presente y recordar que su hijo no es ya un niño y que jamás conoció a Iris. Para estar seguro de que las muñecas no hablan. Le cuesta respirar. Todavía es de noche, piensa con fastidio, porque sabe que ya no se dormirá más. Aunque quizá sea mejor, quizá no dormir no sea tan malo después de todo. Permanece tumbado boca arriba, intentando sosegarse, tratando de dar sentido a ese sueño extraño y perturbador. Al contrario que muchas otras pesadillas, que se difuminan cuando uno abre los ojos, ésta se empeña en seguir aferrada a su mente. Revive la ira, la firme decisión de darle una cachetada a ese niño desobediente y agradece no haberlo hecho ni siquiera en sueños, aunque sabe que de no haber sido por la terrible visión de la piscina eso es exactamente lo que habría sucedido. Basta. No es justo atormentarse por lo que uno sueña. Está seguro de que su psicólogo estaría de acuerdo con él en eso. Es entonces, al pensar en el chaval y su rostro de genio despistado, cuando oye un rumor que parece música. Son las cuatro de la madrugada, ¿quién pone música a esas horas? Aguza el oído; no es música propiamente dicha, sino un sonsonete, un coro de voces. Sin poder evitarlo, vuelven a su cabeza las muñecas, pero sabe que eso era un sueño. Esto es real, las voces balbucean algo que no logra entender, a pesar de que va creciendo en intensidad. Diría que es una oración, una invocación ritmada en una lengua que desconoce y que parece salir de las paredes de su cuarto. Desconcertado, se incorpora. Otro ruido se ha unido al coro, una especie de silbido que no tiene nada que ver con el resto. Al poner los pies desnudos en el suelo su mirada se posa en la maleta, medio abierta, que sigue abandonada junto a la pared. Sí. No cabe duda, el silbido procede de allí. Por un instante piensa en la valija perdida, en el cierre roto, y abre unos ojos como platos cuando distingue una sombra sibilante que sale lentamente de ella. Es una serpiente, repugnante, resbaladiza, que se arrastra por el suelo en dirección hacia él. El silbido se agudiza, el coro eleva el tono. Y él contempla aterrado cómo aquel ser reptante se acerca inexorablemente, la cabeza erguida y la fina lengua lamiendo el aire, mientras las voces murmuran algo que por fin puede entender. Dicen su nombre, una y otra vez, Héctor, Héctor, Héctor, Héctor…

—¡Héctor! —La voz de Joana puso fin a todo—. ¿Estás bien? Me has asustado.

Por un instante no supo dónde estaba. No reconoció las paredes, ni las sábanas, ni la luz encendida en un ángulo que no le era familiar. Sólo notaba el sudor frío que le empapaba el cuerpo.

—Joder —susurró por fin.

—Has tenido una pesadilla.

«Dos», pensó él. «A lo grande…»

—Lo siento —balbuceó.

—No pasa nada. —Le acarició la frente—. ¡Estás helado!

—Disculpa. —Se pasó las manos por la cara—. ¿Qué hora es?

—Las ocho. Temprano para un sábado.

—¿Te desperté?

—No. —Ella le sonrió—. Creo que he perdido la costumbre de dormir acompañada. Llevaba un rato ya dando vueltas. ¿Con qué diablos soñabas?

No le apetecía hablar de ello. En realidad, no le apetecía hablar.

—¿Te importa que me dé una ducha?

Ella negó con la cabeza.

—Seré buena y prepararé café.

Héctor se obligó a sonreír.

Habían hecho el amor con una dulzura impropia de dos desconocidos. Lentamente, más llevados por la necesidad de contacto, del roce de la piel, que por una pasión desatada. Y ahora, mientras desayunaban juntos, Héctor se percató de que el sexo había estrechado unos lazos de algo que se parecía bastante a la camaradería. Ya no eran unos niños, tenían en su haber suficientes desengaños e ilusiones, y aceptaban los momentos agradables sin proyectar sobre ellos esperanzas o deseos. No hubo la menor sensualidad en ese desayuno compartido; la luz del día los había devuelto a su lugar, sin presiones. En parte lo agradecía y en parte la idea le entristeció un poco. Quizá fuera eso a lo máximo que podía aspirar ya: encuentros agradables, cordiales, que dejaban buen sabor de boca. Reconfortantes como ese café caliente.

—¿La camisa es de tu talla? —dijo Joana—. Philippe la dejó aquí.

El comentario no era del todo casual, pensó Héctor. Sonrió.

—Te la devolveré —le dijo, con un guiño significativo—. Ahora debo irme. Tengo que ver a los padres de Gina Martí.

Ella asintió.

—Esto no ha terminado, ¿verdad?

Héctor la miró con aprecio. Ojalá pudiera decirle que sí. Que el caso estaba cerrado. Pero la imagen de Iris en la piscina, potenciada por el sueño, le indicaba absolutamente lo contrario.

—Creo que hay algo que deberías leer.

24

Esa mañana, con más fuerza que nunca, Aleix deseó que el tiempo pudiera volver atrás. La muerte de Gina había sido un mazazo inesperado, un golpe más duro que todos los que había encajado en los últimos días, y, acostado en su cama, sin ánimos para levantarse, dejó que su mente rodara hacia un pasado reciente pero que ahora parecía casi remoto. Gina viva, insegura, fácil de convencer, y a la vez cariñosa, frágil. Todo esto era culpa de Marc, pensó con rencor, aunque en el fondo sabía que no era del todo cierto. Marc, su más fiel seguidor, ese que incluso había aceptado cargar con las culpas de algo que no había hecho sólo porque él se lo pidió, había vuelto de Dublín cambiado. Ya no era un crío al que podía manipular a su antojo. Tenía ideas propias, ideas que se estaban convirtiendo en una obsesión, ideas que podían meterlos a todos en un buen lío. El fin justifica los medios, ése era su lema. Y, como había aprendido al lado de un buen maestro, había urdido un plan que rozaba el absurdo, pero que por eso mismo podía tener consecuencias imprevisibles.

Por suerte, él había logrado frustrarlo antes de que las cosas fueran demasiado lejos, antes de que una cosa llevara a otra y la verdad saliera a la luz. Gina le había ayudado a ello sin saber sus auténticos motivos; se había mostrado reticente, pero al final había claudicado. Gina… Decían que había dejado una nota. La imaginó sola, escribiendo en el ordenador como una niña pequeña, abrumada por haber traicionado a Marc. Agobiada por lo que él le había hecho hacer.

Aquellos estallidos que resonaban como truenos le habían acompañado durante toda la tarde. La víspera de San Juan, Barcelona se convertía en una ciudad explosiva. Petardos traicioneros acechaban en cada esquina mientras todos se preparaban para la fiesta nocturna que marcaba el luminoso inicio del verano: fuegos artificiales, hogueras y cava que amenizaban la noche más corta del año. Al llegar a casa de Marc, lo primero que llamó su atención fue lo guapa que estaba Gina y sintió una punzada de celos al pensar que no era por él por quien se había vestido y maquillado así. En cualquier caso, se la veía intranquila, incómoda con aquellos zapatos de tacón, con aquella falda negra y el corpiño ajustado. En realidad, el atuendo desentonaba con el de ellos dos: simples camisetas con tejanos desgastados y zapatillas de deporte. Gina jugaba a las princesas con dos pijos desaliñados, pensó Aleix. Marc estaba nervioso, pero eso no era raro; llevaba semanas así, intentando aparentar una decisión que no tenía. Por Iris. Maldita Iris.

Él había llegado pidiendo a voces una cerveza, tratando de dar a la reunión un aire de fiesta. Se había preparado un par de rayas antes de ir porque intuía que le harían falta, y en ese momento se sentía eufórico, lleno de energía, insaciable. La cena, unas pizzas que Marc y Gina habían condimentado y metido en el horno, estaba ya lista, y durante un rato, mientras vaciaban los vasos más deprisa que los platos, aquello pareció una fiesta como las de antes. Cuando Marc bajó a la cocina a por más cervezas, Aleix subió el volumen de la música y bailó con Gina. Joder, esa noche la niña estaba para comérsela. Y la coca, dijeran lo que dijeran, era un afrodisíaco fantástico. Si no que se lo preguntaran a la madre de su amiga, pensó, reprimiéndose para no meterle mano. Mientras bailaba con ella casi se olvidó de Marc; era lo bueno que tenía la coca: eliminaba los problemas, los difuminaba. Hacía que te concentraras sólo en lo importante: los muslos de Gina, su cuello. Lo mordisqueó en broma, como haría un vampiro seductor de esos que a ella le gustaban tanto, pero Gina le apartó un poco. Claro, ahora eso se lo reservaba a Marc. Pobre boba. ¿Acaso no veía que su querido Marc estaba colgado por otra? Estuvo a punto de recordárselo, pero se contuvo; necesitaba a Gina como aliada esa noche y no pensaba decir nada que la pusiera en su contra.

—¿Has hecho lo que te dije? —le susurró él al oído.

—Sí. Pero, no sé…

Él se llevó un dedo a los labios.

—Eso ya está decidido, Gi.

Gina suspiró.

—Vale.

—Escucha, todo esto es una locura. —Se lo había repetido mil veces la tarde anterior, y tener que volver a hacerlo le sacaba de quicio. Hizo acopio de paciencia, como un padre moderno ante una niña terca—. Una locura que podría tener consecuencias tremendas, sobre todo para ti y para Marc. ¿Te imaginas qué podría pensar la gente si se averiguara la verdad? ¿Cómo ibas a explicarles lo que hay en ese USB?

Ella asintió. En realidad estaba bastante segura de que Aleix tenía razón. Ahora sólo faltaba convencer a Marc.

—Y además, ¿para qué? ¿Vamos a meternos en un lío para echarle una mano a esa chica de Dublín? Joder, en cuanto se le pase el cuelgue incluso Marc nos lo agradecerá. —Hizo una pausa—. Te lo agradecerá. Estoy seguro.

—¿Qué es lo que os voy a agradecer?

Aleix se dio cuenta entonces de que había ido levantando la voz. Bueno, daba igual. Tenían que decírselo, y cuanto antes, mejor.

El rumor habitual de la casa por las mañanas no se alteraba en absoluto los sábados. Su padre desayunaba a las ocho y media, y su hermano seguía sus costumbres ahora que había vuelto a casa durante el verano. Alguien llamó a la puerta de su habitación.

—¿Sí?

—Aleix. —Era Eduard. Abrió y asomó la cabeza—. Deberías levantarte. Tenemos que ir a casa de los Martí.

Tuvo la tentación de cubrirse la cara con la sábana, de esconderse de todo.

—Yo no voy. No puedo.

—Pero papá...

—¡Joder, Edu! ¡No voy! ¿Está claro?

Su hermano lo miró fijamente y asintió con la cabeza.

—De acuerdo. Le diré a papá que ya irás luego.

Aleix se dio la vuelta en la cama y clavó la vista en la pared. Papá, papá. Joder, sus hermanos tendrían cuarenta años y seguirían tomando la palabra de su padre como si fuera el Evangelio. Eduard se quedó unos segundos en el umbral, pero, al ver que la figura de la cama seguía inmóvil, ajustó la puerta sin hacer ruido y se fue. Mejor. No quería ver a Edu, ni a sus padres, ni desde luego a Regina. Prefería mirar aquella pared blanca como una pantalla en la que su mente podía proyectar otras imágenes.

—¿Qué es lo que os voy a agradecer? —repitió Marc, y esa vez con un atisbo de sospecha en la voz.

Gina bajó la cabeza. Un estruendo procedente del exterior los sobresaltó a los tres. Ella soltó un grito.

—¡Estoy harta de petardos! —Fue hacia la mesa de la buhardilla y se sirvió otro vodka con naranja. Era el tercero de la noche. Con el vaso de plástico en la mano observó a sus amigos, que frente a frente parecían dos pistoleros a punto de disparar.

—Marc —dijo Aleix por fin—, Gina y yo hemos estado hablando.

—¿De qué?

—Ya lo sabes. —Aleix se calló, y luego se encaminó hacia la mesa para reunirse con Gina. Llegó y se situó a su lado—. No vamos a seguir con esto.

—¿Qué?

—Piénsalo, Marc —prosiguió Aleix—. Es demasiado arriesgado. Puedes meterte en un lío, puedes hundirnos a todos. Y ni siquiera estás seguro de que vaya a funcionar.

—Funcionó otras veces. —Era el sonsonete de Marc, el estribillo de su canción de los últimos días.

—¡Joder, tío, esto no es el colegio! Aquí no estamos hablando de gastarle una bromita a una profesora tonta. ¿Es que no lo ves?

Marc no se movía del sitio. Entre él y los otros, la ventana abierta mostraba un pedazo de cielo que, de vez en cuando, se iluminaba con vivos colores de fuego.

—No, no lo veo.

Aleix suspiró.

—Eso lo dices ahora. En unos días nos lo agradecerás.

—¿Ah, sí? Creía que eras tú quien tenía algo que agradecerme. ¡Me debes una! Y lo sabes.

—Te estoy haciendo un favor, tío. Te niegas a verlo, pero es así.

Por un instante Marc pareció dudar. Bajó la cabeza, como si se le acabaran los argumentos, como si estuviera cansado de discutir. Gina había permanecido callada durante toda la conversación, y escogió ese momento para dar un paso hacia Marc.

—Aleix tiene razón. No merece la pena…

—¡Vete a la mierda! —La respuesta la sobresaltó tanto como el petardo—. No entiendo por qué os preocupáis tanto. No tenéis que hacer nada más. Dame el USB y yo me encargo de todo.

Ella se volvió hacia Aleix. Sin saber qué decir, apuró la bebida con tanta avidez que casi se atragantó.

—No hay USB, Marc. Se acabó —dijo él.

Marc miró a Gina, incrédulo. Pero al ver que ella bajaba la cabeza, que no negaba, estalló:

—¡Eres un hijo de puta! Un auténtico hijo de puta. ¡Lo tenía todo preparado! —Y, en voz más baja, prosiguió—: ¿No os dais cuenta de lo importante que es para mí? ¡Se supone que somos amigos!

—Y lo somos, Marc. Por eso lo hacemos —reiteró Aleix.

—Vaya, ¡qué gran favor! Yo también podría hacerte uno. —La voz de Marc sonaba distinta, agria, como si le saliera del estómago—. Librarte de esa mierda que te está volviendo un imbécil. ¿O te crees que no nos hemos dado cuenta?

Aleix tardó unos segundos en comprender a qué se refería. Los suficientes para que Marc le tomara la delantera y se abalanzara sobre su mochila.

—¿Qué coño haces?

—Lo hago por ti, Aleix. Es un favor. —Había sacado las bolsitas, minuciosamente preparadas con las dosis que solía vender, y con una sonrisa triunfal corrió hacia la puerta.

Aleix saltó tras él, pero el otro le empujó y bajó la escalera hacia su dormitorio. Gina, atónita, vio cómo Aleix le seguía, le agarraba del cuello de la camiseta en mitad de la escalera y le obligaba a dar media vuelta. Ella gritó cuando sonó el primer golpe: un revés que le dio a Marc en plena boca. Los dos amigos se quedaron quietos. Marc notó que le sangraba el labio, se pasó la mano por la herida y se la secó en la pechera de la camiseta.

—Tío, lo siento. No quería pegarte… Eh, vamos, dejemos esto.

El rodillazo directo a los testículos le dejó sin aire. Aleix se dobló y apretó los ojos mientras un millar de fuegos artificiales en miniatura le estallaban en la cabeza. Cuando los abrió, Marc había desaparecido. Sólo oyó el ruido de la cisterna del cuarto de baño. Un chorro de agua insolente, definitivo.

«Cabrón», pensó, pero cuando fue a decirlo en voz alta, el dolor de la entrepierna se le hizo insoportable y tuvo que apoyarse en la pared para no caer al suelo.

Oyó la puerta de la calle y supuso que sus padres y su hermano habían salido ya. Saber que tenía la casa sólo para él le proporcionó una sensación de alivio momentáneo, que fue esfumándose poco a poco cuando se percató de que, de aquella reunión de tres amigos que acabaron peleados, dos estaban muertos. Muertos. Aleix no había dedicado tiempo a pensar en la muerte. No tenía por qué hacerlo. A veces recordaba los largos meses de su enfermedad; intentaba evocar si, mientras estaba en la cama del hospital sometido a las torturas de los hombres de blanco, había tenido miedo de morir, y la respuesta era no. Fue después, con el paso de los años, cuando fue realmente consciente de que otros, afectados por la misma enfermedad, no habían logrado sobrevivir. Y al constatarlo se había sentido poderoso, como si la vida ya le hubiera puesto a prueba y él con su fuerza hubiera logrado vencer. Los débiles morían; él, no. Él había demostrado que tenía valor. Edu no había parado de decírselo: eres muy valiente, aguanta un poco más, ya está, ya se acaba.

Se levantó de la cama, sin ganas de ducharse. Tenía el cuarto hecho un desastre: ropa por todas partes, zapatillas de deporte desperdigadas por el suelo. Sin querer pensó en el cuarto de Gina, las hileras de peluches en los estantes que ella se había resistido a quitar y que formaban parte del encanto de un espacio que aún conservaba cierto rastro de inocencia. Joder, Gina…

Una luz de alarma se le encendió en el cerebro. ¿Qué bermudas llevaba puestas el último día que la vio? Rebuscó en los tres pares que tenía tirados de cualquier manera sobre una silla. Suspiró aliviado. Sí, el puto USB estaba ahí. Conectó el USB al ordenador por pura rutina, no porque le apeteciera ver lo que contenía. Eso seguro. De hecho, quería hacer en persona lo que le había pedido a Gina que no hiciera simplemente porque no se fiaba de ella en todo lo que guardaba relación con Marc: borrarlo, que aquellas imágenes desaparecieran para siempre sin dejar rastro.

Cuando la pantalla empezó a mostrar su contenido se quedó estupefacto, y esa irritación tan propia de él en su trato con los demás, la decepción que le embargaba al constatar, una y otra vez, que estaba rodeado de inútiles, se apoderó de su mente. Se reprendió a sí mismo por enojarse con Gina ahora que la pobre ya no estaba, pero… Joder, había que ser tonta para equivocarse de dispositivo y pasarle sus apuntes de historia del arte. El fastidio dio paso a otra alarma, ésta más intensa. «Maldita sea.» El USB seguía en la habitación de Gina, al alcance de sus padres, de la policía; del sudaca ese adusto y de la agente que tenía un buen polvo. Tardó cinco minutos en vestirse y salir corriendo a por la bici. Bueno, pensó con malicia, al final su padre estaría contento.

25

Parado ante la puerta señorial de reja negra que daba paso a la escalera de los Martí, Héctor consultó el reloj. Tenía quince minutos antes de encontrarse con Castro, a la que había llamado al salir de casa de Joana, y se dijo que otro café no le sentaría mal antes de enfrentarse a lo que le esperaba arriba. Al parecer, no era el único que opinaba eso, pues, sólo entrar en la cafetería, vio de reojo que Fèlix Castells estaba al final de la barra, con el periódico abierto, absorto en su lectura. Era alguien con quien quería hablar a solas, así que no lo dudó un momento. Fue hacia él y le saludó, utilizando el tratamiento eclesiástico casi sin pensarlo.

—Llámeme Fèlix, por favor —dijo él, afable—. Ya nadie nos llama «padre» hoy en día.

—¿Le importa que vayamos a sentarnos a esa mesa? —Héctor señaló una que estaba al fondo, relativamente apartada.

—Por supuesto que no. De hecho, estaba esperando a mi hermano y a Glòria. Dada la situación, hemos pensado que era mejor llegar los tres juntos, y quedarnos sólo lo imprescindible.

«Muy considerado», pensó Héctor. Los Castells, en bloque, dando el pésame a Salvador y a Regina por la muerte de una hija que, quizá, hubiera matado a su hijo y sobrino. Desde luego, si había algo que debía agradecer a todos los implicados en el caso era que, hasta entonces, se habían comportado con la mayor delicadeza. Incluso el exabrupto de Salvador Martí, la noche anterior, había sonado más fatigado que insultante.

Ya sentados, ante sus tazas de café —Fèlix había pedido otro para acompañar al inspector—, Héctor se apresuró a sacar el tema antes de que llegaran los demás.

—¿Le dice algo el nombre de Iris?

—¿Iris?

«Dilación», pensó Salgado. Mirada baja, cucharilla removiendo el azúcar: más dilación. Suspiro.

—Supongo que se refiere a Iris Alonso.

—Me refiero a la Iris que se ahogó en una piscina hace años durante unos campamentos.

Fèlix asintió. Se tomó el café. Apartó la taza y apoyó ambas manos sobre la mesa bajo la mirada escrutadora de Héctor.

—Hacía tiempo que no oía ese nombre, inspector.

«Hace mucho tiempo que no pienso en Iris», recordó Héctor.

—¿Qué quiere saber? Y —vaciló— ¿por qué?

—Se lo diré enseguida. Primero cuénteme qué pasó.

—¿Qué pasó? Ojalá lo supiera, inspector. —Se estaba recuperando, su voz cobraba firmeza—. Como usted ha dicho, Iris Alonso se ahogó en la piscina de la casa que alquilábamos todos los veranos para los campamentos.

—¿Era una de las niñas a su cargo? —Ya sabía la respuesta, pero tenía que sacar más información; quería llegar a Marc, al niño de seis años que contemplaba esa macabra imagen.

—No. Su madre era la cocinera, viuda. Durante algo más de un mes se instalaban en la casa, con nosotros.

—¿Nosotros?

—Los monitores, los niños, yo mismo. Los chavales iban llegando en grupos y estaban diez días.

—Pero ¿Marc se quedaba todo el verano?

—Sí. Mi hermano ha trabajado mucho siempre. Los veranos eran un problema, así que me lo llevaba conmigo, sí. —Levantó ambas manos de la mesa en gesto de leve impaciencia—. Sigo sin entender...

—Se lo explicaré todo al final, se lo prometo. Prosiga, por favor.

Héctor se dijo que estaba ante un hombre más acostumbrado a escuchar que a expresarse. Sostuvo la mirada del sacerdote sin parpadear.

—¿Cómo murió exactamente Iris Alonso? —insistió.

—Se ahogó en la piscina.

—Ya. ¿Estaba sola? ¿Tuvo un corte de digestión? ¿Se golpeó la cabeza con el borde?

Hubo una pausa. Quizá Fèlix Castells estaba decidido a no dejarse atosigar; quizá simplemente ordenaba sus recuerdos.

—Hace muchos años de eso, inspector. No...

—¿Se le ahogaron muchas niñas mientras estaban a su cargo?

—¡No! ¡Claro que no!

—Entonces permítame que le diga que no comprendo cómo ha podido olvidarse de ella.

La respuesta le salió del alma, si es que las almas existen.

—No la he olvidado, inspector. Se lo prometo. Durante meses no pude pensar en otra cosa. Fui yo quien la saqué de la piscina. Intenté hacerle el boca a boca, reanimarla, todo... Pero ya era tarde.

—¿Qué pasó? —Cambió de tono, quizá apaciguado por la cara de dolor que veía delante.

—Iris era una niña extraña. —Miraba hacia otro lado, más allá de Héctor, más allá de la cafetería, de la calle, de la ciudad—. O tal vez estaba en una fase especialmente difícil. No lo sé. Ya he perdido la capacidad de comprender a la juventud.

El sacerdote esbozó una sonrisa triste y siguió hablando sin que Héctor tuviera que apremiarle.

—Tenía doce años, si no recuerdo mal. Plena preadolescencia. Aquel verano su madre no sabía qué hacer con ella. Los años anteriores había sido una niña feliz, integrada; se divertía con los demás críos. Incluso cuidaba de Marc. Pero aquel verano todo eran broncas, malas caras. Y luego estaban las horas de las comidas. —Suspiró—. Al final tuve que hablar con su madre en privado y pedirle que aflojara un poco.

—¿Iris no comía?

—Según su madre, no, y la verdad era que estaba en los huesos. —Recordó su frágil cuerpecillo mojado y se estremeció—. Dos días antes de su muerte desapareció. ¡Dios! Fue terrible. La buscamos por todas partes, recorrimos el bosque durante una noche entera. La gente del pueblo nos ayudó. Créame, movilicé a todo el mundo para encontrarla sana y salva. Por fin dimos con ella, en una cueva del bosque a la que solíamos ir de excursión.

—¿Estaba bien?

—Perfectamente. Nos miró con la mayor frialdad y nos dijo que no quería volver. Debo reconocer que en aquel momento me enfadé. Me enfadé mucho. La llevamos a casa. Por el camino, en lugar de mostrarse más dócil, de comprender el susto que nos había dado, siguió indiferente. Insolente. Y yo ya estaba harto, inspector; le dije que se metiera en su cuarto y que no saliera, que estaba castigada. La habría encerrado en él si hubiera existido una llave. Quizá piense que exagero, pero le aseguro que durante aquellas horas de búsqueda recé sin parar para que no le hubiera pasado nada grave. —Hizo una pausa—. Ella incluso se negó a disculparse ante su madre… La pobre mujer estaba deshecha.

—¿Nadie entró a verla?

—Su madre intentó hablar con ella. Pero acabaron discutiendo de nuevo. Eso fue la tarde anterior a su muerte.

El relato de aquel hombre coincidía en los puntos esenciales con el del blog de Marc. Pero faltaba el final, y Héctor esperó que el sacerdote pudiera aportar algo de luz.

—¿Qué pasó?

Fèlix Castells bajó la vista. Algo que podía ser duda, o culpabilidad, o ambas cosas, se apoderó de su semblante durante un momento. Fue una expresión fugaz pero había estado ahí. Héctor no tenía la menor duda de eso.

—Nadie sabe qué pasó exactamente, inspector. —Volvía a mirarlo a los ojos, en un esfuerzo de destilar sinceridad—. A la mañana siguiente, muy temprano, me despertaron los gritos de un niño. Tardé un poco en dilucidar que se trataba de Marc y salí corriendo de mi cuarto. Marc seguía dando voces, desde la piscina. —Hizo una pausa y tragó saliva—. La vi en cuanto llegué. Salté al agua e intenté reanimarla, pero ya era tarde.

—¿Había alguien más en la piscina?

—No. Sólo mi sobrino y yo. Le dije que se marchara, pero no me hizo caso. Quería ahorrarle la impresión de ver el cuerpo de la cría tendido junto a él, así que me quedé en el agua, con Iris en mis brazos. Todavía recuerdo su carita de niño asustado...

—Y las muñecas.

—¿Cómo lo sabe? —El sacerdote se acarició la barbilla. Su turbación parecía real—. Era... siniestro. Había media docena de ellas en el agua.

«Pequeñas Iris muertas», recordó Héctor. Esperó unos segundos antes de proseguir.

—¿Quién las puso ahí?

—Iris, supongo... —Había hecho un gran esfuerzo por contenerlas, pero las lágrimas asomaron a sus ojos cansados—. Aquella niña no estaba bien, inspector. Yo no supe verlo, a pesar de lo que decía su madre. Me di cuenta demasiado tarde de que estaba perturbada... hondamente perturbada.

—¿Me está diciendo que esa niña de doce años se suicidó?

—¡No! —La negativa salió más por boca del sacerdote que del hombre—. Tuvo que ser un accidente. Ya le he dicho que Iris estaba muy débil. Supusimos que había bajado a la piscina de noche, con las muñecas, y que en algún momento se había mareado y caído al agua.

—¿Supusimos? ¿Quién más había en la casa?

—Faltaban tres días para que llegara el siguiente grupo de niños, así que estábamos solos: Marc, la cocinera y sus hijas, Iris e Inés, y yo. Los monitores debían presentarse esa tarde; algunos eran fijos durante todos los campamentos, pero otros iban cambiando a lo largo del verano. Sin embargo, incluso los fijos habían vuelto a la ciudad a pasar esos días. No se puede tener a los jóvenes en el campo demasiado tiempo, inspector. Se aburren.

Héctor intuía que el cura no había terminado. Que había algo más que necesitaba contarle ahora que había bajado la guardia. No tuvo que esperar mucho.

—Inspector, la madre de Iris era una buena mujer, que ya había perdido a un marido. Pensar que su hija se había matado voluntariamente habría acabado con ella.

—Dígame la verdad, padre —dijo Salgado con intención—. Olvídese de su hábito, de sus votos y de la madre de esa niña y lo que pueda o no pueda soportar.

Castells tomó aire y entrecerró los ojos. Cuando volvió a abrirlos, habló con decisión, en voz muy baja y casi sin detenerse.

—La tarde anterior, mientras la regañaba por haberse escapado, Iris me miró muy seria y me dijo: «Yo no os pedí que vinierais a buscarme». Y cuando insistí en que habíamos sufrido mucho por ella, en que lo que había hecho estaba realmente mal, me sonrió y, en tono desdeñoso, replicó: «No os imagináis lo mala que puedo llegar a ser».

Desde donde estaba sentado, Héctor vio que Leire Castro asomaba la cabeza por la puerta de la cafetería.

—¿Hay algo más que desee decirme, padre?

—No. Sólo me gustaría saber a qué viene ahora todo esto. Desenterrar viejas tragedias no puede ayudar a nadie.

—¿Sabía que su sobrino Marc escribía un blog?

—No. Ni siquiera sé exactamente qué es eso, inspector.

—Una especie de diario. En él hablaba de Iris, del día que la encontró.

—Ya. Creía que lo había olvidado. Pasado el verano, nunca volvió a mencionarlo.

—Pues lo recordó mientras estaba en Dublín. Y escribió sobre ello.

Leire seguía en la puerta de la cafetería. Héctor iba a despedirse ya cuando Fèlix añadió algo más:

—Inspector… Si tiene alguna duda más, puede consultarla con el comisario Savall.

—¿Con Savall?

—En aquella época era inspector y estaba destinado en Lleida. Fue él quien se ocupó de todo.

Si la noticia sorprendió a Salgado, éste hizo cuanto pudo por disimularlo.

—Así lo haré. Ahora debo irme. Gracias por todo.

Fèlix Castells asintió.

—Mi hermano debe de estar a punto de llegar.

—Nos veremos arriba entonces. Hasta ahora.

Cuando caminaba hacia Leire, vio que ésta tenía la vista fija en el padre Castells. Lo miraba con recelo, con dureza, sin la menor compasión. Y Héctor comprendió que también ella había leído el blog de Marc y que, fuera justo o no, por la mente de la agente Castro cruzaban los mismos pensamientos oscuros que habían asaltado la suya.

26

Leire había leído el blog de Marc esa mañana, antes de reunirse con el comisario y después de soportar un nuevo ataque de náuseas matutinas. Y, sin saber por qué, el relato de Marc la había conmovido más de lo que habría imaginado nunca. Definitivamente estaba más sensible, se dijo en cuanto acabó de leerlo, delante del ordenador de su casa. Por una vez deseó tener a alguien a su lado para compartir esa inquietud, esa sensación de que ella —su cuerpo y también su mente— estaba cambiando a un ritmo alarmante. La visión de aquella niña, la misma de la foto en blanco y negro, sumergida en el agua, le revolvió el estómago y la llenó de una mezcla de rabia y de tristeza que le duró lo bastante para plantearse si no existía otra causa para ambas emociones combinadas. Claro que la había. Agradeció verse obligada a ir a trabajar aunque fuera un sábado que en teoría tenía libre. Cualquier cosa menos quedarse esperando una llamada de Tomás.

Había visto su nota la noche anterior, cuando llegó a casa. «Tardas mucho... me han llamado unos colegas y me voy a tomar algo con ellos. Te veo mañana. T.» «¿T.?» Como si ella hubiera estado follando esa tarde con un Tomás, un Tirso y un Tadeo... Esa manía de Tomás de dejar su huella en todo lo que hacía empezaba a irritarla. Y pasarse media hora pensando en cómo darle la noticia para luego llegar a un piso vacío la irritó más aún. Saber que no era del todo justo no servía para apaciguarla.

Así que, en la puerta de la cafetería, cuando el inspector iba hacia ella dejando atrás al padre Castells, sentado a la mesa y con cara de haber visto un fantasma, Leire pensó exactamente lo que sospechaba Salgado. Que las historias de niñas y curas no le gustaban lo más mínimo.

—Vamos —le dijo Héctor—. ¿Dormiste bien? Tienes mala cara.

—El calor —mintió ella—. ¿Subimos ya?

—Sí.

—Bonita camisa —dijo ella mientras cruzaban la calle, y se sorprendió al ver que él se sonrojaba un poco.

Salvador Martí les abrió la puerta, y por un momento Leire creyó que iba a echarlos de nuevo. Sin embargo, se hizo a un lado y los dejó pasar sin decir una palabra. Se oían voces en el salón, pero el padre de Gina no los condujo hacia allí, sino a la escalera que llevaba al piso superior, donde estaban las habitaciones. Ellos le siguieron, y aguardaron en un pequeño descansillo a que él fuera al cuarto de su mujer y entrara tras llamar suavemente a la puerta. Salió poco después.

—Mi esposa quiere hablar con usted, inspector. A solas.

Héctor asintió.

—La agente Castro revisará el cuarto de Gina, por si anoche se nos pasó algo por alto.

Salvador Martí se encogió de hombros.

—Ya sabe dónde está. Si alguno me necesita estaré abajo. —Se detuvo un segundo en la escalera y volvió la cabeza—. La gente no para de llamar. Ya han venido algunos. Regina no quiere ver a nadie y yo no sé qué decirles. —Era la imagen misma de la derrota, los hombros hundidos y el semblante fatigado. Negó con la cabeza, para sí mismo, y empezó a bajar lentamente.

Regina recibió al inspector vestida de negro y sentada frente a la ventana, junto a una mesita donde reposaba una bandeja con el desayuno intacto. El contraste con la Regina deslumbrante, bulliciosa y veraniega de hacía dos días era absoluto. Parecía, no obstante, poseída por una tranquilidad extraña. «El efecto de los calmantes», se dijo Héctor.

—Señora Ballester, de verdad, siento mucho molestarla en estas circunstancias.

Ella le miró como si no le entendiera y señaló una silla vacía, situada al otro lado de la mesita.

—Su marido me ha dicho que quería hablar conmigo.

—Sí. Hay algo que debo contarle. —Hablaba despacio, como si le costara encontrar las palabras—. Creen que Gina mató a Marc —dijo, en un tono en el que se advertía un atisbo de interrogación.

—Es muy pronto para decir algo así.

Regina movió la cabeza, en un gesto que podía expresar cualquier cosa. Fatiga, incredulidad, aceptación.

—Mi Gina no habría matado nunca a nadie. —La frase era adecuada pero carecía de toda emoción—. Digan lo que digan, yo lo sé.

—¿Quién lo dice?

—Todos… Estoy segura.

—La gente habla por hablar. —Héctor se inclinó hacia ella—. A mí me interesa lo que opina usted.

—Mi Gina no mató a nadie —repitió Regina.

—¿Ni a sí misma? —La pregunta habría sido brusca de haber estado formulada en un tono menos amable.

Regina Ballester pareció meditar la respuesta seriamente.

—No lo sé —dijo por fin. Cerró los ojos y Héctor pensó que no podía seguir presionándola, así que hizo el gesto de levantarse—. No se vaya. Tengo algo que contarle. Y debo hacerlo aquí, a solas. No quiero hacerle más daño.

—¿A quién?

—A Salvador —respondió ella.

Y entonces, con una voz trémula que a Héctor le recordó la que había usado Gina para contestar a sus preguntas, Regina empezó a confesarle, como si él fuera un sacerdote, todo lo que había pasado entre ella y Aleix Rovira.

Aleix había llegado unos minutos después que Leire y Héctor, y se hallaba ahora en el salón, bajo la severa mirada de su padre. Salvador Martí estaba sentado en el sofá y el silencio, apenas interrumpido por algunas preguntas en voz baja de la señora Rovira, presidía la reunión. No había ni rastro de Regina, gracias a Dios, y Aleix, que ignoraba que la policía estaba en la casa, se dijo que debía de estar descansando. Cuando sonó el timbre de nuevo, el semblante del padre de Gina reveló un fastidio tan intenso que fue la propia señora Rovira quien se levantó a abrir. Su marido aprovechó para hacer una señal a sus hijos de que era hora de irse y se puso de pie. Justo en ese momento entraron en la sala Enric Castells y su hermano. Glòria se había quedado en la puerta, cuchicheando con la señora Rovira. Era obvio que preguntaba por Regina, que era a quien había ido a ver. Aleix se dijo que ésa era su última oportunidad y, mientras Enric se acercaba al padre de Gina y Fèlix saludaba a su hermano Edu, él se escabulló entre su madre y Glòria murmurando que debía ir al cuarto de baño.

Subió la escalera y caminó rápidamente hacia el cuarto de Gina. La puerta estaba cerrada y él la abrió sin pensar. Se quedó de una pieza al ver en ella a la agente Castro.

—Lo siento —balbuceó Aleix—. Buscaba el baño…

Leire lo clavó en el suelo con la mirada.

—Vamos, Aleix. —Su tono indicaba que no se creía ni una palabra—. Has estado aquí un millón de veces… ¿Qué buscas?

—Nada. —Él le sonrió. Compuso su sonrisa triste, la que

dedicaba a su madre, a las enfermeras del hospital y, en general, a cualquier fémina que tuviera alguna autoridad. Las polis también eran mujeres, ¿no?—. Bueno, quería ver el cuarto de Gina. Recordarla a ella aquí.

«Seguro», pensó Leire. Pero ya que estaba ahí, no tenía intención de dejarlo ir sin más.

—¿Cuándo la viste por última vez?

—La tarde que vinieron ustedes.

—¿No volviste a hablar con ella?

—Por el Messenger, sí. Esa misma noche, creo.

—¿La notaste deprimida? ¿Triste?

—Claro que estaba triste. Pero nunca se me ocurrió que llegara a... eso.

—¿No?

—No.

—Estaba muy enamorada de Marc, ¿verdad?

Él miró hacia atrás y cerró la puerta. Se sentó en la cama y, sin quererlo, posó la vista en la caja de peluches.

—Pobre Gina, al final guardó los muñecos...

A Leire no le había engañado su sonrisa, pero se dijo que la expresión de afecto de Aleix no podía ser fingida. Y si lo era, el chico se merecía un Oscar.

—Sí —respondió él por fin—. Estaba muy enamorada de Marc. Desde siempre. —Sonrió de verdad esta vez.

—Pero ¿él no la correspondía?

Aleix negó con la cabeza. Ella insistió:

—Había conocido a una chica en Dublín, ¿no es así?

—Sí. Una chica española que estudiaba allí. Gina se lo tomó muy mal.

—¿Lo bastante como para empujarlo por la ventana?

Él le lanzó una mirada cargada de impaciencia.

—Gina estaba borracha esa noche, agente. Antes se habría caído ella... Pensar eso es ridículo.

La seguridad con que lo dijo la desarmó. Era exactamente lo mismo que opinaba Leire.

—Entonces, ¿a qué crees que se refería cuando escribió esto en el ordenador? —Leire sacó sus notas y leyó en voz alta las últimas palabras que había dejado Gina en la pantalla. Observaba de reojo a Aleix mientras las leía y vislumbró en su semblante una sombra de culpabilidad.

—No tengo ni idea —dijo él. Se levantó de la cama y se acercó a ella—. ¿Puedo verlo?

Leire le mostró la transcripción. La expresión de Aleix pasó de la sorpresa a la incredulidad, y de ésta a algo parecido al temor.

—¿Lo escribió así? ¿Tal y como está aquí? —murmuró él.

—Sí. Lo anoté exactamente igual que estaba escrito.

Él estuvo a punto de decir algo, pero se mantuvo callado. Y entonces se oyó la voz del doctor Rovira, llamándolo desde abajo.

—Debo irme. —Se paró en la puerta—. ¿Aún quieren verme en comisaría? ¿El lunes? —Había cierto aire de reto en su postura.

—Sí.

—En ese caso, hasta el lunes.

Salió deprisa, y Leire releyó la nota, pensativa. Se les escapaba algo, estaba segura. Y ardía en ganas de ver a Salgado para intercambiar impresiones.

27

Tras la lluvia del día anterior, el sol se vengaba, fustigando con fuerza la ciudad desde primera hora de la mañana. Ni siquiera con la ventana y el balcón abierto se podía estar, pensó Carmen, mientras se enjugaba el sudor de la frente con un trozo de papel de cocina. Y eso que a ella siempre le había gustado el verano, desde niña, pero no esto: ese sol de fuego que caía a plomo sobre las calles y la tenía todo el día sudorosa y malhumorada. Se sirvió un vaso de agua fría de la jarra y lo bebió a sorbos pequeños, con cuidado. Se dio la vuelta y la apagó: hasta la música le daba calor. Tendría que haberle hecho caso a ese joven tan amable que se presentó en su puerta hacía un par de semanas para convencerla de que instalara el aire acondicionado. Carmen lo había escuchado atentamente e incluso había concertado otra cita con él, pero al final no se había decidido. Los aparatos modernos la intranquilizaban, pero en ese momento se reprochó no haberle hecho caso.

El agua fresca la sosegó un poco y le dio los ánimos suficientes para terminar de preparar el gazpacho. Era lo único que conseguía tomar en verano: un vaso de gazpacho fresquito. Cuando acabó, lo metió en la nevera y recogió la cocina. «Ya está», pensó con un deje de desidia. Ya lo tenía todo hecho. Le quedaba un larguísimo y bochornoso día por delante. Se dirigió al balcón, pero a esa hora el sol le daba de lleno y desistió de asomarse a la calle. Cómo había cambiado ese barrio… «Para bien», se dijo. Ella nunca había sido propensa a la falsa nostalgia. Cualquier tiempo pasado no era mejor, aunque desde luego sí era más entretenido. Era lo peor de la vejez; esas horas eternas que no se llenaban ni con la televisión ni con las revistas. Antes al menos tenía en la escalera a Ruth, y a Guillermo. Ese niño sí que era un sol. Como siempre que pensaba en él, en ese crío para el que había sido una abuela, Carmen evocaba a su hijo. ¿Cuánto hacía que no sabía nada de él? ¿Cuatro años? ¿Cinco? Al menos no había vuelto a pedirle dinero; Héctor se había ocupado de eso. Héctor… ¡Pobre Héctor! Y no es que ella juzgara mal a Ruth, no. Cada matrimonio se sabía lo suyo, y si esa chica se había ido después de tantos años por algo sería. Pero los hombres no sabían estar solos. Eso era una verdad como un templo, allí y en la China. En el siglo veinte y en el veintiuno. Ni siquiera se alimentaban como es debido.

La idea se le ocurrió entonces, y, aunque era algo con lo que no se sentía del todo cómoda, decidió llevarla a cabo. Seguro que a Héctor no le importaría que entrara en su casa. Fue a la cocina, vació la mitad del gazpacho en una jarra limpia, cogió las llaves del piso de su vecino y se dirigió a la puerta. Al ver la escalera estuvo a punto de volver atrás, pero impulsada por la buena voluntad, y en parte por el aburrimiento, emprendió el camino con la jarra en la mano. Esa escalera olía raro, se dijo al pasar por el siguiente rellano. A cerrado, o a podrido. Ella había ido perdiendo el olfato con los años, pero definitivamente algo hedía por allí cerca. Ya había pasado otras veces: algún animalejo se colaba en el piso vacío y se moría allí. Siguió subiendo, despacio, porque tampoco tenía ninguna prisa, y llegó a la puerta del tercero. Un segundo después, sintiéndose un poco como una vecina cotilla, estaba dentro del piso.

La distribución era básicamente idéntica a la del suyo, así que, aunque las persianas estaban bajadas, avanzó en dirección a la cocina sin encender la luz. La nevera, vacía como un burdel en cuaresma, acogió la jarra con un ronroneo de satis-facción. Carmen la cerró y ya salía de la cocina cuando oyó un ruido procedente de la habitación de matrimonio. Como si la puerta se hubiera cerrado de golpe por el viento. Pero no ha-bía corriente, se dijo. Ni una leve brisa corría por ese piso de ventanas cerradas. Llevada por la curiosidad, cruzó el come-dor y se plantó delante de la habitación grande. Efectivamen-te, la puerta estaba cerrada. Giró el pomo despacio y luego dio un leve empujón a la puerta, que se abrió de par en par.

Tropezó con algo que no identificó, un canto duro. Por las rendijas de la persiana apenas entraba un poco de luz, así que pulsó el interruptor para encender la del techo, pero al ro-zarlo sus dedos no tocaron el esperado plástico, sino una mano que se apoyaba sobre la suya. Retrocedió de un salto, súbitamente consciente de que había alguien ahí pero al mis-mo tiempo lo bastante asustada para que el miedo le impidie-ra reaccionar. Se quedó quieta, viendo cómo aquella silueta oscura emergía de las sombras. Habría gritado, por inútil que fuera, si le hubiera salido la voz, pero sus cuerdas vocales se habían quedado paralizadas. Como ella.

Un segundo después, Carmen cerraba los ojos y alzaba el brazo, en un intento pueril de protegerse de la figura negra que empuñaba una especie de palo largo. El primer golpe cayó sobre su hombro y la obligó a bajar el brazo con un ge-mido de dolor. El segundo la sumió en un abismo sin fondo.

28

Héctor y Leire habían salido ya del piso de los Martí y se enfrentaban ahora al intenso calor de mediodía que castigaba el centro de Barcelona. Era un día sin sombras: diáfano y sofocante. Uno de esos días en que la ciudad brillaba sin matices, como un escenario en technicolor habitado casi únicamente por turistas con bermudas y gorras, armados con cámaras digitales y planos de papel. Mientras bajaban lentamente por Rambla Catalunya, Héctor pensaba en los últimos momentos en el piso de Via Augusta: los Rovira, Aleix incluido, se habían ido antes, y los Castells tardaron poco en hacer lo mismo. Resultaba obvio que nadie se sentía a gusto. Salvador Martí era el único que no parecía enterarse de las sospechas que se expresaban con cada pésame, con cada «lo siento», de la aprensión con que Enric Castells le daba la mano, de las miradas de soslayo de Glòria y la señora Rovira. Regina, por su parte, se había negado a salir de su cuarto y a recibir a nadie en él, a pesar de que las otras dos mujeres habían llamado a su puerta.

Las terrazas del paseo invitaban a sentarse, aunque en el fondo ambos sabían que el aire acondicionado era, a aquellas horas, la única forma de huir del calor. La calle, sin embargo, les concedía cierto anonimato a la hora de comentar los últimos detalles del caso. Ya acomodados en una de esas mesas, y con dos cafés con hielo delante, Héctor puso al corriente a Leire de sus conversaciones con Fèlix Castells y Regina Ballester, aunque se calló por prudencia que el nombre del comisario Savall había salido a relucir. Ella, por su parte, relató a Salgado su charla con Aleix Rovira, y su impresión, renovada, de que ese chico, como antes hiciera Gina, les ocultaba algo importante.

—¿Te das cuenta de que todos los hilos de este caso acaban en dos nombres? —preguntó Héctor cuando ella hubo terminado—. Como si nos moviéramos en un eje de coordenadas: por un lado, Aleix, amigo de todos, amante de Regina, manipulador nato; por otro, esa Iris... aunque esté muerta.

Leire asintió. Su cerebro funcionaba a toda máquina a pesar del calor.

—Hay algo curioso. Marc recordó todo eso mientras estaba en Dublín. ¿Por qué? ¿Y quién envió ese correo a Joana Vidal?

Héctor empezaba a tener una vaga sospecha con relación a esas preguntas.

—Iris Alonso tenía una hermana menor. Inés, creo que se llama. —Soltó un bufido que sonaba bastante a exasperación—. Mañana saldremos de dudas. Hoy debemos concentrarnos en el otro eje.

—Aleix. —Leire se tomó unos segundos antes de seguir hablando—. Hay algo claro: si Regina estaba con él ayer por la tarde, según le ha dicho ella misma hace un rato, Aleix no pudo ir a casa de Gina.

El inspector asintió.

—¿Sabes una cosa? Lo peor de todo esto es que no logro imaginarme a nadie de este caso como un asesino. Son todos demasiado educados, demasiado correctos, están demasiado preocupados por las apariencias. Si alguno de ellos mató a Marc y después a Gina, tuvo que hacerlo por un motivo muy poderoso. Un odio muy profundo o un miedo cerval, descontrolado.

—Lo que nos vuelve a llevar a Iris... Si simplemente se ahogó en la piscina, si su muerte fue un accidente, nada de esto tiene sentido. —Leire recordó la cara del padre Castells en la cafetería—. Pero de eso sólo tenemos la palabra del sacerdote.

Héctor la miró a los ojos.

—Sé lo que estás pensando, pero creo que no deberíamos precipitarnos.

—¿Ha leído el resto del blog, inspector? En sus últimas entradas Marc no para de hablar de justicia, de que el fin justifica los medios, de que falta poco para que la verdad salga a la luz.

—Y en su último e-mail a su madre le comentó que debía ocuparse de un asunto importante en Barcelona. Algo que tenía que resolver. Algo seguramente relacionado con la muerte de Iris.

—Cuando hablaba de ejes de coordenadas, creo que se le olvidó uno, inspector. Precisamente el que lo cruza por la mitad. El único nombre que aparece en ambos casos. —Leire adoptó un tono duro, exento de la menor simpatía—. El padre Fèlix Castells.

No cabía duda de que tenía razón, pensó Héctor. Y su impresión de que el sacerdote ocultaba algo regresó a su mente con más fuerza.

—Si se trata de eso, el asunto puede tomar un cariz muy feo.

—Piénselo. Todos esos detalles sobre Iris, la anorexia, el súbito cambio de carácter, se corresponden totalmente con el perfil de una víctima de abusos sexuales. Marc era sólo un niño ese verano, pero tal vez en Dublín empezó a recordar, por la razón que fuera, y llegó a la misma conclusión que nosotros ahora.

Héctor terminó el razonamiento.

—Y volvió a Barcelona dispuesto a desentrañar la verdad. Pero ¿cómo? ¿Acusó a su tío abiertamente?

—Quizá lo hizo. Quizá fue a verle. Quizá el padre Castells se asustó y decidió acabar con su sobrino.

La argumentación contenía una lógica aplastante. Pero la lógica, como de costumbre, dejaba a un lado los sentimientos.

—No olvidemos que se querían —repuso Salgado—. Marc había vivido con un padre distante, y créeme si te digo que sé lo que es eso, y luego se encontró metido en una familia postiza que le relegaba a un segundo plano. Su tío había sido una especie de «madre suplente». Habría tenido que estar muy seguro de lo que sospechaba para atreverse a traicionarle. Y, por otro lado, ese hombre quería a su sobrino como a un hijo. De eso estoy seguro. Había cuidado de él, lo había criado… No se puede matar a un hijo, haga lo que haga.

—¿Ni siquiera para salvarse a uno mismo?

—Ni siquiera para eso.

Por unos instantes permanecieron inmersos en sus pensamientos. Héctor supo que debía desembarazarse de la agente Castro y hablar con Savall. La mente de Leire, sin embargo, viajaba en ese momento lejos del caso. Padre distante, amor entre hijos y sus progenitores… Todo eso empezaba a afectarle demasiado y sintió la súbita necesidad de ver a Tomás.

—Tengo que ocuparme de un par de asuntos personales ahora —dijo Héctor, y ella suspiró aliviada.

—Perfecto. Yo también —musitó, casi para sí misma.

—Hay algo que me gustaría que hicieras esta tarde. —Y, bajando un poco la voz, Héctor le explicó su plan.

La subinspectora Andreu no estaba disfrutando lo más mínimo de ese luminoso sábado de verano. De hecho, ya se había levantado de mal humor después de pasar media noche en vela dándole vueltas a su encuentro con aquella mujer asustadiza en el Parc de la Ciutadella. Pero las dudas no se habían disipado, y al despertar la habían atacado con mayor vigor aún. Al final discutió con su marido, algo que detestaba y que no solía sucederle, y, a pesar de las malas caras, decidió que tenía que resolver esos interrogantes cuanto antes. Aunque apreciaba a Héctor Salgado más que a ningún otro compañero, o quizá precisamente por eso, necesitaba llegar al fondo del asunto.

Tenía un único cabo del que tirar antes de enfrentarse a su amigo y preguntarle directamente si había visto a Omar la tarde de su desaparición, tal y como afirmaba la tal Rosa. Era un tiro al aire, pero merecía la pena probarlo. La dichosa cabeza de cerdo había sido servida por una carnicería cercana que solía suministrar delicias parecidas al macabro doctor. Tal vez en este caso la hubiera pedido él mismo, como siempre. O tal vez no... Y cuando empujaba la puerta del establecimiento, situado no muy lejos de la consulta del doctor, deseó con todas sus fuerzas que en esa ocasión hubiera sido el propio Omar quien efectuó el repugnante encargo.

La tienda estaba vacía, y a Martina no le extrañó demasiado. Sábado al mediodía, demasiado calor para ir de compras, y un género que su madre habría calificado de segunda clase sin la menor vacilación. Al otro lado del mostrador, un tipo grueso, provisto de un delantal que ya nunca volvería a ser blanco, la miró con una sonrisa en los labios. Un gesto de bienvenida que se esfumó en cuanto ella le comunicó que el motivo de su visita no era precisamente abastecer su nevera de chuletas.

—Ya vinieron a verme por eso —repuso el tendero, de mal humor—. ¿Qué quiere que le diga? Si me piden una cabeza de cerdo, yo se la vendo. Lo que hagan luego con ella no es asunto mío.

—Claro que sí. Pero tampoco le pedirán muchas, ¿no? Quiero decir que no suele tenerlas en la tienda, a la venta...

—La cabeza entera no, por supuesto. Aunque ya sabe que del cerdo se aprovecha todo —puntualizó el hombre, orgulloso.

—¿El doctor se las encargaba en persona? ¿O por teléfono?

—Al principio venía en persona. Luego por teléfono. —En ese momento, un chaval de unos quince años, la viva imagen del tendero a escala reducida, salió del almacén—. Mi hijo le llevaba los pedidos a su casa, ¿verdad, Jordi? Somos una tienda pequeña, señora, hay que cuidar a la clientela.

«Y limpiar los cristales», pensó Martina.

—¿Quién atendió la llamada esta vez? ¿Usted o su hijo?

—Yo —dijo el chaval.

—¿Te acuerdas de cuando llamó?

—Dos o tres días antes, no lo sé. —El chico no tenía aspecto de ser un genio, y, desde luego, no parecía muy interesado por la conversación. Sin embargo, pareció recordar algo de repente—. Aunque esa vez no llamó él.

—¿No? —La subinspectora trató de disimular el nerviosismo en la voz—. ¿Quién fue?

El chico se encogió de hombros. Tenía la boca medio abierta. Martina sintió la tentación de zarandearlo hasta borrarle esa expresión atontada de la cara. Sin embargo, le sonrió y volvió a preguntar:

—¿Era su ayudante? —Ignoraba si Omar tenía un ayudante, pero fue lo único que se le ocurrió.

—Ni idea. —Jordi hizo un leve esfuerzo por recordar, que se tradujo en una boca dos milímetros más abierta.

—¿Qué te dijo? Es importante, ¿sabes?

—Pues eso.

Martina se mordió los labios, pero algo en su gesto debió de inspirar al carnicero júnior a seguir hablando.

—Era un hombre. Dijo que llamaba de parte del doctor Omar, que le lleváramos una cabeza de cerdo a su casa el martes por la tarde, a última hora.

—¿Y eso hiciste?

—Claro. La llevé yo mismo.

—¿Viste a Omar?

El chico negó con la cabeza.

—No, ese mismo tipo me dijo que el doctor estaba ocupado. Que tenía visita.

—¿Cómo sabes que era el mismo?

Jordi pareció sorprendido por la pregunta.

—¿Quién iba a ser? —Vio que la respuesta no satisfacía a esa señora tan exigente y recordó otro detalle—. Además, tenían el mismo acento.

—¿Qué acento?

—Sudamericano. Bueno, no exactamente.

Martina Andreu tuvo que hacer un esfuerzo sobrehumano por no sacarle una respuesta clara a golpes.

—Piénsalo bien —insistió con voz suave. Intentó encontrar algún referente que aquel chaval pudiera entender—. ¿Hablaba como Ronaldinho? ¿O más bien como Messi?

Eso aclaró totalmente los recuerdos del aprendiz de carnicero. Sonrió como un niño feliz.

—¡Eso! Como Messi. —Habría gritado «Visca el Barça!» si la mirada de la subinspectora Andreu no le hubiera conminado, sin lugar a dudas, a cerrar la boca.

29

Un sorprendido Lluís Savall abrió la puerta de su domicilio, un cómodo piso de la calle Ausiàs March, cerca de la Estació del Nord. Recibir a inspectores en su domicilio, en sábado y a la hora de comer, no era precisamente el plan predilecto del comisario, pero el tono de voz de Héctor le había despertado algo más que curiosidad. Por otro lado, sus hijas no estaban en casa, para variar, y su mujer se había ido a la playa con una amiga y no volvería hasta la tarde. El comisario, pues, disponía del piso para él solo y había dedicado parte de la mañana a avanzar en su puzzle de cinco mil piezas, de las que le faltaba colocar aún más de mil. Era su pasatiempo favorito, tan inocuo como relajante, y tanto su mujer como sus hijas lo fomentaban regalándole un puzzle tras otro, cuanto más complicados mejor. Ése, por cierto, acabaría formando la imagen de la Sagrada Família, pero de momento estaba tan inacabado como el templo original.

—¿Quieres tomar algo? ¿Una cerveza? —preguntó Savall.

—No, gracias. Lluís, lamento molestarte hoy, de verdad.

—Bueno, no es que tuviera gran cosa que hacer —repuso el comisario, pensando en su rompecabezas con un poco de añoranza—. Pero siéntate, no te quedes de pie. Voy a buscar una cerveza para mí. ¿Seguro que no quieres una?

—Seguro.

Héctor se sentó en una de las butacas mientras pensaba en

cómo enfocar el asunto. Savall volvió enseguida, con dos latas y sendos vasos. Frente a él, tras aceptar por fin la dichosa cerveza, Salgado se dijo que nadie que ostentara un puesto de autoridad debería vestir nunca de pantalón corto.

—¿Qué te trae por aquí? —preguntó el comisario—. ¿Algo nuevo en el caso de esa chica?

—¿De Gina Martí? —Héctor negó con la cabeza—. Pocas novedades. Al menos hasta que nos llegue el informe forense.

—Ya. ¿Y bien?

—Quería hablar contigo hoy, fuera de comisaría. —Héctor se enfadó consigo mismo por dar más rodeos y decidió coger el toro por los cuernos—. ¿Por qué no me dijiste que conocías ya a los Castells?

La pregunta sonó a acusación. Y Savall cambió de humor al instante.

—Te dije que había sido amigo de su madre.

—Sí. Pero no mencionaste que habías llevado otro caso relacionado con ellos. —Se preguntó si haría falta decir el nombre o si el comisario sabría ya a qué se estaba refiriendo. Por si acaso, continuó—: Hace años una niña se ahogó durante unos campamentos. El director, o como se llame el cargo, era Fèlix Castells.

Savall podría haber fingido: aparentar que lo había olvidado, que no había asociado ambos nombres, dos muertes separadas por trece años. Y tal vez Héctor le habría creído. Pero sus ojos le traicionaron, revelando lo que ambos sabían: el caso de Iris Alonso, la niña ahogada entre muñecas, era de los que persistían en la memoria a lo largo de los años.

—No recuerdo el nombre de esa niña…

—Iris.

—Sí. Era un nombre poco común entonces. —El comisario dejó el vaso en la mesita de centro—. ¿Tienes un cigarrillo?

—Claro. Creía que no fumabas.

—Sólo de vez en cuando.

Héctor le pasó un cigarrillo y le ofreció fuego, encendió otro para él y esperó. El humo de ambos formó una nubecilla blanca.

—Luego tendré que abrir la ventana —dijo Savall—. O Elena me echará la bronca de siempre.

—¿Qué recuerdas de ese caso? —insistió Salgado.

—Poca cosa, Héctor. Poca cosa. —En sus ojos se apreciaba que, aunque no fueran muchos, los recuerdos no eran nada agradables—. ¿A qué viene esto ahora? ¿Tiene algo que ver con lo que le sucedió al hijo de Joana?

—No lo sé. Quizá tú puedas decírmelo.

—Le recuerdo. A Marc. Era sólo un crío y estaba muy impresionado. Conmocionado.

—La encontró él, ¿verdad?

Savall asintió, sin preguntar cómo lo sabía.

—Eso me dijeron. —Meneó la cabeza—. Los niños no deberían ver cosas así.

—No. Ni tampoco deberían morir ahogados.

El comisario miró a Héctor de reojo, y su semblante, que unos segundos antes denotaba incomodidad, aprensión incluso, manifestó entonces una dura impaciencia.

—No me gusta ese tono. ¿Por qué no preguntas lo que quieres saber?

«Porque no sé muy bien qué preguntar», pensó Héctor.

—Lluís, hace años que nos conocemos. No eres sólo mi jefe, te has portado conmigo como un amigo. Pero ahora mismo tengo que saber si hubo algo raro en el caso de esa niña. Algo que ahora, trece años después, pueda suponer una amenaza para alguien.

—No sé si te entiendo.

Héctor apagó el cigarrillo.

—Sí me entiendes. —Tomó aire antes de seguir—. Sabes perfectamente de qué te hablo. Hay detalles que tuvieron que salir a la luz en esa investigación: Iris no comía, se había escapado de esa casa dos días antes, mostraba una conducta insolente y había cambiado mucho en el último año. Su madre no podía dominarla. ¿Todo eso no te hizo pensar en algo?

—Estás hablando de hace muchos años, Héctor.

—Los abusos a menores no son cosa de ahora, Lluís. Han existido siempre. Y se han tapado durante muchos años.

—Espero que no estés insinuando lo que creo.

—No insinúo nada. Me limito a preguntar.

—No había ninguna prueba de eso.

—¿Ah, no? ¿Su conducta no te pareció prueba suficiente? ¿O acaso os fiasteis de lo que os dijo el padre Castells? Un sacerdote de buena familia, ¿por qué dudar de alguien así?

—¡Basta! No te tolero que me hables así.

—Te lo diré de otro modo, entonces. ¿La muerte de Iris Alonso fue un accidente?

—Lo creas o no, sí. —Savall le miró a los ojos, intentando imprimir toda su autoridad a esa afirmación.

Héctor no tenía más remedio que aceptarla, pero no estaba dispuesto a rendirse fácilmente.

—¿Y las muñecas? ¿Qué hacían esas muñecas flotando en el agua?

—¡He dicho que basta! —Hubo una pausa, tan cargada de amenazas como de interrogantes—. Si quieres revisar el caso, encontrarás el expediente. No hay nada que ocultar.

—Me gustaría creerte.

Savall le observó con severidad.

—No tengo por qué darte ninguna explicación. Esa niña se ahogó en la piscina. Fue un accidente. Es algo terrible, pero sucede todos los veranos.

—¿De verdad no tienes nada más que añadir?

Savall negó con la cabeza y Héctor se levantó de la butaca. Iba a despedirse, pero el comisario tomó la palabra de nuevo.

—Héctor. Has dicho que somos amigos. Como tal, ¿puedo pedirte que aceptes mi palabra sobre este asunto? Podría exigirte que dejes este caso, pero prefiero confiar en tu amistad. Yo he demostrado mi aprecio hacia ti. Quizá es hora de que hagas lo mismo.

—¿Me estás pidiendo un favor? Si es así, dilo claro. Dilo, y entonces sabré a qué atenerme.

Savall tenía la vista clavada en el suelo.

—La justicia es un espejo de dos caras. —Alzó la cara despacio y siguió hablando—: Por un lado refleja a los muertos y por el otro a los vivos. ¿Cuál de los dos grupos te parece más importante?

Héctor meneó la cabeza. De pie, frente a su superior, contempló a aquel hombre que le había echado una mano en los momentos difíciles e intentó buscar en su interior el agradecimiento que le debía, la confianza que siempre le había inspirado.

—La justicia es un concepto difuso, Lluís, en eso estamos de acuerdo. Por eso prefiero hablar de verdad. Verdad hay una sola, para los vivos y para los muertos. Y eso es lo único que vine a buscar, pero veo que no lo voy conseguir.

Parado ante el ascensor, Héctor se dio cuenta de que salía de esa casa con mal sabor de boca y se planteó seriamente volver a llamar a la puerta, entrar y empezar aquella conversación de nuevo. Estaba ya con una mano en el timbre de la puerta cuando sonó el móvil y sus prioridades cambiaron de inmediato. Era Martina Andreu y llamaba para informarle de que su casera, Carmen, había sufrido una agresión en su domicilio. El ascensor se había ido, pero él ya no lo esperó; bajó corriendo y tomó un taxi hacia el Hospital del Mar.

30

Si a los hombres se les conquistaba por el estómago, estaba claro que los cuatro platos que había comprado Leire en un establecimiento de comidas preparadas no iban a conseguir que Tomás cayera rendido a sus pies. Mientras le veía masticar con desgana las croquetas recalentadas, Leire casi se apiadó de él. Había contestado al teléfono con una voz cavernosa que indicaba que las copas con los colegas se habían prolongado hasta la madrugada y había accedido a regañadientes a ir a su casa a comer algo. Ahora se esforzaba en parecer despierto y hambriento, sin adivinar que el postre que le esperaba iba a ser más difícil de tragar que todo lo anterior.

—¿Qué tal anoche? —preguntó Tomás, mientras dudaba entre si coger otra croqueta o una empanadilla brillante de aceite. Optó por beber agua.

—Bastante duro. Una chica muerta. En la bañera de su casa.

—¿Suicidio?

—Aún no lo sabemos —dijo ella en un tono que pretendía zanjar el tema—. Oye, siento haberte despertado antes… pero tenemos que hablar.

—Vaya… Eso suena a mal rollo. —Le sonrió. Apartó el plato de la mesa con cara de asco—. No tengo mucha hambre.

Ella sí, pero daba lo mismo. No conseguiría probar bocado hasta que se hubiera sacado de encima el peso que la agobiaba. Por última vez recordó el consejo de María. ¿Qué ganaba con decírselo? Podía cortar con él, ahí y en ese instante, decirle que había conocido a otro, y ese chico seguiría con su vida tranquilamente, ignorante de que ella esperaba un hijo suyo. Se buscaría a un ligue con quien ir de crucero y olvidaría con rapidez esa media docena de polvos salvajes. Quizá volvería a llamarla algún día, pero ella no respondería al teléfono. Se le escapó un suspiro. ¿Por qué diablos tenía que ser tan sincera? Nunca había podido mentir, ni por ella ni por nadie. Las mentiras se le ocurrían, pero cuando llegaba el momento de decirlas, algo en su interior las reconvertía en la verdad. Y, al fin y al cabo, se repitió, ella no pretendía pedirle nada: ni dinero, ni responsabilidades. El niño había sido engendrado por los dos, pero ella y sólo ella había decidido que el embarazo siguiera adelante. Él podía largarse y no iría a buscarlo. Esa idea, la posibilidad factible de que eso sucediera, le dolió un poco más de lo que estaba dispuesta a admitir. Se percató entonces de que él le decía algo y volvió a la realidad.

—… dejémoslo estar. Ya sé que te agobian los compromisos, me lo dejaste muy claro. Pero pensé que sería divertido.

—¿El qué?

—Lo del barco. —La miró extrañado y sonrió—. ¡Creía que el resacoso era yo!

—Claro que sería divertido.

Él abrió los brazos, con gesto de rendición.

—No hay quien os entienda. Pensé que te había agobiado la idea de pasar diez días conmigo… Que te habías sentido presionada o algo así.

—Estoy embarazada.

Él tardó unos segundos en procesar la información. Y unos segundos más en intuir que, si se lo decía, era porque probablemente él tenía algo que ver en eso.

—¿Em… barazada?

—Tengo que ir el lunes al médico, pero estoy segura, Tomás.

—¿Y…? —Tomó aire antes de preguntarlo. Ella le ahorró el esfuerzo.

—Es tuyo. También estoy segura de eso. —Lo hizo callar con la mano—. Tranquilo. Tómate tu tiempo. No hace falta que digas nada ahora.

Desde luego él parecía haberse quedado sin palabras. Carraspeó. Se removió en la silla. Ella no habría sabido decir qué indicaba su rostro: sorpresa, perplejidad, ¿desconfianza?

—Escúchame —prosiguió Leire—. Te lo estoy contando porque creo que tienes derecho a saberlo. Pero si ahora mismo te levantas de esa silla y te marchas, lo entenderé perfectamente. No es que seamos novios, ni nada de eso. No me sentiré decepcionada, ni defraudada, ni...

—Joder. —Se echó hacia atrás, apoyando la espalda en la silla, y la miró como si no pudiera creerla—. No podría levantarme de la silla aunque quisiera.

Ella no pudo evitar sonreír.

—Lo siento —susurró—. Ya sé que no es lo que esperabas oír.

—Seguro que no. Pero gracias por decírmelo. —Al parecer empezaba a reaccionar. Hablaba despacio—. ¿Estás segura?

—¿De que es tuyo?

—¡De que estás embarazada! Si aún no te ha visto el médico...

—Tomás.

—Vale. Y ¿qué piensas hacer?

—¿Te refieres a si voy a tenerlo? —Era la pregunta lógica—. Sí.

—Ya. —Asintió con la cabeza despacio—. Así que simplemente me lo comunicas, ¿no?

Leire iba a contradecirle pero se dio cuenta de que, en el fondo, él tenía razón.

—Sí.

—Y las alternativas que me dejas son...

—Pues puedes ir a comprar tabaco y no volver nunca —dijo ella—. O quedarte y hacer de padre del niño.

—Creo que la opción tabaco está pasada de moda.

—Lo clásico no pasa de moda.

Él sonrió, a su pesar.

—¡Eres increíble!

—Tomás —Ella le miró con seriedad, e intentó que las frases que iba a pronunciar reflejaran exactamente lo que quería decir, que no sonaran a amenaza, ni a coacción, ni a autosuficiencia—. La verdad es que me gustas. Me gustas bastante. Pero no tenemos una relación, ni somos novios, ni nada parecido. No sé si estoy enamorada de ti, ni creo que tú lo estés de mí. Tampoco tengo muy claro qué es estar enamorada, si te soy sincera… Pero si yo no estuviera embarazada, me iría contigo de crucero y veríamos qué pasa. Dadas las circunstancias —prosiguió, señalándose la barriga—, todo cambia.

Él asintió. Inspiró profundamente. Estaba claro que en su mente se agolpaba un sinfín de ideas, de preguntas, de posibilidades.

—No te enfades —repuso por fin—. Pero creo que necesito tiempo para hacerme a la idea.

—No eres el único. Los dos tenemos unos siete meses aproximadamente para eso.

Él se levantó y ella supo que se iba.

—Te llamaré —dijo él.

—Claro. —Ya no le miraba. Tenía la vista puesta en la mesa.

—Oye… —Él se acercó a ella y le acarició la mejilla—. No estoy huyendo. Sólo te pido un tiempo muerto.

Se volvió hacia él, y no pudo evitar la ironía en su voz:

—¿Te has quedado sin tabaco?

Tomás sacó un paquete del bolsillo superior de la camisa.

—No.

Leire no dijo nada. Notó que la mano se alejaba de su mejilla y que Tomás retrocedía un paso. Cerró los ojos y lo siguiente que oyó fue la puerta de la calle. Cuando los abrió, él ya no estaba.

31

La flamante sala de espera del Hospital del Mar estaba tan llena como cabía esperar un sábado del mes de julio, y Héctor tardó unos instantes en localizar a la subinspectora Andreu. De hecho, fue ella quien le vio primero y se dirigió a él. Apoyó una mano en su hombro y Héctor se volvió, sobresaltado.

—¡Martina! ¿Qué ha pasado?

—No lo sé. Parece que alguien entró en su casa y la atacó. Está grave, Héctor. La han llevado a la UCI. No ha recobrado el conocimiento.

—Mierda. —La expresión de su rostro era tan intensa que la subinspectora temió que fuera a perder el control—. Héctor… salgamos un momento. Ahora mismo no hacemos nada aquí y… Tengo que hablar contigo.

Pensó que él se negaría, que exigiría hablar con el doctor, pero lo que hizo fue hacerle la inevitable pregunta que ella había esperado.

—¿Por qué la encontraste tú?

La subinspectora lo miró fijamente, intentando ver en aquel semblante alterado una señal que le permitiera decidir, saber. No la encontró, de manera que se limitó a responder en voz baja:

—De eso quería hablarte. Vamos fuera.

El sol arrancaba destellos de los retrovisores de los coches. Eran las tres y media de la tarde y el termómetro marcaba treinta grados centígrados. Sudoroso, Héctor encendió un cigarrillo y fumó con avidez, pero tenía el estómago revuelto y la nicotina le sabía a rayos. Tiró el resto del pitillo al suelo y lo pisoteó.

—Tranquilízate un poco, Héctor. Por favor.

Él echó la cabeza hacia atrás y respiró hondo.

—¿Cómo la encontraste?

—Espera un momento. Hay un par de cosas que debes saber. Tengo novedades en el caso de Omar. —Esperaba ver alguna reacción en la cara de su compañero, pero lo único que asomó a ella fue interés, ganas de saber—. Héctor, te lo pregunté el miércoles mientras comíamos, pero ahora seamos claros. ¿Viste a Omar el martes?

—¿A qué viene esto?

—¡Contesta, joder! ¿Crees que insistiría si no fuera importante?

La miró con una mezcla de frustración y rabia.

—Te lo digo por última vez. No vi a Omar el martes. No volví a verlo después de aquel día. ¿Está claro?

—¿Y qué hiciste el martes por la tarde?

—Nada. Volví a casa.

—¿No hablaste ni con tu ex ni con tu hijo?

Héctor desvió la mirada.

—¿Qué coño hiciste?

—Me senté a esperar que alguien se acordara de llamarme. Era mi cumpleaños.

Martina no pudo reprimir una carcajada.

—¡Joder, Héctor! El tipo duro del mes, el que va repartiendo hostias a los sospechosos, y luego se sienta a llorar en casa porque nadie se acuerda de él…

Él sonrió, a su pesar.

—Los años, que le vuelven a uno sensible.

—Lo peor es que te creo, pero una testigo te vio delante de su casa el martes por la tarde, sobre las ocho y media.

—¿Qué estás diciendo? —casi gritó él.

—Héctor, me limito a informarte de lo que he averiguado. Ni siquiera tendría por qué hacerlo, así que haz el favor de no levantarme la voz. —Pasó a contarle el testimonio de Rosa, sin omitir un solo detalle, así como los datos obtenidos en la carnicería ese mediodía—. Por eso fui a tu casa. La puerta de la escalera estaba abierta y subí; cuando pasaba por delante del primer piso me fijé en que esa puerta tampoco estaba cerrada y me pareció raro. La empujé y… me encontré con esa pobre mujer en el suelo, inconsciente.

Salgado oyó el relato de su compañera sin interrumpirla ni una sola vez. Mientras la escuchaba, su cerebro intentaba encajar en él las otras piezas: las inquietantes grabaciones de él golpeando a Omar y de Ruth en la playa. No lo consiguió, pero pensó que Andreu se merecía saberlo. No quería ocultarle nada más, así que se lo contó en cuanto ella hubo terminado. Luego ambos se quedaron callados, meditando, cada uno absorto en sus propias dudas y temores. Héctor reaccionó antes y sacó el móvil. Nervioso, buscó el número de su hijo en la agenda y pulsó la tecla de llamada. Por suerte, Guillermo contestó enseguida esta vez. Salgado habló con él durante un par de minutos, tratando de aparentar normalidad. Luego, sin pensárselo, llamó a Ruth. Una fría voz que anunciaba que el número estaba apagado o fuera de cobertura fue la única respuesta.

Mientras tanto, Martina Andreu le observaba atentamente. Él lo notó, pero se dijo que estaba en su derecho. Había motivos para sus sospechas, y de repente cayó en la cuenta de que, ironías del destino, tendría que esgrimir ante ella el mismo argumento que una hora antes había oído en boca de Savall. Apelar a su amistad, a la confianza, a los años de servicio juntos.

—¿Ruth no contesta? —preguntó ella cuando él guardó el móvil.

—No. Está fuera. En el apartamento de sus padres, en Sitges. Luego la volveré a llamar. Lo del DVD no le hizo ninguna gracia, como puedes comprender —Se volvió hacia la subinspectora Andreu—. Tengo miedo, Martina. Siento que todo mi entorno está amenazado: yo, mi casa, mi familia… Y ahora esto de Carmen. No puede ser una casualidad. Alguien está destruyendo toda mi vida.

—¿No te estarás tomando en serio las maldiciones del doctor Omar?

Él ahogó una risa amarga.

—Ahora mismo podría aceptar cualquier cosa. —Recordó lo que le había dicho el catedrático de la facultad de historia—. Pero supongo que debo esforzarme por no caer en eso. Voy a ver si hay noticias de Carmen. No tienes por qué quedarte.

Ella miró el reloj. Las cuatro y diez.

—¿Seguro que no te importa?

—Claro que no. Martina, ¿me crees? Sé que todo eso parece muy raro, y que ahora mismo lo único que puedo pedirte es confianza ciega. Pero para mí es importante. Yo no fui a ver a Omar, ni encargué una cabeza de cerdo, ni tengo la menor pista de su paradero. Te lo prometo.

Tardó un poco en contestar, quizá más de lo que él esperaba y menos de lo que ella hubiera necesitado para dar una respuesta absolutamente sincera.

—Te creo. Pero estás metido en un buen lío, Salgado. Eso también te lo digo. Y no sé si alguien podrá ayudarte a salir de él esta vez.

—Gracias. —Héctor relajó los hombros y miró hacia la puerta del hospital—. Voy a entrar.

—Mantenme al corriente de las novedades.

—Lo mismo digo.

Martina Andreu permaneció quieta un momento, viendo cómo Héctor desaparecía por la entrada del hospital. Luego, despacio, fue hacia la parada de taxis, subió en el primero de la fila y dio al conductor la dirección del inspector Salgado.

Sentado en una silla de plástico situada en un pasillo cercano a la UCI, Héctor contemplaba las idas y venidas del personal y los visitantes. Al principio se fijaba en ellos, pero a medida que iba pasando el tiempo entrecerró los ojos y se concentró en sus pasos: rápidos, lentos, firmes o angustiados. Y poco a poco hasta eso desapareció de su mente consciente, inmersa en los recuerdos de todo lo que había sucedido en los últimos cinco días. El vuelo, la maleta perdida, la entrevista con Savall y la visita a la consulta de Omar se mezclaban con las declaraciones de los implicados en el caso de Marc Castells, con la visión de la pobre Gina desangrada en la bañera y con la imagen macabra de la niña ahogada en la piscina en una película tan surrealista como impactante.

No hizo el menor intento de ordenar las secuencias; dejó que fluyeran en su mente, libremente, que lucharan unas con otras por imponerse durante unos segundos en la pantalla de su memoria.

Poco a poco, al igual que el ruido que le rodeaba, esos fotogramas fueron difuminándose. La algarabía se calmó, y su cerebro pasó a centrarse en una única foto fija, borrosa y de mala calidad, protagonizada por él, por un violento y brutal Héctor Salgado golpeando con rabia a un tipo indefenso. Una voz en off se añadió a la imagen, la del psicólogo, el chaval que en el fondo le recordaba a su hijo. «Piense en otros momentos en que se dejó llevar por la ira.» Algo que se había negado a hacer, no sólo esos días sino desde siempre. Pero entonces, mientras aguardaba a que el médico le diera alguna noticia sobre Carmen, esa mujer que le había tratado casi como a un hijo, pudo derribar las barreras y pensar en el otro momento de su vida en que la ira le poseyó; ese otro día en que todo se volvió negro y del que sólo quedó un sabor agrio como la bilis. Su último recuerdo de la primera parte de su vida, el final violento de una etapa. Diecinueve años soportando palizas rutinarias a manos de un padre modelo, aparentemente todo un señor, un hijo de puta con todas las letras que no dudaba jamás a la hora de imponer disciplina. Por qué era normalmente él y no su hermano el blanco de sus iras era algo que el joven Héctor se había preguntado muchas veces en esos diecinueve años. Lo cual no quería decir que el otro se librara, ni mucho menos; pero a medida que iba creciendo, Héctor notaba una mayor crueldad en las que le tocaban a él. Quizá porque ya entonces su padre sabía que él le odiaba con todas sus fuerzas. Lo que nunca sospechó, ni siquiera en los momentos más amargos de su infancia, era que existía otra víctima de esos golpes, alguien que los recibía a puerta cerrada, en la intimidad de una alcoba convenientemente situada en el extremo opuesto de un largo pasillo. Cómo su madre había logrado ocultar los moretones durante todos esos años podía explicarse sólo en el contexto de un hogar donde los secretos eran norma y donde lo mejor era hablar poco y callar mucho.

Él lo descubrió por casualidad, una tarde de viernes que regresó más temprano del entrenamiento de hockey porque se había torcido un tobillo. Creía que no habría nadie en casa, ya que su hermano también tenía entrenamiento ese día, y su madre le había comentado que ella y su padre irían a visitar a una de sus tías, mayor y enferma. Por eso él llegó al piso que suponía vacío dispuesto a disfrutar de esa soledad que ansían todos los adolescentes. No hizo ruido, era una de las normas de su padre, y eso le permitió oír, con absoluta claridad, los rítmicos golpes seguidos de gritos ahogados. Y entonces algo estalló en su cerebro. Todo desapareció de su vista y ante él sólo vio una puerta, que empujó con decisión, y la cara de su padre, que pasó de la sorpresa al pánico cuando su hijo menor, sin un segundo de vacilación, le estampó el stick en el pecho y siguió, golpeándole la espalda, una y otra vez, hasta que los gritos de su madre le hicieron volver en sí. Al día siguiente, aún convaleciente de la paliza, su padre lo arregló todo para que ese hijo descastado siguiera con sus estudios en Barcelona, ciudad en la que tenía parientes. Héctor comprendió que era la mejor solución: empezar de nuevo, no mirar atrás. Lo único que lamentaba era abandonar a su madre, pero ella le convenció de que no corría peligro alguno, de que lo que había sucedido ese día no era en absoluto habitual. Él se marchó y se esforzó por olvidar. Pero esa tarde, sentado en una silla de plástico, a medida que aquel recuerdo se dibujaba claramente en su memoria, la angustia se desvaneció y quedó reemplazada por una sensación de paz extraña, agridulce pero verdadera, que no había sentido desde entonces. Y se dijo, con la mayor tranquilidad, que si la injusticia y la impotencia eran las únicas causas que habían disparado su ira, tanto en su juventud como hacía unos meses, las consecuencias de ella le importaban un bledo. Dijera el mundo lo que dijera.

No supo el tiempo que había pasado, pero notó una mano que le sacudía el hombro. Al abrir los ojos vio a una figura vestida de blanco que le decía, con un semblante que parecía diseñado para dar malas noticias, que Carmen Reyes González estaba fuera de peligro, aunque seguiría en observación durante al menos veinticuatro horas más, y que, desde luego, tardaría en recuperarse del todo. Añadió, con una voz rutinaria que a Héctor le sonó a maliciosa advertencia, que aunque no parecía haber lesiones graves más allá de la contusión, tampoco no podían descartarse complicaciones en las próximas horas dada la edad de la paciente. Podía entrar a verla, sí, pero sólo un momento. Y antes de dejarle pasar, ese médico con cara de enterrador comentó, en un tono de admiración bastante poco profesional, que no dejaba de asombrarle lo mucho que se aferraban a la vida las viejas generaciones. «Están hechas de otra pasta», dijo, meneando la cabeza como si, en vista de lo que hay en el mundo, eso le resultara incomprensible.

32

Leire miró el reloj y no pudo evitar un gesto de fastidio. ¿Por qué todos los tíos desaparecían cuando se les necesitaba? «Empiezo a hablar como María», pensó. Pero lo cierto era que, a pesar de la retirada escasamente digna de Tomás, en ese momento él no era el blanco de sus críticas. El inspector le había dicho que la llamaría a media tarde para concretar detalles. Pues bien, aunque «media tarde» era un término impreciso, ella creía que al menos podría haberse molestado en dar señales de vida. Se resistía a llamarlo; al fin y al cabo Salgado era su superior, y lo que menos le convenía a una siempre era indisponerse con ningún jefe.

En cualquier caso ella había hecho los deberes esa tarde, se dijo, satisfecha. Si iba por orden, había recogido la mesa y tirado las croquetas a la basura; había llorado durante un rato, algo que atribuía a ese estado de atontamiento sensiblero y no a otra cosa, y luego, tras darse una ducha y vestirse de manera informal, tal y como había quedado con el inspector, había ido a comisaría a cumplir con la primera parte de su encargo. La tarea número uno se resolvió en un santiamén: una tal Inés Alonso Valls volaba al día siguiente de Dublín a Barcelona en un vuelo que llegaba a las 9.25 de la mañana, hora local. Había introducido sus datos sin hallar en ellos nada que pareciera importante. La chica tenía veintiún años, llevaba un par estudiando en Irlanda y era hija de Matías Alonso e Isabel Valls.

Su padre había fallecido dieciocho años antes, cuando Inés era muy pequeña, pero su madre aún vivía. Leire había anotado la dirección, tal y como le había dicho Salgado. En cuanto a la tarea número dos... Leire miró el reloj de nuevo, como si sus ojos pudieran acelerarlo. Tenía ganas de hacer esa llamada, pero era pronto. En comisaría había poco movimiento aquel sábado, así que no tenía nada con que distraerse y eso le dejaba tiempo libre para pensar. Inevitablemente su mente regresó a Tomás y a la conversación mantenida con él esa tarde, pero también, y por vez primera, reparó en que él no era el único a quien debería comunicarle la noticia: estaban sus padres, por supuesto, y si todo iba bien, más pronto o más tarde, también sus jefes. «Después del verano», se dijo. Antes tenía que hacerse a la idea ella y no le apetecía escuchar reproches ni consejos. Además, había oído miles de veces que era mejor esperar a que pasaran los tres primeros meses para anunciarlo. Y por primera vez en esas últimas semanas empezó a pensar en ese ser, que hasta el momento sólo le había provocado náuseas matutinas, como en alguien que menos de un año después yacería a su lado en la cama del hospital. Se vio sola con un bebé llorando y la imagen, aunque fugaz, le resultó más aterradora que reconfortante. No quería seguir dándole vueltas a eso, así que, en vistas de que el inspector seguía sin llamar, descolgó el teléfono fijo y marcó el número de su amiga María. En ese momento Santi y los poblachos de África le parecían un tema de conversación apasionante.

Por uno de esos azares de la vida, Leire no era la única que esa tarde pensaba en África. Y no sólo porque el calor que asediaba Barcelona ese día fuera más propio de ese continente que de la moderada Europa, aunque fuera del sur.

El taxi había dejado a Martina Andreu en la puerta del bloque de pisos donde vivía Héctor Salgado cuando el sol aún castigaba de firme. Un par de agentes la aguardaban en la puerta del primero, ansiosos por marcharse; allí no había nada más que hacer y se alegraron de poder irse. Cuando salían, uno de ellos comentó que la escalera olía fatal, y ella se limitó a asentir. Lo había notado antes también, aunque quizá algo menos, pero no tenía ganas de retenerlos, ni ellos de quedarse. La subinspectora quería quedarse sola, sin testigos de uniforme, para explorar por su cuenta. Algo le decía que la agresión de Carmen no había sido un incidente casual. Héctor tenía razón: estaban pasando demasiadas cosas a su alrededor y ninguna buena. Por otro lado, seguía teniendo muy presentes las declaraciones de los testigos, de Rosa y del carnicero. Héctor podía pedirle confianza ciega y ella se la concedía, como amiga. Pero su parte de policía le exigía pruebas. Pruebas tangibles que contrarrestaran el efecto de esos testimonios, de los que honestamente tampoco tenía razón alguna para dudar.

Ya a solas, cerró la puerta del piso de Carmen y echó un vistazo rápido. La había encontrado en el corto pasillo que separaba el recibidor de la cocina. El ataque se había efectuado de cara, así que cabía dentro de la lógica que la pobre mujer hubiera abierto la puerta a un desconocido y que éste la hubiera agredido después de entrar. Pero ¿para qué? No habían registrado la casa, no parecía faltar nada; no había cajones por el suelo ni armarios abiertos. ¿Tal vez el tipo se había asustado después del asalto y había optado por largarse? No. No, esa explicación no le gustaba nada. La habían golpeado dos veces con un objeto metálico. No había ni rastro del arma en el piso. Joder, no había ni rastro de nada en ese piso, maldijo la subinspectora. Dirigió la mirada hacia el armario que ocultaba el contador de la luz. O mucho se equivocaba o ahí estaban las llaves del piso de Héctor Salgado. Otra persona habría tenido una pizca de remordimientos, pero ella no. Era lo que tenía que hacer.

Con la llave en la mano, subió la escalera. El mal olor se hizo más intenso durante un instante y luego volvió a remitir. Martina tenía prisa por registrar el piso del inspector antes de que a él se le ocurriera volver. Los escrúpulos la asaltaron cuando el azar la premió a la primera y la llave escogida giró en la cerradura, pero los desechó sin tirarlos del todo, como la basura para reciclar. Sin embargo, una vez dentro, se planteó qué hacía allí y qué esperaba encontrar. Las persianas estaban bajadas y encendió la luz. Recorrió con la mirada el piso. Nada parecía estar fuera de lugar. Fue a la cocina y abrió la nevera, donde sólo vio unas cuantas cervezas y una jarra de algo que parecía gazpacho. No se imaginaba a Héctor haciéndolo, la verdad, además parecía casero. De la cocina volvió al comedor y desde ahí se encaminó al dormitorio. La cama sin hacer, la maleta abierta en un rincón… El típico aspecto del cuarto de un soltero. O de un separado.

Ya se iba, se sentía una intrusa hipócrita, pero al volver a cruzar el comedor, distinguió un brillo en el televisor. Héctor se lo había dejado encendido. Pero no, no era la tele. Lo que se movía era el salvapantallas del reproductor de DVD. Si Salgado no le hubiera mencionado las grabaciones, nunca se le habría ocurrido darle al botón de reproducción.

Cuando las primeras imágenes llenaron la pantalla la embargó una repugnancia instintiva, visceral, y una sospecha que ya no había vuelta atrás. A su pesar, tuvo que ver la grabación dos veces para procesarla del todo. Por suerte no era muy larga, sólo duraba unos minutos, pero en ellos podía apreciarse claramente el rostro magullado de un anciano negro, que sangraba profusamente, a punto de hundirse en la inconsciencia. Sus labios resecos apenas podían emitir un gemido leve y sus ojos no conseguían enfocar a quien por fuerza tenía que estar grabando su agonía. En la borrosa pantalla, el doctor Omar intentó abrir los ojos por última vez, pero el esfuerzo fue ya demasiado para su maltrecho cuerpo. Martina Andreu oyó con claridad su último suspiro y presenció cómo la muerte se apoderaba de su rostro. La grabación acababa ahí, dando paso a una oscura niebla gris. Y entonces, con la frialdad que dan los años de servicio, la subinspectora supo cuál era el siguiente paso. Las piezas sueltas empezaron a ordenarse formando un conjunto desagradable pero lógico. Las declaraciones de los testigos, la desaparición de Omar, esa película horrenda... y sí, el hedor que flotaba en la escalera, se organizaron mágicamente para mostrarle el camino a seguir.

Dar el siguiente paso, sin embargo, no le resultaba sencillo. Había que avisar a la central, pero antes quería estar segura. Le costó una eternidad abandonar la casa de Héctor. Descendió hasta el segundo, caminando con la rigidez de una autómata. El llavero de Carmen contenía todas las llaves y tuvo que probar un par antes de dar con la buena. Con sólo empujar la puerta el hedor le golpeó en la cara. Avanzó a tientas, ya que el piso no tenía conectada la luz. Siguió los indicios de su olfato hasta llegar a una habitación pequeña en la que creyó distinguir una diminuta ventana. Cuando subió la persiana, la luz invadió el espacio. Aunque sabía lo que había ido a buscar, la visión del cadáver de Omar la hizo dar un salto atrás. Y corrió, corrió hacia la puerta principal, la cruzó y la cerró tras de sí. Se apoyó en ella, de espaldas y con los ojos apretados, atrancándola como si alguien la estuviera persiguiendo. Como si el alma de ese cuerpo muerto fuera capaz de abandonar su envoltorio carnal e ir en su busca para poseerla. Tuvieron que pasar unos segundos, minutos tal vez, antes de que se tranquilizara, antes de que se convenciera de que lo que había allí dentro ya no podía hacerle ningún daño. Por fin consiguió abrir los ojos y reprimió un grito de sorpresa y de miedo al ver, ante ella, con el semblante muy serio, a ese amigo al que ahora temía con todas sus fuerzas.

No hay nada más insoportable que esperar una llamada sin nada que hacer. La agente Castro tenía diversas y varias virtudes, pero la paciencia no era una de ellas. Así que, tras cuarenta minutos de charla con María en los que no dejó de mirar de reojo el móvil, decidió, a regañadientes, ser ella quien tomara la iniciativa y se pusiera en contacto con el inspector Salgado. Sólo la atendió el buzón de voz que le ofrecía, como todos, la posibilidad de dejar un mensaje después de la señal. Dudó un momento antes de hacerlo, pero finalmente optó por cubrirse las espaldas e informar de sus planes.

—Inspector, aquí Castro. He estado esperando su llamada y son más de las siete. Con su permiso, sigo adelante con el tema de Rubén Ramos. Si tiene algo que decirme, llámeme.

No tenía muy claro si eso era lo que preferiría Salgado, pero ese día Leire Castro no se sentía muy propensa a tener en cuenta las opiniones de sus congéneres de sexo masculino. Por eso, y aunque sabía que corría cierto riesgo, buscó en sus notas el número de Rubén y lo marcó. Le respondió una voz joven con un «¿diga?» inseguro. Ella apostó por un tono similar, ligeramente nervioso, mientras explicaba a su interlocutor que Aleix le había pasado su número, que esa noche era su cumpleaños y quería celebrarlo a lo grande con su novio. Sí, uno bastaría, aseguró ella, intentando parecer la chica tonta de familia bien que podía ser clienta de Aleix. Fijaron hora y lugar para el encuentro sin mencionar nada más, y ella se despidió con un rápido «hasta luego».

Cuando colgó, Leire se preguntó si lo que acababa de hacer no la pondría en un aprieto delante del inspector, y, por si acaso, volvió a llamarlo. Harta de la sempiterna voz en off, colgó sin dejar mensaje alguno.

33

Martina no se apartó ni un milímetro de la puerta. Observó a Salgado fijamente, intentando penetrar en la mente de su compañero a través de sus ojos. No lo consiguió, pero la mirada de Héctor logró, al menos, fundir el pánico que la había embargado unos minutos antes.

—No te acerques, Héctor —le advirtió, en un tono firme y neutro—. Esto es el escenario de un crimen. No puedes entrar aquí.

Él dio un paso atrás en el descansillo, obediente. El hedor procedente del interior del piso se derramaba ya por el rellano sin la menor discreción.

—¿Qué has encontrado ahí dentro?

—¿No lo sabes?

—No.

—Omar está ahí, Héctor. Muerto. Lo han matado a golpes.

Héctor Salgado había aprendido a mantener la calma en situaciones de tensión, a controlar las emociones para que éstas no afloraran a su rostro. Ambos permanecieron unos segundos cara a cara, como dos duelistas expectantes, mientras ella se esforzaba por dilucidar lo que debía hacer a continuación. Tenía ante sí a un sospechoso de asesinato: alguien que había sido visto con la víctima la tarde de su desaparición, alguien que tenía una cuenta pendiente con ese muerto que yacía dentro, alguien en cuya casa había pruebas que lo relacionaban con el caso. Y, sobre todo, alguien que vivía en el piso superior del lugar donde acababa de hallar el cadáver. Supo que sólo tenía una opción. Que, si estuviera en su lugar, el inspector Salgado haría exactamente lo mismo.

—Héctor, tengo que detenerte por el asesinato del doctor Omar. No me lo pongas más difícil, por favor.

Héctor extendió las manos juntas hacia ella.

—¿Vas a esposarme?

—Espero que no haga falta.

—¿Sirve de algo que te diga que no tuve nada que ver?

—En este momento, no.

—Ya. —Bajó la cabeza, como quien acepta lo inevitable, y el gesto hizo que la subinspectora diera un paso hacia él.

—Estoy segura de que todo se aclarará, pero ahora mismo es mejor que me acompañes. Por tu propio bien.

Él asintió despacio; luego levantó la vista, y la subinspectora se extrañó al ver una sonrisa en sus labios.

—¿Sabés una cosa? Lo único que me importa en este momento es que Carmen se va a poner bien. ¡Esa vieja es más dura que vos y que yo juntos!

—La aprecias mucho, ¿verdad?

Héctor no respondió. No hacía falta. Y ese semblante tranquilo, que expresaba más agradecimiento que temor, hizo que las dos Martinas que luchaban dentro de la subinspectora establecieran de repente algo parecido a una tregua, un pacto de no agresión.

—Héctor, yo soy la única que ha visto el cadáver —Acalló el inicio de una protesta—. ¡Escucha y calla por una vez en tu vida! No se puede hacer nada por Omar, así que da lo mismo que lo encuentre hoy que mañana.

—¿Qué quieres decir con eso?

—Que puedo tomarme unas horas para investigar este caso sin presiones de ningún tipo. Ni siquiera tuyas.

Él seguía sin entenderla del todo.

—Dame las llaves de tu casa y márchate. Desaparece durante unas horas, hasta que te llame. Y prométeme dos cosas: la primera es que no te acercarás bajo ningún concepto ni aquí ni al piso de Omar.

—¿Y la segunda?

—La segunda es que te presentarás en comisaría en cuanto yo te lo diga. Sin preguntas.

Muy despacio, él sacó las llaves del bolsillo y se las entregó a la subinspectora. Ella las agarró con fuerza.

—Ahora lárgate.

—¿Estás segura de esto? —preguntó Héctor.

—No. Pero estoy segura de que en cuanto comunique el hallazgo del cadáver toda la investigación se centrará en ti, inspector Salgado. Y ni yo ni nadie podrá evitarlo.

Él empezó a bajar, pero se volvió en mitad del tramo de escalera.

—Martina… Gracias.

—Espero no tener que arrepentirme.

Héctor salió a la calle y empezó a andar hacia la rambla. Caminó despacio, sin fijarse en la gente, llevado por la inercia. Un buen rato después, sentado ante la centelleante Torre Agbar, ese monolito azul y rojo que parecía sacado de una calle de Tokio, cayó en la cuenta de que no tenía adónde ir. Se sintió como un «turista accidental», un remedo porteño de Bill Murray que ni siquiera tenía la excusa de estar *lost in translation*. No, él estaba solo en la ciudad donde había vivido más de veinte años. Sacó el móvil, un gesto tan instintivo como ineficaz: ¿de qué coño servía si no se tenía a nadie a quien llamar? «Para dejarte más jodido aún», pensó, sonriendo con amargura. Estaba comprobando las llamadas perdidas cuando el aparato volvió a sonar, frenando por un instante esa melancolía incipiente. No era Scarlett Johansson, por supuesto, sino una satisfecha y emocionada Leire Castro.

Leire había aparcado en batería, en una zona de carga y descarga, diez minutos antes de la hora fijada para el encuentro con Rubén. Era uno de los coches no oficiales, por supuesto, de los que usaban los mossos para desplazamientos en los que no quería llamar la atención. Nerviosa, esperaba ver aparecer al chico de la foto y, una vez más, se repitió que habría estado mucho más tranquila si alguien, Salgado por ejemplo, hubiera estado por ahí cerca como habían previsto, listo para intervenir si las cosas se ponían feas. Soltó el aire despacio; tampoco era para tanto. Sólo iba a detener a un camellito de poca monta, a asegurarse su colaboración para apretarle las tuercas al niñato Rovira. Y eso podía hacerlo sola, joder.

Lo vio llegar, a pie, con las manos en los bolsillos y el aire escurridizo de un delincuente de poca monta. Se tranquilizó un poco. Leire se consideraba buena juzgando las caras y la de ese chaval, que apenas tendría veinte años, no le pareció especialmente peligrosa. No quería tener que usar su arma, ni siquiera para amenazarlo. Él se plantó en la esquina de Diputació con Balmes y echó un vistazo rápido a su alrededor. Ella le hizo destellos con los faros, como si estuviera esperándole. Rubén se acercó al coche, y obedeciendo al gesto de la conductora, que le instaba a subir, abrió la portezuela y se sentó en el asiento del copiloto.

—No estaba segura de que fueras tú —murmuró ella en tono de disculpa.

—Ya. ¿Tienes la pasta?

Ella asintió, y mientras fingía buscar en el bolso accionó los cierres de seguridad del coche. El chaval dio un respingo, que se convirtió en un suspiro de fastidio cuando Leire le mostró la placa.

—Joder. La he cagado.

—Un poquito sólo. Nada grave. —Hizo una pausa breve

y puso el coche en marcha sin apartar la mirada de su nuevo acompañante—. Tranquilo, chico. Y ponte el cinturón. Vamos a dar una vuelta y a charlar un rato.

Él obedeció, de mala gana y rezongó algo entre dientes.

—¿Algo que decir?

—Decía que charlar es cosa de dos…

Ella soltó una carcajada breve.

—Pues entonces yo hablo y tú escuchas. Y si al final crees que te conviene contarme algo, lo haces.

—¿Y si no?

Ella puso la marcha atrás y movió el vehículo.

—Si no, volveré a empezar el monólogo, a ver si te convenzo. Las tías somos muy pesadas, ya lo sabes. Nos gusta oírnos.

Rubén asintió y desvió la mirada hacia la ventanilla con indiferencia. Ella se había incorporado ya a la calzada, bastante vacía de coches ese sábado del mes de julio.

—Quiero hablarte de un colega tuyo, bastante pijo por cierto. Sabes a quién me refiero, ¿no?

Como no hubo reacción alguna por parte de su acompañante, Leire siguió con su monólogo sin detenerse, segura de que el otro la escuchaba con atención aunque fingiera lo contrario. Cuando mencionó la palabra «asesinato», él estuvo tentado de volverse hacia ella, pero resistió el impulso. Sin embargo, en cuanto sacó a colación el dinero de la familia de Aleix, sus contactos y los buenos abogados que podían contratar para sacar a su hijo pródigo de ese atolladero —dinero, contactos y abogados que él, un pobre pringado de barrio, sólo podía imaginar— el instinto de supervivencia se impuso a cualquier otro, y Rubén contó lo que sabía y había creído ver la noche de San Juan.

Después de haberle hecho prometer que aparecería el lunes por comisaría a la hora que ella le dijera, Leire lo dejó marchar. Estaba segura de que el chico cumpliría el trato. Entonces, por tercera vez ese día, cogió el móvil y llamó al inspector Salgado.

34

Cuando el viejo reloj del piso de su abuela dio las nueve con el brío de un cuarteto de cámara, Joana se percató de que llevaba horas delante del ordenador, inmersa en los textos y fotos de Marc. Los había releído una y otra vez, había observado las fotos, lo había visto vivo, borracho, sonriente, haciendo el ganso, serio o simplemente pillado por sorpresa en una mueca absurda. Era un extraño para ella, y sin embargo, en algún gesto espontáneo, veía claramente al Enric joven, el que pasaba de todo y sólo vivía para la fiesta, el que renegaba de los ideales de esfuerzo y trabajo de su familia. El que la había conquistado. Y comprendió con una mezcla de alivio y decepción que ese chico de las fotos quizá había echado de menos la figura de una madre cuando era niño, pero nunca a ella. No a Joana, con sus defectos, sus virtudes y sus manías. En esas fotos, ese chico era feliz. Inconscientemente feliz. Feliz como sólo se puede ser cuando uno tiene diecinueve años, está lejos de su casa y el futuro aparece ante sus ojos como una sucesión interminable de momentos apasionantes. Quizá ella tenía parte de culpa en todo lo que le había sucedido, incluso también en la maldita cadena de circunstancias que acabó lanzándole por la ventana, pero no más que Enric, no más que Fèlix, no más que esos amigos a quienes no conocía, no más que esa Iris. Todos habían jugado su papel, más o menos honroso, más o menos digno. Pensar que ella, al fin y al cabo una desconocida, podía otorgarse un papel destacado en la muerte de Marc era una muestra de arrogancia.

Anochecía, y tuvo que encender la pequeña lámpara de mesa, que parpadeó un par de veces y luego se extinguió del todo. Con un gesto de fastidio, se levantó para encender la del techo. Era una luz mortecina que creaba un ambiente amarillento, triste. De repente se vio a sí misma parada en ese piso heredado y solitario, sumergiéndose en un pasado que ella misma había dejado atrás. Había renunciado a mucho entonces, pero en esos años había conseguido crearse una vida nueva. Quizá no la que había soñado, sólo una en la que podía moverse sin sentirse atrapada. Y ahora, desde hacía semanas, había vuelto a caer en una especie de prisión autoimpuesta, ridícula, propia de una mujer gris y vencida. Despacio, pero sin vacilar, empezó a hacer las maletas. No pensaba irse hasta ver a esa Iris y escuchar lo que tenía que contarle; luego haría lo que tenía que hacer. Volver a París, retomar su presente, quizá más imperfecto aún que antes, pero por lo menos suyo. Se lo había ganado a pulso.

Mientras doblaba la ropa, se preguntó si Enric estaría leyendo ese mismo blog. Ella le había llamado por la mañana para decírselo, pero él no se había puesto al teléfono. Había dejado el mensaje en el buzón de voz.

Enric se sobresaltó al oír el chasquido de la puerta del despacho.

—¿Te he asustado?

—No. —En ese momento no le apetecía en absoluto hablar con Glòria, pero se obligó a preguntar—: ¿Natàlia ya está acostada?

—Sí... —Ella se acercó a la mesa—. Te ha estado esperando un rato, pero al final se ha dormido.

Enric notó el matiz de queja en su voz, tan típico de su mujer, que nunca protestaba de forma directa. Él solía fingir que no lo captaba, pero esa noche, después de dos horas ante la pantalla viendo fotos de su hijo muerto, las palabras salieron de su boca sin que hiciera nada por detenerlas.

—Lo siento. Esta noche no estoy de humor para cuentos. ¿Puedes entenderlo?

Glòria desvió la mirada. No contestó. Era típico de ella: no discutir nunca, mirarlo con esa especie de condescendencia plácida.

—Lo entiendes, ¿verdad? —insistió él.

—Sólo venía a preguntarte si quieres cenar algo.

—¿Cenar? —La cuestión le pareció tan trivial, tan absurdamente doméstica, que casi se echó a reír—. No. Tranquila. No tengo hambre.

—En ese caso te dejo. Buenas noches.

Glòria fue hacia la puerta sin hacer ruido. Enric pensaba a veces que estaba casado con un fantasma, alguien capaz de moverse sin rozar el suelo. De hecho ya creía que su mujer se había marchado cuando su voz, serena, siempre un tono más bajo de la media normal, llegó hasta él:

—Desgraciadamente, Marc está muerto, Enric. No puedes hacer nada por él. Pero Natàlia está viva. Y te necesita.

No aguardó a que él respondiera. Cerró la puerta con suavidad y lo dejó sumido en la impotencia, en un mar de preguntas inquietantes que le sugería ese blog del que hasta esa tarde no había tenido noticia alguna. Pero la breve y meditada aparición de Glòria tenía la virtud de añadir otra piedra a su saco. Una culpa más. Porque si había alguien que le conociera en este mundo, alguien que pudiera leer su mente con la más absoluta claridad, esa persona era Glòria. Y exactamente igual que si él se lo dijera con palabras, su mujer sabía que por esa niña a la cual ella adoraba él no podía sentir otra cosa que afecto. Por mucho que él intentara disimularlo, por mucho que ella intentara no darse cuenta de ello, por mucho que Natàlia lo llamara «papi» y le echara los brazos al cuello. Él sólo había tenido un hijo, y ese hijo había muerto, casi con toda seguridad a manos de la que había sido su mejor amiga.

Unos segundos después, con el puño cerrado y la mandíbula tensa, descolgó el teléfono y llamó a su hermano. Nadie contestó.

Fèlix contempló el teléfono. Sonaba con exigencia, tan insistente y desconsiderado como la persona que le llamaba. Esa noche, él, que siempre había hecho acopio de paciencia ante el egoísmo de Enric, no tenía la menor intención de descolgar. Sabía lo que quería preguntarle. ¿Quién era esa Iris? ¿A qué venía ese relato macabro? Enric no se acordaba de nada, por supuesto. Otro padre se acordaría, pero Enric no. A lo sumo, y vagamente, quizá recordara que aquel verano los campamentos acabaron antes debido a un accidente. Aunque, en honor a la verdad, él tampoco le había dado muchos detalles. En cambio, sí había observado de cerca a su sobrino, pero Marc no había sufrido pesadillas; de hecho, en cuanto volvió a casa, a su rutina habitual, pareció olvidarse de Iris. Sí. Todos habían fingido olvidarse de Iris. Era lo mejor.

«Era lo mejor», se repitió, casi en voz alta, convencido de que, dadas las circunstancias, hizo lo que debía. La pobre niña estaba fuera de toda ayuda, en manos del Señor; pero el resto, los que aún vivían, eran responsabilidad suya. Él debía decidir y lo había hecho. Eso llevaba diciéndose todo el día; pero en cuanto sus ojos habían visto la foto borrosa de Iris en el blog de su sobrino, esa seguridad en sí mismo se rompía en mil pedazos. Porque sabía que esa pretensión, la de haber hecho lo correcto aquel verano, tal vez se alzaba sobre los cenagosos cimientos de la mentira. La carita de Iris se lo recordaba.

Esa noche, frente a la imagen de aquella niña rubia, Fèlix bajó la vista y pidió perdón. Por sus pecados, por su arrogancia, por sus prejuicios. Mientras rezaba, recordó las palabras de Joana días atrás, cuando le dijo que las culpas no se expiaban, sino que se cargaban. Quizá tenía razón. Y quizá había llegado el momento de dar un paso atrás, dejar que la justicia siguiera su curso con todas las consecuencias. «Basta de jugar a ser Dios», se dijo. Que cada uno cargue con sus culpas. Que la verdad salga a la luz. «Y que el Señor perdone mis actos y mis omisiones, y conceda a los muertos el descanso eterno.»

«RIP», rezaba la nota que apareció esa tarde en el sillín de su bici, clavada al cuerpo inerte de un gatito. Aleix había tenido que vencer toda su repugnancia para sacarlo de ahí, y horas después tenía la sensación de que sus dedos conservaban el tacto y el olor del bicho muerto. El tiempo se acababa y sus problemas, su problema, estaba cada vez más lejos de resolverse. No había que ser un genio para deducir quién había mandado ese mensaje, ni su significado. Faltaban poco más de cuarenta y ocho horas para el martes. Había llamado a Rubén varias veces sin obtener respuesta. Eso en sí mismo ya era otro mensaje, pensó. Las ratas abandonaban el barco. Se quedaba solo ante la amenaza.

Encerrado en su habitación, Aleix repasó todas las posibilidades. Afortunadamente, su cerebro seguía funcionando en los momentos de mayor estrés, aunque una rayita le hubiera ayudado a despejar sus dudas. Por fin, mientras contemplaba cómo el cielo se oscurecía, al otro lado de la ventana de su cuarto, comprendió que no había otra opción. Aunque le costara el mayor esfuerzo de su vida, aunque se le revolviera el estómago al pensarlo, sólo había una persona a la que recurrir. Edu le dejaría el dinero. Por las buenas o por las malas. No quiso darle más vueltas; salió de su habitación y se encaminó con paso rápido, febril, hacia el cuarto de su hermano mayor.

35

Leire recogió al inspector al pie de la torre sin hacer preguntas, y trató de no fijarse en su aspecto cansado. Aún llevaba la misma camisa que le había visto por la mañana y hablaba despacio, como si tuviera que hacer un esfuerzo para mantener la atención. Pero a medida que ella iba poniéndolo al tanto de la declaración de Rubén, a esos ojos fatigados asomó cierto brillo de interés.

—Siento haber ido por libre —dijo ella cuando terminó su relato.

—Ya está hecho —repuso él.

—¿Se da cuenta, inspector? Tenemos un testigo, un testigo colocado que cree que vio que alguien empujaba a Marc Castells. No es el testimonio del año, pero yo juraría que decía la verdad.

Héctor intentó concentrarse en el caso, pero le costaba. Por fin, cuando ya estaban en el centro de la ciudad y no sin cierta timidez, se le ocurrió invitarla a cenar. Si a ella le pareció raro, no lo dijo, probablemente porque estaba muerta de hambre y en casa no tenía nada que le apeteciera comer. La perspectiva de unos *ravioli* de pato con *foie*, especialidad de un restaurante chino que conocía, se impuso sobre cualquier otra consideración.

—¿Le gusta la comida china?

—Sí —mintió él—. Y no me llames de usted. Al menos

durante un rato. —Le sonrió y siguió en voz baja, pensando en que al día siguiente podía dejar de ser inspector para convertirse en un simple acusado de asesinato—. Tal vez para siempre.

Ella no comprendió la frase del todo, pero intuyó que las preguntas estaban fuera de lugar, así que se mordió la lengua.

—Tú mandas. Pero, en ese caso, pagamos a medias.

—Eso nunca. Mi religión me lo prohíbe.

—Espero que no te prohíba también comer pato.

—De eso no estoy seguro. Tendré que consultarlo.

Ella se rió.

—Pues consúltalo mañana... por si acaso.

La decisión de Héctor de pagar la cuenta de la cena había resultado inamovible, así que fue Leire quien, en un arranque de igualdad femenina, le propuso ir luego a tomar una copa a un pequeño bar cercano donde servían «los mejores mojitos de Barcelona». El REC era un espacio pequeño, decorado en blancos, grises y rojos, que solía estar lleno en invierno, cuando los clientes preferían los interiores acogedores a las terrazas callejeras. Esa noche sólo había un par de personas en la barra, charlando con el dueño del local, un tipo musculoso que saludó a Leire con dos besos.

—Por lo que veo eres muy conocida acá —comentó Héctor, tras sentarse en una mesa.

—Vengo bastante —repuso ella—. Con una amiga.

—Leire, ¿dos mojitos? —preguntó el dueño.

—No. Uno solo. Un san francisco para mí. Sin alcohol.

Él le guiñó un ojo, sin más comentarios; si Leire quería ir de abstemia esa noche ante ese acompañante, era cosa suya. Sirvió las dos copas y volvió a la barra.

—¿Está bueno? —le preguntó ella. La verdad era que se moría de ganas de tomar uno, pero la imagen de un bebé con tres cabezas reprimía cualquier intento de probar el alcohol.

—Sí. ¿Seguro que no quieres?

—Tengo que conducir —dijo Leire, agradeciendo por única vez en su vida los cientos de controles de alcoholemia que se diseminaban todos los sábados por la noche en la ciudad.

—Buena chica.

Él removió el azúcar del fondo y dio otro sorbo. Habían estado repasando el caso durante la cena y habían llegado de nuevo a un punto muerto: Iris, o mejor dicho, Inés Alonso. Habían acordado que Leire iría al aeropuerto a recogerla y se aseguraría de que esa joven llegaba sin problemas al piso de Joana Vidal, o adonde quisiera ir primero. Obviamente, de paso hablaría con ella sobre Marc. Héctor había optado por mantenerse al margen, sin que Leire supiera por qué. Tampoco podía decírselo sin meter en un lío a Andreu. Por enésima vez su mirada fue hacia el móvil, que seguía insolentemente callado encima de la mesa. Ni siquiera Ruth se había molestado en contestar.

—¿Esperas una llamada? —preguntó Leire. No había bebido, pero algo en ella la impulsó a ser indiscreta—. ¿Una amiga?

Él sonrió.

—Algo así. Y dime, ¿qué hace una chica como tú libre un sábado por la noche?

Leire se encogió de hombros.

—Misterios de la ciudad. —Él la miraba con esa ironía de perro viejo y, de repente, ella sintió unas ganas enormes de contárselo todo: su embarazo, su conversación con Tomás, sus miedos.

—No creo que pueda lidiar con más misterios —repuso él. Dio otro sorbo y bajó la voz.

—Éste es fácil de resolver, en serio. —Iba a ser la tercera persona que lo supiera, después de María y de Tomás, y antes que sus padres. Pero no aguantaba más—: ¿Puedo darte una noticia en primicia? No al inspector Salgado de mañana, sino al Héctor de esta noche.

—Me encantan las primicias.

—Estoy embarazada. —Se sonrojó al decirlo, como si estuviera confesando un desliz importante.

La frase lo había pillado a medio trago. Sonriente, acercó el vaso a la copa del san francisco y le dio un leve toque.

—Felicidades. —Su sonrisa era cálida, y a pesar de las ojeras y del cansancio que seguía cubriendo sus facciones, parecía alegrarse.

—No digas nada, ¿eh? Estoy de pocas semanas, y todo el mundo te advierte que no proclames la noticia por si pasa algo, y...

—Ya, ya —la interrumpió él—. Lo sé. Y seré una tumba. Egipcia. Lo prometo. Voy a buscar otro mojito. ¿Otro de esos zumos de frutas de mayores para ti?

—No. Son horrendos. Debe de tener kilos de azúcar.

Mientras esperaba que volviera de la barra, ella se sintió defraudada. «Tonta», se reprendió. «¿Qué esperabas? Es tu jefe, no un amigo. E incluso como jefe, te conoce desde hace cuatro días.» Héctor regresó con el mojito y se sentó otra vez. El móvil seguía en silencio.

—Yo te he contado un secreto —dijo ella—. Te toca a ti.

—¿Cuándo hicimos ese trato?

—Nunca. Pero es un antojo...

—Ah, no... Mi mujer me machacó durante meses con eso hasta que descubrí que era puro cuento. Mi ex mujer —puntualizó, antes de beber.

—¿Tienes hijos?

—Sí. Uno. Ésos no pasan a ser ex nunca. —«A menos que se avergüencen de un padre convicto por asesinato», se dijo. No quería pensar en eso—. Te lo advierto, y díselo a tu novio también.

Se dio cuenta de que había metido la pata al verle la cara.

—Ya. Vale. —Se refugió en el mojito, que estaba ácido y fuerte—. Joder, tu amigo me lo ha puesto cargadito. —Lo removió con vigor—. ¿Sabés una cosa? No hace ninguna falta.

Me refiero al padre. Te juro que yo habría podido vivir sin el mío.

Leire le observó mientras daba otro trago largo. Cuando él dejó el vaso sobre la mesa y ella pudo verle los ojos, creyó comprender ese fondo oscuro que asomaba en ellos y sintió lo que su amiga María había calificado una vez como «el poder seductor de las infancias tristes». Una mezcla de atracción y ternura. Desvió la mirada para que él no lo advirtiera, mientras maldecía esas hormonas traviesas que parecían haberse confabulado para traicionarla. Por suerte, en ese momento unos clientes tardíos ocuparon precisamente la mesa de al lado, tan próxima que cualquier confidencia entre ellos habría sido una indiscreción. Tanto ella como Héctor hicieron lo posible por retomar una conversación informal, pero sus esfuerzos dieron como resultado una charla tan forzada que Leire se alegró cuando él apuró la copa y sugirió que quizá ella estaría cansada.

—Un poco, la verdad. ¿Quieres que te lleve a alguna parte?

Él negó con la cabeza.

—Nos veremos mañana. —«O al menos eso espero», pensó—. Conduce con cuidado.

—Yo no he bebido, inspector Salgado.

—¿Ya no soy Héctor? —preguntó él, con una media sonrisa.

Leire no contestó. Se acercó a la barra y pagó las bebidas sin aceptar sus protestas. Héctor la observó desde la mesa mientras ella charlaba unos minutos con el dueño del local. La oyó reírse, y se dijo que precisamente eso era lo que echaba más de menos últimamente en su vida: no alguien con quien follar, o con quien pasear, o con quien vivir. Alguien con quien reírse de esta vida de mierda.

Estuvo en el bar, solo, hasta que cerraron, como hacen los borrachos de barrio que no quieren volver a casa. Sin embargo, esa noche los mojitos no le hacían efecto. Pensó con ironía que los héroes de las películas beben bourbon, o whisky. «Ni en eso das la talla, Salgado.» Cuando el dueño del bar le dijo discretamente que era ya la hora del cierre, salió a la calle. Anduvo sin rumbo durante un rato, intentando no pensar, dejar la mente en blanco. No lo consiguió, y justo cuando iba a meterse en otro garito para añadir más alcohol a su cuerpo, su móvil se vengó de tanto rato de silencio. Él contestó enseguida.

—¡Martina!

—Héctor, ya está. ¡Ya está! Se acabó. Joder, inspector, me debes una. Esta vez me debes una de verdad.

36

En cuanto Héctor se hubo marchado, la subinspectora Andreu volvió a entrar en el piso donde yacía el maltrecho cadáver de Omar. Ya estaba mentalmente preparada para lo que iba a encontrar, así que esa vez observó la escena con la debida frialdad. Si en vida ese hombre había hecho algún daño, era obvio que lo había pagado con una muerte lenta, se dijo al arrodillarse junto al cuerpo. Abandonado como un perro. No era una experta en ciencia forense, pero sabía lo suficiente para ver que el viejo doctor había muerto entre veinticuatro y cuarenta y ocho horas antes. La fuerte contusión que se apreciaba en su nuca, sin embargo, era anterior. Sí, al doctor le habían propinado un golpe casi mortal días atrás, el día de su desaparición, y lo habían dejado allí, atado, amordazado y agonizante. «En una muestra de sadismo», pensó al recordar el disco hallado en el reproductor de DVD, «su asesino había grabado para la posteridad el momento exacto de su muerte.»

Se incorporó despacio. Por mucho que quisiera eludirlas, todas las pruebas apuntaban a Héctor. Una testigo lo había visto con la víctima la tarde de su desaparición; un hombre con acento argentino había encargado por teléfono, y luego pagado, la cabeza de cerdo. La llamada podría haber sido hecha desde cualquier lugar. No había conseguido una descripción muy fiable por parte del chico de la carnicería. Aparte del acento, los datos aportados por el muchacho habían sido más bien vagos. Vagos, sí, pero en absoluto contradictorios con el aspecto físico de Héctor Salgado. Y luego estaba el cadáver, ahí, justamente debajo del piso de Héctor. Y los discos grabados, en su casa. Martina cerró los ojos y pudo visualizar parte de esa secuencia de hechos, aunque no todos. Desde luego, le costaba imaginar a Héctor grabando la muerte de nadie, en un acto de voyeurismo malsano, y mucho menos agrediendo a esa pobre mujer vecina suya. Pero ¿y si la agresión de Carmen era una simple coincidencia? ¿Algo que había sucedido ese día y que no guardaba relación alguna con el caso de Omar?

«Basta», se ordenó. Allí no había nada más que ver. Dejó la habitación como la había encontrado y luego hizo lo propio con las llaves de Carmen. Un malestar extraño la asaltó justo cuando acababa de hacerlo, la sensación indefinible de que estaba pasando algo por alto. O quizá fuera el temor a que alguien descubriera lo que llevaba entre manos: esas horas de margen que había concedido a un posible asesino… Se la estaba jugando por él, pensó. Y sin la menor garantía de que pudiera ganar esa partida.

Descartó la idea de volver al piso de Omar y decidió ir a comisaría, encerrarse en su despacho con todo el material y buscar algún cabo suelo, un hilo del que tirar. Miró el reloj. Le esperaba una noche larga y quizá inútil, pero no estaba dispuesta a tirar la toalla. Aún no.

Sin embargo, dos horas después, con una contractura en el cuello y los ojos enrojecidos, la sensación de derrota fue apoderándose de ella. Había releído todos los informes, tanto los anteriores a la desaparición del doctor, cuando se le investigaba por su conexión con la red de proxenetas, como los más recientes. Había confeccionado un esquema detallado con las declaraciones de los testigos: la del abogado, que afirmaba haberle visto el lunes por la noche, la del carnicero y, sobre todo, la de Rosa, que situaba al doctor en su despacho el martes por la tarde. Se había formulado todas las preguntas y, aunque no había conseguido responderlas en su totalidad, todas dirigían sus pensamientos hacia un único nombre: Héctor Salgado.

Repasó por última vez las preguntas que quedaban sin respuesta. Algunas eran circunstanciales, del estilo de: ¿cómo había trasladado Héctor el cuerpo de Omar hasta el piso vacío de Poblenou? Podía haberle pedido el coche a un amigo, se dijo. O a su ex mujer. Es más, pensó, incluso podría haber cogido uno de los vehículos de la policía. No era sencillo, pero podía hacerse. Pregunta descartada. Otro punto más en contra del inspector.

Estaba agotada. Le dolía la espalda, la cabeza, el estómago. Le dolía hasta el mal humor. Pero ese mismo cansancio extremo la obligaba a seguir en un esfuerzo casi masoquista. Cerró los ojos durante un momento, inspiró profundamente y volvió a la carga, desde el principio. Otra pregunta flotaba en el aire desde el registro de la casa y las cuentas del doctor. Si asumía —y ella no tenía por qué dudarlo— que aquel medicucho había colaborado con la red de tráfico de mujeres, ¿dónde estaba el dinero que sacaba de ello? No en el banco, lógicamente, pero tampoco en su casa. La cuestión seguía sin respuesta, pero en ningún caso exculpaba a Héctor. Su motivo, si era culpable, no habría sido nunca el robo, sino la venganza. Un distorsionado sentido de la justicia. El mismo que le había llevado a golpearle.

«Se acabó», dijo en voz alta. Ya no podía más. Ella no daba más de sí. Quizá lo mejor fuera denunciar el hallazgo del cadáver con todas sus consecuencias y que Héctor se sometiera a la investigación pertinente. Ella había hecho cuanto había podido… Se tomó unos minutos antes de hacer esa llamada que pondría en marcha todo el proceso, mientras pensaba ya en cómo cubrir su actuación, a todas luces poco profesional. Apartó los papeles de Omar, y, mientras meditaba sobre su propia situación, abrió los expedientes de las mujeres maltratadas que se habían inscrito en el curso de autodefensa que ella volvería a impartir en otoño. Si es que no la ponían a hacer controles de alcoholemia cuando se destapara todo el pastel, pensó. Fue pasando hojas, mirando fotos. Lamentablemente no podían aceptarlas a todas, aunque ella se esforzaba por admitir al máximo número de las preinscritas. Luego siempre fallaban algunas, ya fuera porque no se veían capaces o porque se habían resignado a seguir aguantando a esos cabrones. «Pobres mujeres», pensó una vez más. Quienes no trataban con ellas no tenían ni idea del terror al que vivían sometidas. Las había de todas las edades, de diversas condiciones sociales, de nacionalidades distintas, pero todas tenían en común el miedo, la vergüenza, la desconfianza… Se detuvo ante la foto de una mujer que reconoció al instante. Era Rosa, no cabía duda. María del Rosario Álvarez, según la ficha. No le extrañó demasiado encontrarla allí: había hablado de un marido al que temía. Recordó sus palabras en el parque, su petición desesperada de seguir en el anonimato. Rosa debía de haber perdonado a su marido, ya que la denuncia por malos tratos era de febrero de ese año. Pero entonces otro nombre llamó la atención de la subinspectora. Un nombre que la dejó helada y nerviosa a la vez. El abogado que había representado a Rosa era Damián Fernández, el mismo que defendió los intereses de Omar.

Tuvo que hacer un esfuerzo para calmarse, para pensar en esa inesperada conexión con una serenidad que hacía horas que la había abandonado. Volvió al expediente de Omar, pero esa vez lo estudió desde una perspectiva radicalmente distinta. ¿Quién había visto a Omar el martes? Rosa. ¿Quién había identificado a Héctor de manera fehaciente? Rosa. Sólo ella, porque un acento argentino, la aportación del carnicero, era fácil de imitar. No existía prueba alguna aparte de la palabra de esa mujer de que Omar estuviera sano y salvo el martes por la tarde. Si descontaba ese testimonio, ¿qué quedaba? La declaración de Damián Fernández que afirmaba haberse reunido con Omar el lunes. Y eso era probablemente cierto. Ese lunes, el abogado había ido a ver a su cliente, pero no para exponerle el trato ofrecido por Savall, sino para golpearlo. ¡Sí, golpearlo y robarle el dinero que seguramente tenía guardado en algún rincón de esa puta casa! Y luego… luego había llevado tranquilamente el cuerpo malherido, en plena noche, hasta el piso vacío, aprovechando que Héctor no regresaba hasta el día siguiente. La extraña sensación que ella había tenido al dejar las llaves en casa de Carmen, ese juego con todas las llaves del edificio que la mujer apenas debía de usar, regresó a ella con fuerza. No sabía cómo las habría conseguido Damián Fernández, pero estaba segura de que lo había hecho. Unas llaves que había duplicado y utilizado a su antojo, entrando en casa de Héctor cuando él no estaba, y en el piso vacío para controlar el cuerpo de Omar y grabar su muerte. Incluso la agresión sufrida por Carmen encajaba ahora. Debía de haberle sorprendido en algún momento, probablemente cuando dejaba las últimas pruebas en casa de Salgado, y él no había tenido más remedio que abrirle la cabeza y bajarla al primero. Y, entre tanto, su cómplice, Rosa, la había llamado a ella y había representado su papel a la perfección, situando a Héctor en la escena.

Emocionada, con la adrenalina fustigándole el cuerpo, Martina Andreu supo que no tenía aún todas las respuestas, pero sí tenía muchas preguntas que hacerle a Rosa y a Damián Fernández. Y no pensaba esperar hasta el día siguiente para empezar a formularlas.

Héctor escuchaba, entre atónito y abrumado, el relato que a las cuatro de la mañana le hacía una subinspectora que parecía poseída por una energía inagotable.

—¡Los tenemos, Héctor! Quizá nos habría costado más si no los hubiéramos pillado juntos, en la cama, en casa de él. Fernández se mostraba más duro de roer, pero ella se vino abajo enseguida. Lo contó todo, aunque obviamente niega saber nada del asesinato. Y cuando le plantamos delante la confesión de Rosa, él ya no pudo seguir poniendo cara de inocente.

—¿El móvil fue el robo? —Después de pensar en maldiciones y ritos ocultos, la explicación casi le defraudaba.

—Bueno, un robo bastante sustancioso para dos desgraciados como Fernández y Rosa. Hemos encontrado más de cien mil euros en casa del abogado, que sin duda sustrajo del despacho de Omar.

—¿Cómo mierda se hizo con las llaves de mi casa?

—Él no abrió la boca, pero Rosa nos lo contó cuando la presioné un poco. Alardeó delante de ella diciendo que se había hecho pasar por instalador de aire acondicionado. La pobre Carmen le mostró la casa, charló largo y tendido con él, y él aprovechó un descuido para llevarse esas llaves. Concertó una segunda visita para el día siguiente y devolvió las originales.

Ella bajó la voz.

—Te espió durante todo el tiempo, Héctor. Aprovechó tus movimientos para entrar en tu casa y dejar los discos grabados.

—¿También hizo eso?

Andreu frunció el ceño.

—Es extraño. El tuyo pegándole a Omar se grabó con la cámara de su consulta y pensaban presentarlo como prueba contra ti, así que se le ocurrió utilizarlo para reforzar el otro, el que mostraba la muerte del doctor. En cuanto al de tu ex… No sé qué pensar. Fernández afirma que lo encontró entre las grabaciones de Omar. —Andreu hizo una pausa—. Añadió que el doctor había estado preparando algo en los días anteriores a su muerte, uno de sus ritos.

—¿Contra mí?

—Ya da igual, Héctor. Está muerto. Olvídate de eso. Piensa sólo en que hay suficientes pruebas para acusarlos a ambos. Y para exculparte a ti…

Se produjo un silencio breve, cargado de complicidad, de agradecimiento. De amistad.

—No sé cómo darte las gracias. En serio. —Era cierto.

Ella se llevó la mano a la frente, la larga noche se cobraba su precio.

—Tranquilo, ya pensaré en algo. Ya es tarde… o pronto. —Añadió, con una sonrisa—. ¿Qué haces? ¿Te vas a casa?

Él meneó la cabeza.

—Supongo que tendré que volver mañana. Pero, por esta noche, prefiero dormir en mi despacho, créeme. No será la primera vez.

domingo

37

El aeropuerto era un hervidero de turistas empujando carros y maletas con ruedas. Unos volvían la cabeza para echar un último vistazo a ese sol que los había acompañado, bronceado y acalorado en la playa y ante la Pedrera; un astro que, cuando llegaran a sus destinos del norte, habría desaparecido o como mucho asomaría con timidez por detrás de una masa de nubes. Otros avanzaban hacia la salida con la ilusión dibujada en sus rostros, aunque se detenían justo al cruzarla y dejar atrás el aire acondicionado de la terminal nueva, de suelos que parecían espejos negros, y recibir el primer bofetón de calor.

Leire había recogido a Héctor en su casa, a petición suya. Le extrañó recibir su llamada, ya que habían quedado en que iría ella sola al aeropuerto a buscar a Inés. Él, que había pasado por su piso a primerísima hora —tan sólo el tiempo justo de darse una ducha y cambiarse de ropa—, parecía estar de un humor excelente. Las ojeras seguían ahí, eso sin duda, pensó ella, pero el ánimo había cambiado. No es que ella hubiera dormido mucho, y el ataque de náuseas de esa mañana había sido el peor de todos. Peor que una tremenda resaca dominical.

El vuelo llegó con poco retraso y ellos tardaron aún menos en reconocer a la chica de la foto, aunque el blanco y negro mejoraba definitivamente a la modelo. La joven que avanzaba hacia la puerta, no muy alta, de cabellos rizados y algo más entrada en carnes de lo que se apreciaba en la fotografía, tenía bien poco de enigmático. Héctor se adelantó:

—¿Inés Alonso?

—Sí. —Miró al inspector con temor—. ¿Pasa algo?

Él le sonrió.

—Soy el inspector Salgado y ella es la agente Castro. Hemos venido a buscarte para llevarte a casa de Joana Vidal, la madre de Marc.

—Pero...

—Tranquila. Sólo queremos hablar contigo.

Ella bajó la cabeza y asintió despacio. Los siguió hasta el coche sin decir una palabra más. No dijo nada durante el trayecto, aunque respondió con educación a un par de preguntas triviales. Permaneció sentada en el asiento trasero, pensativa. Llevaba sólo una especie de mochila rígida y la mantenía firmemente agarrada a su lado.

Siguió en silencio mientras subían la empinada escalera que conducía al piso donde vivía Joana. Héctor pensó, con un atisbo de remordimiento, que no había vuelto a saber de ella desde el día anterior, cuando desayunaron juntos. Sin embargo, en cuanto Joana los recibió, él se dio cuenta de que algo había cambiado en esa mujer durante las últimas horas. Sus pasos y su voz revelaban un aplomo que él sólo había vislumbrado fugazmente.

Los condujo hasta el comedor. Las ventanas estaban abiertas y la luz entraba a raudales.

—Tuve que avisar a la policía de tu llegada —dijo Joana, dirigiéndose a la desconocida que se había sentado, como los demás, pero con la espalda rígida, como si estuviera a punto de someterse a un examen oral.

—Quizá sea lo mejor —susurró.

—Inés —intervino Héctor—, te encontraste con Marc en Dublín, ¿verdad?

Ella sonrió por primera vez.

—Nunca lo habría reconocido. Pero él vio mi nombre en

las listas de la residencia de estudiantes. Y un día se me acercó para preguntarme si yo era la misma Inés Alonso.

Héctor asintió, animándola a continuar.

—Se presentó y fuimos a tomar algo. —Hablaba con dulzura, con sencillez—. Creo que se enamoró de mí. Pero... claro, aunque al principio lo evitamos, al final tuvimos que hablar de Iris. Siempre Iris...

—¿Qué pasó ese verano, Inés? Sé que eras sólo una niña y comprendo que te resulte doloroso pensar en ella...

—No. Ya no. —Se sonrojó, las lágrimas brillaban en sus ojos—. He pasado años intentando olvidar aquel verano, aquel día. Pero ya no más. En eso Marc tenía razón, aunque ignoraba parte de la verdad. De hecho, tampoco yo lo supe todo hasta hace muy poco, hasta la pasada Navidad, cuando mi madre se mudó de piso y embalamos todas las cosas de la vieja casa. Allí, en una de las cajas, encontré el osito de Iris. Seguía medio roto, el relleno se salía por una raja, pero al cogerlo noté algo dentro.

Interrumpió su relato y abrió la mochila. De ella extrajo una carpeta.

—Tenga —dijo, dirigiéndose al inspector—. ¿O prefieren que se lo lea en voz alta? Lo escribió mi hermana Iris ese verano. Lo he leído cientos de veces desde que lo encontré. Las primeras no pude terminarlo, pero ahora ya puedo. Es un poco largo...

Y, con una voz que quería ser firme, Inés sacó unas páginas y empezó a leer.

Mi nombre es Iris y tengo doce años. No llegaré a cumplir los trece porque antes de que acabe el verano estaré muerta.

Sé lo que es la muerte, o al menos lo imagino. Uno se duerme y ya no se despierta. Se queda así, dormido pero sin soñar, supongo. Papá estuvo enfermo varios meses cuando yo era pequeña. Era muy fuerte, podía cortar troncos grandes con el hacha. A mí me gustaba verlo, pero él no dejaba que me acercara porque podía saltar una astilla y hacerme daño. Mientras estaba enfermo, antes de dormirse para siempre, los brazos se le encogieron, como si algo se los comiera desde dentro. Al final sólo quedaban los huesos, costillas, hombros, codos, con una pincelada de carne, y entonces se durmió. Ya no le quedaban fuerzas para seguir despierto. A mí tampoco es que me queden muchas fuerzas ya. Mamá dice que es porque no como, y tiene razón, pero cree que lo que quiero es estar delgada, como las chicas de las revistas, y en eso se equivoca. No quiero adelgazar para estar más guapa. Antes sí, pero ahora me parece una tontería. Quiero adelgazar para morir como papá. Y la verdad es que tampoco tengo hambre, así que no comer es fácil. Al menos lo era, antes de que mamá se dedicara a controlarme durante las comidas. Ahora cuesta mucho más. Tengo que fingir que me como todo lo que hay en el plato para que no se ponga pesada, pero hay trucos. A veces lo tengo mucho rato en la boca y luego lo escupo en una servilleta. O, últimamente, he aprendido que lo mejor es comerlo todo y vomitarlo luego. Una se queda limpia después de vomitar, toda esa porquería de comida va fuera y puedes respirar tranquila.

Inés se interrumpió un momento y Héctor estuvo tentado de decirle que no siguiera, pero antes de que pudiera hacerlo, la joven respiró hondo y reanudó la lectura.

Vivo en un pueblo de los Pirineos, con mi madre y mi hermana pequeña. Inés tiene ocho años. A veces le hablo de papá y ella dice que se acuerda, pero creo que miente. Yo tenía ocho años cuando él murió y ella sólo cuatro. Creo que sólo lo recuerda delgado, como un Jesucristo, dice ella. No se acuerda del papá fuerte que cortaba troncos y se reía a carcajadas y te levantaba por los aires como si fueras una muñeca de trapo que no pesa nada. En esa época mamá también se reía más. Luego, cuando papá se durmió para siempre, empezó a rezar mucho. Todos los días. A mí me gustaba rezar, y luego mamá se empeñó en que hiciéramos la comunión, Inés y yo, las dos a la vez. Estaba bien: la catequista nos contaba cuentos de la Biblia y no me costó nada aprenderme las oraciones. Pero las hostias me daban asco. Se me pegaban al paladar y no podía tragarlas. Ni masticarlas porque es pecado. A Inés en cambio le gustaban, decía que se parecían a esa capa que cubre el turrón duro. Tengo la foto de la comunión. Estamos Inés y yo vestidas de blanco, con un lazo en el pelo. Casi ninguna de las niñas del colegio la hizo, pero a mí me gustó. Y mamá estaba contenta ese día. Sólo lloró un poco en la iglesia pero creo que fue porque estaba feliz, no triste.

Ya he contado que vivo en un pueblo pequeño así que cada día tenemos que coger un autocar para ir al colegio. Hay que madrugar mucho, y hace un frío espantoso. A veces nieva tanto que el autocar no puede venir a buscarnos y nos quedamos sin clase. Pero ahora es verano y hace calor. En verano nos mudamos porque mamá se ocupa de la cocina en una casa de campamentos. A mí me gustaba mucho porque la casa del verano es mucho más grande, y tiene piscina, y está llena de niños. Vienen en grupos de veinte, en autocar, desde Barcelona. Y se quedan durante dos semanas. Es un rollo, porque a veces haces amigos y sabes que en unos días se van a marchar. Algunos vuelven al año siguiente y otros no. Hay un niño que se queda todo el verano, como nosotras. Mamá me ha dicho que es porque no tiene madre y porque su padre trabaja mucho, así que él pasa la mitad del verano de campamento. Con su tío, que lo dirige todo. Y los monitores que le ayudan. Yo también tengo que ayudar a mamá pero no mucho, sólo un rato en la cocina. Luego estoy libre para bañarme o participar en los juegos. Antes lo hacía pero ahora no me apetece. Y mamá no para de decirme que es porque no como. Pero no sabe nada. Vive en su cocina y no se entera de lo que pasa fuera. Sólo sabe pensar en comida. A veces la odio.

Es el tercer verano que pasamos aquí, y ya sé que no habrá un cuarto. Le he visto mirando a Inés de reojo sin que nadie se dé cuenta. Sólo yo. Tengo que hacer algo. La mira cuando se baña en la piscina y le dice cosas como: «Te pareces mucho a tu hermana». Y debe de ser verdad porque todo el mundo dice lo mismo. A veces nos ponemos delante del espejo las dos, y nos observamos, y llegamos a la conclusión de que no nos parecemos tanto. Pero da igual, no quiero que ella sea su nueva muñeca. O al menos no quiero estar para verlo.

Joana se levantó y fue hacia la chica para sentarse a su lado. Ella se lo agradeció, con una breve sonrisa, pero siguió leyendo.

Todo empezó hace dos veranos, hacia finales del mes de julio, cuando ya sólo quedaba un grupo de niños por llegar. Siempre nos quedamos solos unos días entre un grupo y otro. Solos quiero decir mamá, Inés y yo, y el mosén y algún monitor. Esos días Inés y yo tenemos toda la piscina para nosotras. Es como si fuéramos ricas y viviéramos en una casa de esas de las series americanas. Pero a Inés no le gusta mucho el agua, así que ese día me bañaba yo sola. Me gustaba nadar y lo hacía bien. Crol, braza, espalda… todos los estilos menos mariposa, que no me salía. Por eso él se ofreció a enseñarme. Se puso al borde de la piscina y me enseñó a mover los brazos y las piernas. Es bastante guapo y tiene mucha paciencia. Casi nunca se enfada, ni siquiera cuando los niños se portan mal y no le hacen caso. Estuvimos un rato, yo nadando y él al borde de la piscina, hasta que me cansé. Entonces me ayudó a salir del agua aunque no hacía falta. Era por la tarde y ya no hacía sol, así que dijo que mejor me secaba enseguida para no resfriarme. Se puso detrás de mí, me envolvió con una toalla y empezó a secarme con ganas. Me hacía cosquillas y me reí. Él también se reía al principio. Luego ya no: me secaba más despacio y respiraba fuerte, como cuando uno está cansado. No me atreví a moverme aunque ya estaba seca del todo, pero empecé a sentirme rara. Seguía envuelta en la toalla y él me acariciaba a través de la tela. Luego metió la mano por debajo. Y entonces sí que intenté soltarme, pero no pude. Él no decía nada: Chist, aunque yo no hablaba. Luego dijo: No te haré daño. Me sorprendió porque no se me había ocurrido que pudiera hacérmelo. Su dedo iba subiendo por mi pierna, por la parte de dentro del muslo, cada vez más arriba, como una lagartija. Se paró al final del muslo y suspiró. Fueron unos segundos, el dedo se coló por el borde del bañador. Me removí. Y entonces respiró con más fuerza y me soltó.

—¡Dios! —exclamó Joana. Pero Héctor la acalló con la mirada. Leire seguía en silencio, contemplando a esa joven que la sumergía en una historia horrenda, conmovedoramente brutal.

No se lo conté a mamá. Ni a nadie. Tenía la sensación de que había hecho algo malo aunque no sabía muy bien qué. Y él no dijo nada más. Sólo: Ve a vestirte que es tarde, en un tono medio enfadado. Como si yo le hubiera entretenido. Como si de repente no quisiera verme más. Al día siguiente no vino a la piscina. Le vi pasar desde el agua, y le llamé: quería demostrarle que había estado practicando y que ya me salía mejor. Él me miró, muy serio, y se marchó sin decir nada. Ya no tuve más ganas de nadar y salí de la piscina. Era más temprano que el día anterior y hacía calor. Me quedé tumbada sobre la toalla, dejando que me secara el sol. Creo que esperaba verlo aparecer, pero no lo hizo. Seguro que estaba enfadado conmigo. Me dije que si volvía a secarme no sería tan tonta. Pero al día siguiente llegó ya el nuevo grupo de niños, y los demás monitores, y él ya no tuvo tiempo para las clases de natación. Yo seguí practicando todas las tardes, cuando la piscina se quedaba vacía porque los niños hacían otras actividades, y le comenté un día que ya me salía mejor. Él me sonrió y me dijo: Ya iré a verte, quiero comprobar tus progresos.

Y vino: el último día, después de que se marcharan los niños. Y me aplaudió. Yo estaba orgullosa: a mamá le daba igual si nadaba bien o no, no sabe nada de deportes, así que me puse muy contenta. Cuando salí del agua me quedé quieta, esperando que me secara. Pero él se limitó a darme la toalla. A distancia. Y luego me dijo que me merecía un premio por haberme esforzado tanto en la piscina. ¿Qué premio?, le pregunté. Él sonrió. Ya lo verás. Será una sorpresa. Mañana ve a la cueva del bosque después de comer y te lo daré, ¿de acuerdo? Pero no se lo digas a Inés o también querrá uno. Era verdad. Inés siempre protesta en mi cumpleaños, cuando me hacen regalos. Protesta tanto que mi madre y mis abuelos acaban siempre comprándole algo aunque no sea su fiesta, sino la mía. Así que no se lo dije, y al día siguiente conseguí irme sin que me viera. Tampoco se lo dije a mamá porque seguro que si lo hacía me tocaría cargar con Inés.

—No tienes por qué hacer esto —susurró Joana, pero Inés la retó con la mirada.

—Ya lo sé. Pero quiero hacerlo. Se lo debo.

Eso fue hace dos veranos. Ahora ya casi nunca bajo a nadar. No tengo ganas. Sólo quiero dormir. Pero dormir de verdad, sin soñar. Le he preguntado a todos cómo se pueden evitar los sueños y nadie ha sabido explicármelo. Nadie sabe nada que sea realmente importante. Que sirva para algo de verdad. Mamá sólo sabe hacer comidas y vigilarme. Me observa cada vez que nos sentamos a comer. No la soporto. No quiero su comida. Cada vez que vomito después de comer me siento contenta. A ver si así aprende a dejarme en paz.

La cueva está a unos veinte minutos de la casa. Hay que andar cuesta arriba un buen trecho, a través del bosque, pero conozco el camino perfectamente. Cada grupo de niños hace una excursión hasta allí, así que incluso ese primer verano había ido ya cuatro veces. A veces algún monitor va antes y se esconde en ella, para asustar a los más pequeños o cosas así. Así que ese día, a la hora de la siesta, me dirigí hacia allí como habíamos quedado. Cuando llegué no vi a nadie. Las cuevas no me dan miedo, pero tampoco me apetecía entrar sola y esperé sentada en una piedra, a la sombra. Me gusta el bosque: la luz se cuela entre las ramas y hace dibujos en el suelo. Y hay un silencio que no es silencio del todo, como si tuviera música. Soplaba un poco de brisa, que era agradable después de la empinada cuesta. Miré el reloj, aunque no sabía seguro a qué hora tenía que venir. Pero no tardó. Apareció unos diez minutos después. Llevaba la mochila a la espalda y me dije que ahí dentro tenía que estar mi regalo. Él parecía nervioso y miraba hacia atrás todo el rato. Sudaba, y supuse que había venido corriendo. Se dejó caer a mi lado y casi sonrió. Yo le pregunté: ¿Me has traído el regalo? Y entonces sí sonrió de verdad. Abrió la mochila y sacó una bolsa. Espero que te guste. No estaba envuelto así que miré hacia el interior de la bolsa. ¡Sácalo!, me dijo él. Era un biquini rosa de fresitas. Me encantó. Entonces me dijo: Póntelo. A ver si es de tu talla. Debí de dudar porque insistió: Vamos, quiero ver cómo te queda puesto. Cámbiate en la cueva si te da vergüenza. Tenía la voz ronca. Entonces no sabía que esa voz es la que le sale cuando quiere jugar o cuando se enfada. Más lenta, arrastrando las palabras. Y siempre que pone esa voz mira hacia otro lado, como si no hablara contigo. Como si fuera él quien siente vergüenza.

Fui a cambiarme y salí con el biquini puesto. Paseé arriba y abajo como hacían las modelos en las pasarelas. Me miraba de una forma que me hacía sentir guapa. Luego me dijo: Ven a sentarte a mi lado. Lo intenté pero estaba incómoda: la tierra y las piedrecitas se me clavaban en las piernas. Él sacó una toalla de la mochila y la extendió para los dos. Y nos tumbamos, y pasamos un rato mirando la luz que se filtraba a través de los árboles. Le conté mis cosas y me escuchó de verdad. Eres muy guapa, me susurró luego mientras me acariciaba el pelo. Y entonces me sentí realmente como la niña más guapa del mundo.

Escondí el biquini, tal y como él me dijo, para que Inés no lo encontrara. Mi madre lo vio, claro, y comentó que se lo habría dejado olvidado una de las niñas. Yo sonreí, pensando que, tal y como él había dicho, aquel regalo era nuestro secreto. No volví a ponérmelo hasta el verano siguiente, el primer día que llegaron los monitores, pero él no se fijó. Nadé en la piscina, como había hecho el año anterior, pero él estaba ocupado con los demás y no me hizo caso. Pero después, cuando me crucé con él por el pasillo, me dijo muy serio: En la piscina hay que usar el bañador. Luego me guiñó un ojo y añadió: Pero puedes ponerte el biquini rosa cuando nos veamos en la cueva. Al fin y al cabo te lo regalé yo. No lo entendí, pero dije que sí con la cabeza. Ven mañana sobre las cuatro, me dijo en voz baja, y me cuentas qué tal te ha ido el año. Yo fui encantada porque tenía muchas cosas que contarle, cosas del colegio, y de mis amigas, pero la verdad es que casi no hablamos. Cuando llegué él ya estaba allí, sentado en la misma toalla del año anterior. Llegas tarde, me regañó, aunque no era verdad. Llevo el biquini debajo de la ropa, le dije para que no se enfadara. Entonces se rió, y comprendí que me estaba tomando el pelo, pero siguió hablando en tono de enfado. ¿Ah, sí? No te creo, además de llegar tarde eres una mentirosa... Y riéndose me cogió por los hombros, y me tumbó sobre la toalla y me hizo cosquillas. ¿A ver si es verdad?, repetía, y metía las manos debajo de la ropa para ver si tocaba el biquini. Vaya, pues sí, sí que está. Yo también me reía, aunque sus manos estaban calientes. Muy calientes. Entonces se tumbó encima de mí y me acarició la cara, y me repitió que era muy guapa. Estás más guapa aún que el año pasado. Yo estaba un poco avergonzada, y notaba las mejillas rojas. ¿Tienes calor?, me preguntó. Te voy a desnudar como si fueras una muñeca, dijo sonriendo. Hablaba con aquella voz rara. Y dejé que me quitara la camiseta, y que me bajara el pantalón. Eres mi muñeca, repetía susurrando. Casi no le oía. Con una mano me acariciaba los cabellos, el brazo, me hacía cosquillas en el cuello. Cerré los ojos. No vi nada más, pero un rato después noté un líquido caliente sobre la barriga. Abrí los ojos, asustada, y vi una mancha blanca y viscosa. Intenté moverme porque me dio asco pero él no me dejó. Chist, repetía, chist... las muñecas no hablan.

Leire tuvo que hacer esfuerzos para no arrancarle las hojas de papel. A su lado, Héctor le cogió la mano. Ella cerró los ojos y siguió escuchando.

Ese verano aprendí a ser su muñeca. Las muñecas cierran los ojos y dejan que las acaricien. También se dejan coger la mano y la ponen donde les digan. Y abren la boca y lamen con la lengua aunque a veces da arcadas. Sobre todo, las buenas muñecas no cuentan nada a nadie. Obedecen. No protestan. Como las de verdad, tienen que esperar a que su dueño las coja y luego a que se canse de jugar con ellas. Es raro, quieres que jueguen contigo aunque haya juegos que no te gustan nada. Y, sobre todo, no soportas que tu dueño se olvide de ti, o te cambie por otra muñeca nueva. A finales del verano pasado, el último día que jugamos, me miró y me dijo: Estás creciendo mucho. Y al contrario que la mayoría de la gente, que lo decía sonriendo, tuve la impresión de que a él no le gustaba. Luego en mi cuarto me miré al espejo y vi que tenía razón: mi cuerpo cambiaba, me crecían los pechos... sólo un poco, pero lo suficiente para que el biquini rosa quedara pequeño. Fue entonces cuando decidí comer menos.

—¡Cabrón! —La palabra salió de la boca de Joana sin que pudiera evitarlo.

Inés la miró, asintió, y dijo:

—Ya falta poco.

Este año todo ha sido distinto desde el principio. Cuando llegó me miró como si no me reconociera. Yo estaba orgullosa: gracias a que casi no probaba bocado apenas había engordado. Pero estaba más alta, eso no podía evitarlo. Y vi que él lo notaba, aunque no dijo nada. Intenté ponerme el biquini sin conseguirlo y lloré de rabia. Él ni siquiera lo mencionó. Me miraba como si no existiera, como si nunca hubiera jugado conmigo. Y cuando un día le dije que podíamos ir hasta la cueva me miró extrañado. Daba la impresión de que no sabía de qué le estaba hablando. Pero, por una vez, mi madre sirvió de algo y lo arregló todo. Comentó a los monitores lo mala estudiante que me había vuelto, lo preocupada que estaba por mí, creo que con la intención de avergonzarme. Y él asintió, y dijo: Tranquila, la ayudaremos. Yo mismo le daré clases particulares por las tardes los días que pueda. Me encantó la idea: los dos juntos, en una habitación cerrada. Volví a sentirme especial.

El primer día le esperé sentada en el escritorio de mi cuarto, el mismo que comparto con Inés. La muy tonta se empeñó en traerse todas sus muñecas. Mientras preparaba los cuadernos y los libros, las miré y les dije: Hoy es mi turno, hoy jugará conmigo. Pero no lo hizo: estuvo un rato explicándome unos problemas de matemáticas y luego me puso unos ejercicios. Luego se acercó a la ventana y se quedó ahí. Cuando se volvió noté que algo le pasaba. Se le enturbiaban los ojos. Y me dije: Ahora. Ahora. Yo esperaba que me hablara con aquella voz ronca, que me tocara con aquellas manos calientes que al principio me daban asco. Pero él sólo se sentó y preguntó: «¿Cuántos años tiene ahora tu hermana?».

Le odié. Le odié con todas mis fuerzas. Antes a veces le había odiado por esas cosas que me hacía, y ahora le odiaba porque había dejado de hacerlas. Y entonces, poco a poco, vi cómo iba acercándose a Inés. Nadie más lo notó, claro. Ni siquiera ella misma. Inés puede pasarse horas jugando con sus muñecas sin enterarse de nada. No le gustan los juegos al aire libre, ni los deportes. Ni siquiera le gustan mucho los otros niños: mamá siempre dice que es demasiado solitaria. En el colegio sólo tiene una amiga y casi no se trata con nadie más. Pero él la miraba, yo lo veía. Sólo lo veía yo mientras fingía leer; mientras los ojos de mi madre me vigilaban para que comiera, yo tenía la vista puesta en Inés. Entonces decidí hacer algo. Sabía que estaba en mi mano, que los juegos de los veranos anteriores eran malos; en el colegio nos habían hablado de ello y todos habíamos puesto cara de asco. Yo incluida. Pues bien, ahora quería acabar con todo eso aunque no sabía bien cómo. Y una tarde, mientras los monitores y los niños estaban de excursión, fui a hablar con el mosén. Pensaba contárselo todo: hablarle del biquini, de los juegos en la cueva, de sus manos sudorosas, aunque me muriera de la vergüenza.

—¡Fèlix! —exclamó Joana.

—Sí —repuso Inés—, el padre Fèlix.

Llamé a la puerta y entré en su despacho. Y casi sin darme cuenta rompí a llorar. Lloraba de verdad, con todas mis fuerzas. Lloraba tanto que no se entendían mis palabras. Él cerró la puerta y me dijo: Cálmate, cálmate, primero llora y luego me lo cuentas todo, ¿de acuerdo? Llorar es bueno. Cuando se te acaben las lágrimas, hablaremos. Tuve la impresión de que las lágrimas no se acababan nunca: como si mi estómago fuera un nudo de nubes negras que no dejaban de soltar lluvia. Pero mucho rato después el nudo empezó a aflojarse, las lágrimas cesaron y por fin pude hablar. Se lo conté todo, sentada en una silla vieja de madera que crujía cada vez que me movía un poco. Me escuchó sin interrumpirme, haciendo sólo alguna pregunta cuando yo vacilaba. Preguntó si había hecho algo más, si había metido su cosa dentro de mí, y le dije que no. Pareció aliviado. De repente ya no tenía vergüenza, ni ganas de llorar, sólo de contarlo todo. Quería que todo el mundo supiera que yo había sido su muñeca. Cuando terminé tuve la sensación de que ya no quedaba nada dentro de mí, sólo el súbito miedo de qué iba a pasar a partir de entonces.

Pero no pasó nada. Bueno, sí, el mosén me dijo que debía tranquilizarme, que él se ocuparía de todo, que me olvidara de esas cosas. No se lo cuentes a nadie más, me dijo. Pensarán que te lo estás inventando todo. Déjalo en mis manos.

De eso hace tres días. Las clases particulares han terminado, y cuando me cruzo con él por el pasillo ni siquiera me mira. Está enfadado conmigo, lo sé. Sé que he roto las reglas de las buenas muñecas. El penúltimo grupo de niños se ha ido ya. Él también se ha marchado, pero volverá dentro de unos días. No quiero estar aquí para verlo. Quiero escapar. Irme donde nadie me encuentre y dormir para siempre.

El timbre de la puerta los sobresaltó a todos. Joana se levantó para abrir, mientras Leire abrazaba a Inés. Ésta había dejado las hojas de papel sobre la mesita y ya no contenía las lágrimas.

La persona con la que entró Joana era la última que esperaban ver en ese momento: el padre Fèlix Castells.

38

Leire seguía abrazando a Inés. La joven sollozaba casi en silencio, como si se avergonzara de ello. Cuando entró Fèlix, las miradas de todos se posaron en él. Pero fue Joana quien dijo, en voz alta y clara:

—¿Te sentiste aliviado cuando ella te dijo que no la había penetrado? ¿De verdad, Fèlix?

Él la miró sin responder.

—¿No hiciste nada? —siguió, acusándole con furia—. ¿Nada? ¿Esa niña te contó lo que le había estado haciendo ese cabrón y tú pensaste que, como no la había violado, todo eso no importaba? ¿No le denunciaste, ni siquiera cuando la niña se ahogó en la piscina?

Héctor cogió las páginas que Inés había dejado encima de la mesa.

—Debería leerlas, padre. Y si de verdad Dios existe, espero que Él le perdone.

Fèlix bajó la cabeza. Parecía incapaz de defenderse, de decir una sola palabra en su favor. No se sentó. Permaneció de pie ante aquel tribunal improvisado.

—No le echen toda la culpa —susurró Inés. Apartó suavemente a Leire y miró al sacerdote—. Lo que hizo no estuvo bien, pero no lo hizo sólo por él. También me protegía a mí.

—Inés...

—¡No! Llevo años con todo esto. Sintiéndome culpable.

Creyéndome en deuda con Iris, manteniéndola viva aunque fuera de manera simbólica… Hasta la Navidad pasada, cuando encontré estas páginas y supe toda la historia. Se las enseñé a Marc en Dublín, y él reaccionó igual que ustedes ahora. Con asco, con rabia, con ansias de saber la verdad. Pero hay una parte de esa verdad que yo no me atreví a contarle. Dejé que odiara a su tío, que iniciara un plan de venganza contra él, para obligarle a confesar lo que él quería saber. —Tomó aire antes de seguir—. Cuando la verdad es que esa mañana, muy temprano, oí pasos en la casa. No podía dormir en la cama de mamá, no paraba de moverse. Salí al pasillo sin hacer ruido y no vi a nadie, pero estaba segura de que alguien había bajado la escalera. Una de mis muñecas estaba en el suelo. La recogí y bajé al jardín.

Iris está sentada al borde de la piscina, en camisón. Sus ojos sólo ven las muñecas. Lleva toda la noche sin dormir, mirándolas fijamente. Son de Inés y en ese momento las odia con todas sus fuerzas. A algunas les ha arrancado la cabeza y los brazos antes de arrojarlas al agua; a otras las ha sumergido como si pudiera ahogarlas. Le queda sólo una en la mano, la preferida de su hermana, y antes de lanzarla con las demás contempla su obra, satisfecha. La piscina se ha convertido en un charco lleno de cuerpecillos de plástico que flotan a la deriva. No se da cuenta de la presencia de Inés hasta que oye su voz.

—¿Qué haces?

Se ríe, como una posesa. Inés se agacha y empieza a sacar las que flotan más cerca del borde. El agua está helada, pero son sus muñecas. Las quiere.

—¡No las toques!

Iris intenta impedírselo. La agarra con todas sus fuerzas y la zarandea sobre el suelo, pero aunque Inés es más pequeña, ella está muy débil. Inés intenta zafarse de los brazos de su hermana, y ambas forcejean, en el borde de la piscina, ruedan agarradas hasta caer al agua. Inés nota cómo se afloja la presión, cómo el frío le penetra por todo el cuerpo. Apenas consigue salir a la superficie y bracear como un perrito hasta la escalerilla. Entonces mira hacia atrás. Iris emerge del fondo lentamente, como una gran muñeca muerta.

—Fue así —terminó Inés—. Salí corriendo y me escondí. Mamá me encontró un rato después, con el pelo aún mojado. Me abrazó y me dijo que no me preocupara, que había sido un accidente. Que el padre Fèlix se ocuparía de todo.

El silencio se apoderó de la sala. El padre Castells se había sentado, aunque seguía con la mirada baja.

—Dios —dijo Joana—. ¿Y Marc?

—Marc no supo nada, Joana —respondió Fèlix—. Me ocupé de eso. Me ocupé de todo. Podéis decir que obré mal, pero os juro que intenté hacer lo correcto.

—¿Ah, sí? —preguntó Héctor—. Dudo que ocultar los abusos a una menor fuera «hacer lo correcto», padre. Usted sabía la verdad. Sabía que Iris estaba fuera de sí y sabía la causa.

—¿Y de qué servía ya? —gritó Fèlix. Se había puesto en pie de repente y su rostro enrojecido denotaba la tormenta que se estaba librando en su interior—. ¡Iris estaba muerta, y esta niña no tenía ninguna culpa! —Tragó saliva y prosiguió, en voz más baja pero igualmente tensa—: Sí, dudé de lo que decía Iris. Quizá no le concedí la importancia que tenía. Pensé que parte era verdad, y que parte era el fruto de la imaginación de una niña problemática. Pero luego, cuando murió, me dije que sacar a la luz toda esa basura sólo serviría para que esta pobre niña tuviera que enfrentarse a un montón de cosas. Su madre me rogó que la protegiera. Y opté por los vivos, inspector. Le confesé la verdad al inspector que llevó el caso —dijo sin mencionar su nombre—. Le pedí que dejara de investigar por esta pobre niña. Y él estuvo de acuerdo.

—Pero no le contó que estaban dejando a un pederasta suelto, ¿verdad que no? Sólo le habló de una pelea entre hermanas, de un desgraciado accidente. ¿Y qué pasaba con el monitor?

—También hablé con él. —Sabía que daba lo mismo, que en este punto sus excusas se difuminaban ante ellos, pero siguió de todos modos—. Me aseguró que no volvería a hacerlo, que se reformaría, que había sido sólo esa vez, porque...

—Porque Iris se lo había buscado, ¿no? —intervino Leire.

Fèlix meneó la cabeza.

—Era un buen chico, de una buena familia. Creía en Dios y me prometió que eso no sucedería nunca más. La Iglesia predica el perdón.

—La Justicia, padre, predica otra cosa —atajó Héctor—. Pero ustedes se creen por encima de ella, ¿no es así?

—No... no lo sé. —Fèlix bajó la vista de nuevo—. Lo mismo le dije a Marc cuando vino a verme, a su regreso de Dublín. Quería saber el nombre de ese chico. Él apenas se acordaba de quiénes eran los monitores de los campamentos, tenía sólo seis años. Y me negué a decírselo. Le dije que olvidara todo el asunto.

—Pero Marc no lo olvidó —siguió Héctor—. Lo decía en su blog: hablaba de medios y de fines, de venganza y de justicia, de verdad.

—No sé lo que planeaba. No volví a hablar con él de ese tema. —Miró a Inés, como si ella tuviera la respuesta.

—No me contó los detalles, pero sí que era algo contra usted. No quiso decirme de qué se trataba.

Héctor se plantó delante del padre Castells.

—Pues ahora ha llegado el momento de dar ese nombre, ¿no cree? El nombre del monitor que abusó de esa niña y es, moralmente al menos, responsable de su muerte. El nombre que Marc pretendía conseguir.

Él asintió con la cabeza.

—Hacía tiempo que no lo veía, pero coincidí ayer con él, en casa de los Martí. Se llama Eduard. Eduard Rovira.

39

Cerdos —dijo Leire mientras conducía hacia la casa de los Rovira—. Son todos unos cerdos. Estoy segura de que la amistad con los Rovira contaba más que lo que le había pasado a la hija de la cocinera. Un muchacho cristiano de buena familia que ha cometido un error…

Héctor la miró y no pudo negarlo.

—Algo hubo de eso, estoy seguro. Y también de orgullo herido o de miedo. ¿Cómo justificar que todo eso ha estado pasando delante de tus narices sin que lo veas? Con Iris muerta, lo más práctico era zanjar el asunto.

Leire aceleró.

—Tengo ganas de pillar a ese hijo de puta.

Lo pillaron en casa. Los señores Rovira no estaban, así que fue un sorprendido Aleix quien les abrió la puerta creyendo que era a él a quien iban a buscar.

—Creí que era mañana…

Héctor lo agarró de la solapa.

—Vamos a hablar un ratito tú y yo luego. Pero, antes, queremos charlar con tu hermanito. ¿Está en su cuarto?

—Arriba. Pero no tiene derecho a…

Le cruzó la cara de un bofetón. La marca roja se extendió por la mejilla del chico.

—¡Eh, eso es brutalidad policial! —protestó, recabando con la mirada la ayuda de Leire.

—¿El qué? —preguntó ella—. ¿Lo dices por eso que te ha salido en la cara? Te habrá picado un mosquito. En verano hay muchos. Incluso en este barrio.

El tumulto había sacado a Edu de su habitación. Héctor había soltado ya a Aleix y concentraba toda su atención en su hermano. Se esforzó por olvidar lo que Inés les había leído hacía apenas media hora, por sofocar esa rabia sobrehumana que amenazaba con nublarle la vista otra vez. Permaneció durante un par de segundos tenso, con los puños apretados. Su rostro debía de dar miedo, porque Eduard retrocedió.

—Sabes a lo que venimos, ¿verdad? —preguntó Leire, colocándose entre el inspector y Eduard Rovira—. Vamos a ir todos a comisaría, y allí podremos hablar más tranquilos.

Leire observó a Aleix, quien, sentado al otro lado de la mesa de interrogatorios, no se atrevía a levantar la mirada. La mancha roja casi había desaparecido de su cara, pero aún se notaba un rastro leve.

—Tenemos que hablar de Edu, Aleix. —Su tono era frío, imparcial—. Tú sabes que tu hermano está enfermo.

Se encogió de hombros.

—Vamos. ¿Desde cuándo lo sabes? ¿Abusó de ti también?

—¡No! A él no…

—No le gustan los niños. ¡Es un detalle! Al menos prefiere las niñas. ¿Cuándo te enteraste?

—No voy a decir nada.

—Sí. Sí que me lo vas a decir. Porque puede ser que tu hermano matara a Marc y a Gina para ocultar todo esto. Y quizá Marc te importara poco, pero a Gina la querías…

—¡Edu no ha matado a nadie! Ni siquiera sabía nada de esto hasta ayer.

Leire iba con cuidado. Cualquier desliz podía ser fatal.

—Si eso es verdad, habla conmigo, Aleix. Convénceme de ello. ¿Cuándo supiste que a Edu le gustaban las niñas?

Él la miró a los ojos; ella sabía que estaba calculando todas las posibilidades y cruzó los dedos mentalmente hasta que él respondió por fin.

—Yo no sé nada de eso.

—Sí lo sabes… Te gusta saber cosas de los demás, Aleix. Y no tienes un pelo de tonto.

Aleix le sonrió.

—Bueno, digamos que hace un par de años, un verano que vino, encontré algunas cosas en su ordenador. Se me dan bien las contraseñas. Pero no podrán demostrarlo porque no encontrarán nada en él ya. —Seguía sonriendo—. Ni un solo rastro.

«Gracias a ti, cabrón», pensó Leire. Aleix se pavoneaba, quería demostrar siempre que era el más listo. «Te voy a pillar por chulo, gilipollas.»

—Y cuando Marc volvió de Dublín decidido a encontrar al chico que había abusado de Iris, tú terminaste por atar cabos y pensar que podía ser Edu, ¿verdad? Te sonaba que había sido monitor de campamentos con Fèlix, y es obvio que tu familia y los Castells se llevaban bien. Marc ni siquiera se acordaba de Edu, ni te conocía cuando pasó todo eso. Y Edu lleva años fuera… En lugares donde realiza labores humanitarias. Y juega con las niñas.

Él le sostuvo la mirada con insolencia.

—Eso lo ha dicho usted, no yo.

Leire hizo una pausa. Llegaban al punto más importante de todo el asunto, el punto en que ella dejaba de saber y necesitaba preguntar, el punto en que necesitaba ser más hábil que ese niñato engreído. Se tomó unos segundos antes de formular la siguiente pregunta.

En la sala contigua, un silencioso y amedrentado Eduard se enfrentaba a la voz áspera, tensa, del inspector Salgado. Éste le había contado, punto por punto, detalle a detalle, todo lo que contenía el diario de Iris.

—Y además has tenido mala suerte —terminó—. Porque por alguna razón legal que no acabo de entender, estos casos de abusos prescriben a los quince años. Y hace sólo trece de aquel verano. ¿Has oído hablar de lo que les hacen a los pederastas en la cárcel?

Edu palideció, dio la impresión de que se encogía en el asiento. Sí, todo el mundo había oído hablar de eso.

—Pues en tu caso será peor, porque me aseguraré de que los funcionarios se lo digan a los presos de confianza. Y que de paso dejen caer que eres un niño bien que se ha librado durante años de la justicia gracias a los contactos de papá. —Se rió al ver la cara que iba poniendo ese gusano—. Si hay dos cosas que los presos odian es a los pederastas y a los niños ricos. De verdad que no me gustaría estar en tu pellejo cuando tres o cuatro te acorralen en una de las salas… mientras los vigilantes miran hacia otro lado.

Parecía a punto de desmayarse. «Bien, así me gusta», pensó Salgado.

—Claro que, si colaboras un poquito, quizá haga lo contrario. Pedir a los funcionarios que te protejan, decirles que eres un buen chico que ha cometido un par de errores.

—¿Qué quiere saber?

—¿Qué te contó tu hermano?

Leire iba a formular la siguiente pregunta cuando un serio Héctor Salgado apareció en la sala y, avanzando despacio hacia Aleix, le dijo en voz muy baja:

—Edu ha estado explicándome un montón de cosas, chico. La perspectiva de ir a la cárcel le ha vuelto muy comunicativo.

Salgado se sentó en el borde de la mesa, muy cerca de Aleix.

—Y al final me he formado una opinión de ti. ¿Quieres saberla?

El chico se encogió de hombros.

—Contéstame cuando te hablo.

—Me la va a decir igual, ¿no? —repuso Aleix.

—Sí. Eres un tío listo. Muy listo. Al menos en el instituto. El primero de la clase, el líder del grupo. Un chico guapo con una familia rica detrás. Pero en el fondo sabes que en esa familia hay mucha mierda oculta. Los demás no te importan, pero Edu es especial. Por Edu hiciste muchas cosas...

Aleix levantó la vista.

—Edu me ayudó mucho hace años.

—Ya... Por eso no podías dejar que el plan de Marc surtiera efecto. Era un plan algo descabellado, pero podría haberle salido bien y tu querido Edu hubiera tenido que enfrentarse a unos momentos muy desagradables. ¿Por eso mataste a Marc? ¿Para que no siguiera adelante?

—¡No! Se lo he dicho cien veces. Yo no maté a Marc. Ni yo ni Edu...

—Pues en este momento tenéis todos los números para cargar con el marrón.

Aleix observó a Salgado y luego a Leire. No halló en ellos ni un ápice de comprensión. Finalmente echó la cabeza hacia atrás, cerró los ojos y suspiró. Cuando volvió a abrirlos, empezó a hablar despacio, casi con alivio.

—Marc se enfadó mucho con su tío cuando éste se negó a decirle quién era aquel monitor. Y entonces se le ocurrió esa idea absurda... —Hizo una pausa—. Lo saben todo ya, ¿no? Supongo que han encontrado el USB en casa de Gina.

Leire ignoraba de qué le estaba hablando, pero asintió:

—Tuve suerte. Lo cogí cuando te fuiste.

—Pues entonces ya lo ha visto. Las fotos de Natàlia, listas para ser introducidas en el ordenador de su tío. En parte habría sido divertido: ver la cara del ímprobo padre Castells cuando abriera el ordenador y descubriera en él las fotos de una niña desnuda, junto con algunas más que Marc había sacado de internet. Además, Marc se curró las fotos, le hizo un montón a la niña, una noche, mientras dormía. ¿Sabían que las chinitas tienen mucho éxito entre los pedófilos?

Leire intentó que su semblante no delatara la emoción y el asco que sentía. Iba atando cabos mentalmente, intentando anticiparse y no meter la pata. Pero entonces intervino Salgado:

—Le habría sido difícil explicar esas fotos si alguien se hubiera enterado.

—Claro. Y por una vez la sotana no le protegería de los rumores. Más bien al contrario.

—Rumores como los que esparcisteis en el instituto sobre aquella profesora —dijo Héctor, recordándolo en ese momento.

Aleix sonrió levemente.

—Sí. Menuda zorra. Encontré un perfil suyo en internet, de lo más decente, se lo juro. Robé las fotos, jugué un poco con el photoshop para acentuar ciertos encantos, añadí otro texto y luego lo mandé completo a toda su lista de correo. Y no la privada: incluí hasta al director del colegio. ¡Fue genial!

—Y lo mismo pensaba hacer Marc con la cuenta de correo del padre Castells y las fotos de Natàlia —añadió Héctor.

—Más o menos. En realidad Marc quería utilizarlo como amenaza. Gracias a cuatro cosas que yo le había enseñado descifró la contraseña del correo de su tío. Su plan era simple. Por un lado, descargar el archivo con las fotos en el ordenador del padre Castells; luego, pasado el puente de San Juan, llamarlo y ponerlo contra las cuerdas: o le daba el nombre que quería saber o esas fotos vergonzosas que Fèlix estaría viendo horrorizado por primera vez en su ordenador se divulgarían a todos sus contactos. Sabiendo su contraseña y teniendo el USB con las fotos, Marc podía hacerlo desde casa. ¿Se imaginan las caras de Enric, de Glòria, de los compañeros del cura, de las asociaciones de padres, si de repente les llegaba un e-mail de Castells con fotos de su sobrina desnuda?

—Es perverso —apuntó Leire—. ¿Iba a hacerle eso a un hombre que lo había criado, que había sido casi un padre para él?

Aleix se encogió de hombros.

—La teoría de Marc era que Fèlix habría hablado. En ese momento de desesperación le habría revelado el nombre que quería saber. Y entonces él no habría tenido que cumplir la amenaza. De todas formas, tampoco se sentía muy mal por darle un susto; en el fondo, era un encubridor.

—¿Y pensaste que podía salirse con la suya?

El chico asintió.

—El plan podía fracasar estrepitosamente y Fèlix podía negarse a todo, pero... Corren malos tiempos para los curas en este tema. No se habría jugado la reputación por proteger a Edu... Intenté disuadir a Marc, exponerle los riesgos. Le insistí en que eso ya no era una broma de colegio, que esto era algo más serio. Que si se descubría la verdad, él y Gina podían pasarlo muy mal. Al menos conseguí convencerlo de que retrasara todo el plan unos días. Le dije que debíamos meditarlo bien para no meter la pata y le persuadí de que lo dejara todo para después de Selectividad. Él no volvió a sacar el tema, pero por Gina me enteré de que había seguido adelante con el plan a mis espaldas.

—Y eso no podías permitirlo... Así que convenciste a Gina de que se quedara con el USB —siguió interrogándole Héctor.

—Fue fácil. Tenía unos celos enormes de la chica de Dublín y a ella sí la asusté de verdad. Además, Gina era una chica sensible. —Sonrió—. Demasiado sensible... La visión de esas fotos la horrorizaba. Marc las había pasado al USB para borrarlas de su ordenador. Gina le convenció, a instancias mías, de que era mejor que lo guardara ella en su casa hasta que él tuviera la oportunidad de acceder al ordenador de Fèlix.

—Y la oportunidad se presentaba durante el puente de San Juan —dijo Leire, recordando que Fèlix se quedaba con el resto de su familia en la casa de Collbató—. Pero Gina no le llevó el USB a la fiesta y Marc se enfadó. —Ahí avanzaba segura gracias al relato de Rubén, así que siguió hablando—: Se enfadó contigo y con ella, y acabó tirando la droga que tú tenías para vender. La droga que aún tienes que pagar, por cierto. Intentaste impedírselo y le diste un golpe. La camiseta que llevaba se manchó de sangre. Por eso se la quitó luego y se puso otra.

—Más o menos…

—Tú dices que te fuiste y tu hermano lo confirma, pero vuestra coartada mutua no es muy satisfactoria ahora, ¿no te parece?

Él se inclinó sobre la mesa.

—¡Es la verdad! Me fui a casa. Edu estaba allí. No le dije nada de todo eso. Dios, se lo conté anoche sólo porque necesito dinero para pagarles a esos tíos. Si no, no le habría dicho nunca nada. Es… mi hermano.

Leire miró a Héctor. El chico parecía decir la verdad. Salgado fingió ignorar a su compañera y se sentó en una esquina de la mesa.

—Aleix, lo que no entiendo es que un chico tan listo como tú cometiera un error tan burdo. ¿Cómo dejaste que Gina se quedara con el USB? Tú lo controlabas todo. Y sabías que no se podía confiar en ella…

—¡No lo hice! —protestó él—. Se lo pedí el mismo día que vinieron ustedes a interrogarla. Pero se confundió y me dio uno equivocado. ¿Saben una cosa? Sí, soy más listo que ustedes. ¿Tienen a mano la transcripción de la nota de suicidio que escribió Gina? ¿La recuerdan? ¡Gina jamás habría escrito eso! Era incapaz de dejarse un acento o de utilizar abreviaturas. Su padre, el escritor, las detesta.

Héctor observó a Aleix sin decir nada. Pero quien llamó su atención entonces fue la agente Castro, que con una voz que intentaba ser firme, preguntó:

—¿Qué contenía el USB que te dio Gina, Aleix?

—Sus apuntes de historia del arte. ¿Qué más da eso?

Leire se apoyó en el respaldo de la silla. Oía de fondo que Héctor seguía interrogando al testigo, aunque ella ya sabía que no merecía la pena. Que Aleix no había matado a Marc, y desde luego tampoco a Gina. Era un capullo y se merecía que los camellos le partieran la cara, pero no era un asesino. Ni su hermano, el santurrón pedófilo, tampoco.

Sin decir nada, salió de la sala e hizo una llamada. No necesitaba más: sólo confirmar un dato con Regina Ballester, la madre de Gina Martí.

40

Sentado en el sofá blanco de la casa de los Castells, mientras esperaba que Glòria terminara de bañar a la niña y bajara a reunirse con ellos, Héctor se dijo que en ese salón se respiraba la misma paz que había notado la última vez que estuvieron allí. Pero ahora, mientras contemplaba la elegante decoración y oía la suave música que flotaba en el ambiente, Héctor sabía que todo eso no era más que un decorado. Una falsa calma.

Él y Leire habían discutido mucho cómo enfocar la siguiente parte de ese asunto. Salgado había escuchado el razonamiento de Castro atento a todos los puntos que desembocaban a una única conclusión. Pero cuando llegó al final del proceso, cuando el nombre de la persona que había matado a Marc, y probablemente también a Gina, estuvo claro para ambos, Héctor recordó algo que él le había dicho a Joana. «Es posible que este caso no se resuelva nunca.» Porque, incluso con la verdad ante ellos, las pruebas eran mínimas. Tan mínimas que sólo podía confiar en que la tensión y el miedo acumulado fueran más fuertes que la entereza y la sangre fría. Por eso había impuesto su criterio y había ido él solo. Para lo que iba a hacer, dos personas eran multitud.

Enric Castells estaba cansado, se dijo Héctor. Unos círculos oscuros ensombrecían su expresión.

—No quiero ser descortés, inspector, pero espero que tenga una buena razón para presentarse en mi casa un domingo por la tarde. No sé si se da cuenta de que este fin de semana no ha sido precisamente fácil para nosotros... Ayer tuvimos que dar el pésame a unos buenos amigos cuya hija se ha suicidado y que tal vez matara a... —Se calló un momento—. Y desde entonces no paro de darle vueltas a todo. A todo...

Se pasó las manos por la cara y respiró hondo.

—Quiero que esto se acabe ya —dijo luego—. A ver si baja Glòria de una vez... ¿No podemos empezar sin ella?

Héctor iba a repetirle lo que ya le había dicho cuando cruzó la puerta, que necesitaba la colaboración de los dos porque habían aparecido pruebas nuevas, e inquietantes, en relación con la muerte de su hijo, pero en ese momento entró Glòria, sola.

—¡Por fin! —exclamó Enric—. ¿Tanto se tarda en bañar a esa niña?

La hostilidad de la pregunta sorprendió al inspector. «Esa niña.» No «la niña», ni «mi hija», ni siquiera «Natàlia». Esa niña.

Glòria no se molestó en responder y tomó asiento junto a su marido.

—Pues empiece de una vez, inspector. ¿Quiere decirnos a qué ha venido? —preguntó Castells.

Héctor los miró fijamente. Y entonces, ante aquella pareja que parecía vivir un estado de guerra fría, dijo:

—Tengo que contarles una historia que se remonta a hace años, al verano en que Marc tenía seis años. El verano en que murió una niña llamada Iris Alonso.

Por la expresión de la cara de Enric, Héctor dedujo que también él había leído el blog de Marc. No sabía cómo se había enterado de su existencia, pero era obvio que el nombre de Iris le era familiar. Salgado prosiguió con su relato: resumió ante ellos aquella historia de abusos y muerte, sin dar más detalles de los necesarios. Pasó luego a hablarles de Inés y de Marc en Dublín, de la decisión de éste de sacar la verdad a la luz, y llegó así al plan urdido para coaccionar a Fèlix, que se había negado a revelar a su sobrino el nombre que éste le pedía; narró el truco perverso para el que había utilizado a Natàlia, y describió con la más absoluta crudeza unas fotos que no había visto. Al hacerlo, observó las expresiones de los Castells y vio lo que esperaba: la de él indicaba una mezcla de aprensión e interés; la de ella, asco, odio y sorpresa. Terminó hablándoles de la intervención de Aleix para que el nombre de su hermano no saliera a relucir. Fue un resumen sucinto, pero claro.

—Inspector —empezó Enric, que había escuchado a Salgado con atención—, ¿me está diciendo que mi hijo pretendía chantajear a mi hermano? No lo hubiera hecho. Estoy seguro de ello. Al final se habría arrepentido.

Héctor meneó la cabeza, con aire de duda.

—Eso no lo sabremos nunca. Marc y Gina están muertos. —Se echó la mano al bolsillo y sacó el USB que Aleix le había dado hacía una hora—. Éste es el USB que Gina se llevó de aquí, el que luego entregó a Aleix. Pero en él no hay ninguna foto. De hecho, ni siquiera es de Gina, ni de Marc. Es suyo, ¿verdad, Glòria?

Ella no contestó. Su mano derecha se tensó sobre el brazo del sofá.

—Son sus apuntes de la universidad. ¿No los había echado de menos?

Enric levantó la vista despacio, sin comprender.

—No he tenido mucho tiempo para estudiar estos días, inspector —repuso Glòria.

—En eso la creo. Ha estado bastante ocupada con otras cosas.

—¿Qué está insinuando? —La voz de Enric había recobrado parte de su firmeza característica, la del señor que no consiente que nadie ataque a los suyos en su propia casa.

Héctor prosiguió. Hablaba en un tono sereno, casi amistoso.

—Insinúo que el destino jugó a todos una mala pasada. El USB con las fotos estuvo unos días aquí, antes de que se lo llevara Gina. Y Natàlia, inocente y juguetona, hizo algo que le divertía mucho esos días. Usted misma se lo dijo a la agente Castro cuando estuvimos aquí. Natàlia cogió el USB con las fotos y lo dejó al lado del ordenador de su madre, y se llevó el que usted tenía, con los apuntes de la carrera que estudia a distancia, al cuarto de Marc. Y él, que no quería volver a tener esas fotos en el ordenador, se lo dio a Gina sin darse cuenta del error. Pero usted... usted abrió el que no debía haber abierto. Y vio esas fotos de Natàlia: fotos de su hija desnuda, fotos que le sugirieron todo un mundo de horrores. Sabía que Marc había confesado haber colgado aquel vídeo de un compañero de colegio en internet. No se fiaba de él, ni le quería. Al fin y al cabo, tampoco era su madre...

Glòria enrojeció. No dijo nada, trató por todos los medios de conservar la calma. Su mano se había convertido en una garra aferrada al brazo del sofá.

—¿Viste las fotos? —preguntó Enric—. No me dijiste nada...

—No —intervino Héctor—. No le dijo nada. Decidió castigar a Marc por su cuenta, ¿verdad?

Castells se levantó como impulsado por un resorte.

—¡No le tolero una palabra más, inspector! —Pero en sus ojos había asomado ya la duda. Se volvió despacio hacia su mujer, que seguía inmóvil, como una liebre cegada por los súbitos focos de un coche—. Esa noche no dormiste conmigo... Te acostaste con Natàlia. Dijiste que la niña tenía miedo de los petardos.

Hubo un instante de tensión extrema. Glòria tardó unos segundos en contestar, los necesarios para que no le temblara la voz.

—Y así es. Dormí con Natàlia. Nadie puede demostrar lo contrario.

—¿Sabe? —intervino Héctor—. En parte la comprendo, Glòria. Tuvo que ser terrible. Ver esas fotos sin saber qué más le habrían hecho a su niña, temer lo peor. Le habría sucedido lo mismo a cualquier madre. Hay algo poderoso en el amor de una madre. Poderoso e implacable. Hasta los animales menos agresivos atacan para proteger a sus crías.

Héctor vio el titubeo en sus ojos. Pero Glòria no era una presa fácil de engañar.

—No voy a seguir hablando con usted, inspector. Si mi marido no le echa de nuestra casa, lo haré yo.

Pero Enric parecía no haber oído la última intervención de su mujer.

—Al día siguiente, tuvimos que parar a echar gasolina. Ni siquiera lo recordaba. Conducía Fèlix porque yo no era capaz de ponerme al volante. Pero el depósito no había quedado tan vacío cuando subimos… No había vuelto a pensar en ello… —Se encaró con su mujer y le susurró, sin poder alzar la voz—: Glòria, ¿mataste…? ¿Mataste a mi único hijo?

—¡Tu único hijo! —La amargura explotó en un grito ronco—. ¿Y Natàlia qué es? ¿Qué habrías hecho si te hubiera contado lo de las fotos? Yo te lo diré. ¡Nada! Habrían empezado las excusas, las justificaciones… La niña está bien, ha sido una broma, los adolescentes son así…

»¿Qué dijiste cuando colgó ese vídeo en internet? "Ha tenido una vida difícil, su madre lo abandonó…" —Sus palabras rezumaban rencor—. ¿Y Natàlia? ¿Los años que pasó en ese orfanato? ¿Ésos no cuentan? Esta hija no cuenta para ti. ¡No te ha importado nada nunca!

Glòria miró al inspector. Intentaba hacerle comprender la verdad. Justificarse de algún modo.

—Yo no podía perdonarlo, inspector. Esta vez no. ¿Quién sabe qué más le habría hecho a mi niña? —Había empezado y ya no podía detenerse—. Sí, la noche de la verbena te dije que dormiría con Natàlia, pero bajé a Barcelona en el coche en cuanto oí que dormías. Me había asegurado de que te durmieras, créeme. No sabía muy bien qué pensaba hacer. Supongo que acusarlo de todo y obligarle a marcharse sin que tú te enteraras. Lo quería fuera de la vida de Natàlia y de la mía. Llegué a casa justo cuando salía Aleix. Vi que se encendía la luz del cuarto de Marc y luego se apagaba. Un rato después, lo vi asomado en la ventana, crucé la calle rápidamente y subí a la buhardilla. Aún estaba allí, y en ese momento no pude evitarlo. Corrí hacia él y le empujé... Fue un impulso...

«Y devolvió el cenicero que estaba en el alféizar a su sitio, en un gesto automático», pensó Héctor, sin decir nada.

—Pero matar a Gina no fue un impulso, Glòria —dijo Héctor—. Fue un crimen a sangre fría, cometido contra una jovencita inocente...

—¿Inocente? ¡No ha visto todas las fotos, inspector! Las hicieron juntos, los dos. Aprovecharon una noche en que ella había venido a quedarse con Natàlia. Aparecía en alguna, incluso, aunque supongo que luego pensaban borrarla.

—No le hicieron ningún daño —susurró Héctor—. Pretendían, equivocadamente, cazar a un abusador de menores.

—Pero yo no lo sabía. ¡Dios, no lo sabía! Y me dije que si Marc había muerto, ella también tenía que morir. Además...

—Además, usted ni siquiera sabía que se había quedado a dormir aquí esa noche y cuando se enteró sintió pánico. Por suerte para usted, Gina estaba tan borracha que se durmió enseguida y no oyó nada. Pero cuando nos vio aquí, y se dio cuenta de que el caso seguía abierto, se asustó. Y decidió que el falso suicidio de Gina pondría punto final a todo. Fue a su casa aquella tarde, habló con ella, seguramente la drogó un poco, como a su marido la noche de San Juan. Después la llevó a la bañera y con la más absoluta crueldad le cortó las venas. Luego escribió un falso mensaje de suicidio, intentando imitar el estilo de los jóvenes al escribirlos.

—Era igual de mala que él —repuso Glòria con odio.

—No, Glòria, no eran malos. Podían ser jóvenes, estar equivocados, ser unos consentidos, pero no eran malos. Aquí la única mala persona es usted. Y su mayor castigo no va a ser la cárcel, sino separarse de su hija. Pero créame, Natàlia se merece una madre mejor.

Enric Castells observaba la escena boquiabierto. No pudo decir ni una palabra cuando Héctor arrestó a su esposa, cuando le leyó sus derechos y la condujo hacia la puerta. Si el corazón pudiera moverse a voluntad, lo habría parado en ese mismo instante.

41

Héctor salió de comisaría sobre las diez y media de la noche y comprendió que, aunque no le apeteciera lo más mínimo, debía volver a su piso. Llevaba más de treinta y seis horas sin dormir; notaba los pulmones llenos de nicotina, el estómago vacío y la cabeza embotada. Necesitaba despejarse un poco, y luego una ducha larga; eliminar la tensión, recuperar fuerzas.

La ciudad parecía amortiguada esa cálida noche de domingo. Incluso los escasos coches que circulaban parecían hacerlo despacio, con pereza, como si sus conductores quisieran prolongar los últimos coletazos del día festivo. Héctor, que había empezado a andar a buen paso, fue acompasándolo poco a poco al ritmo lento que imperaba en las calles. Habría dado cualquier cosa para sosegar también su cerebro, para frenar aquel flujo de imágenes sueltas. Sabía por experiencia que era cuestión de tiempo, que los rostros que ahora parecían inolvidables irían diluyéndose por el desagüe de la memoria más pronto o más tarde. Había algunos, sin embargo, que de momento prefería no olvidar: el semblante asustado y mezquino de Eduard Rovira, por ejemplo. A pesar de las amenazas de cárcel que le había hecho él mismo, sabía que sería difícil que respondiera ante la justicia por sus actos. Pero al menos, se dijo, tendría que soportar la vergüenza de haber sido descubierto y el desprecio de quienes le rodeaban. De eso

Héctor pensaba asegurarse personalmente y cuanto antes; los tipos como Edu no le merecían ni un ápice de compasión.

Respiró hondo. Tenía más cosas que hacer al día siguiente. Hablar con Joana y despedirse de ella, pasar por el hospital a ver a Carmen… Y disculparse ante el comisario Savall. Quizá su actuación en el caso de Iris años atrás no hubiera sido ejemplar, pero sus motivos no habían sido egoístas, sino todo lo contrario. En cualquier caso, él no tenía ningún derecho a erigirse en juez y parte. Eso se lo dejaba a la gente como el padre Castells. «Mañana», pensó, «mañana pondré orden en todo esto». Esa noche ya no podía hacer nada más. Había realizado una única llamada desde comisaría: a la agente Castro, para informarle de que su intuición había sido certera. Se la debía. Al fin y al cabo, de no haber sido por ella, ese caso tal vez no se habría resuelto nunca. Era buena, pensó. Muy buena. No estuvo mucho tiempo al teléfono porque advirtió que no estaba sola. De fondo oyó de repente una voz masculina que preguntaba algo. «No te molesto más, ya hablamos mañana», le dijo él al despedirse. «De acuerdo. Pero tenemos que celebrarlo, ¿eh? Y esta vez pagaré yo.» Hubo una pausa breve, uno de esos momentos en que el silencio parece querer decir algo. Pero, tras los adioses de rigor, ambos habían colgado.

Parado ante un semáforo en rojo, sacó de nuevo el móvil para ver si había algún mensaje de Ruth. Eran casi las once, quizá aún estuviera de camino. Hacía casi un mes que no veía a Guillermo y, mientras cruzaba la calle, se repitió que eso no podía volver a ocurrir. No quería ser una figura ausente como Enric Castells había sido con su hijo. Se puede delegar la responsabilidad, pero no el afecto. Ironías del destino, pensó, Enric se veía ahora de nuevo solo y con una niña a su cargo, una cría a la que ni siquiera consideraba hija suya.

Estaba ya cerca de su casa, y la aprensión ante el momento de volver a entrar en ella le asaltó de nuevo. El inmueble donde había vivido durante años se le antojaba un lugar macabro, contaminado por Omar, por sus asesinos. «Basta», se ordenó una vez más. Omar estaba muerto y quienes lo habían matado, encerrados en la cárcel. No podía pedirse un resultado mejor. Animado por esta idea, metió la llave en la puerta de la escalera y, cuando ya había traspasado el umbral, sonó el móvil. Era Guillermo.

—¡Guille! ¡Qué bien! ¿Ya estáis aquí?

—No... Papá, escucha... ¿Sabes algo de mamá?

—No. Hablé con ella el... viernes, creo. —Parecía haber pasado un siglo en lugar de unos días—. Me dijo que iría a recogerte.

—Ya. A mí también. Quedamos que vendría sobre las nueve, nueve y media.

—¿Y aún no ha llegado? —Miró el reloj, inquieto.

—No. Y la he llamado y no contesta. Carol tampoco sabe nada. —Hizo una pausa y siguió con una voz que no era ya la de un niño sino la de un adulto preocupado—: Papá, mamá no ha hablado con nadie desde el viernes por la mañana.

Con el móvil aún en la mano, frente a la escalera que conducía a su hogar, Héctor recordó de repente lo que había comentado Martina sobre el doctor Omar, sobre los ritos que preparaba, sobre el DVD que había recibido Ruth. «Olvídate de eso, ya está muerto, ya no importa...», le había dicho la subinspectora.

Un sudor frío le invadió la frente.

hoy

Hace seis meses ya que desapareció Ruth. Nadie ha vuelto a tener noticias de ella desde aquel viernes en que decidió ir al apartamento de sus padres. Ni siquiera estamos seguros de que llegara allí, pues su coche fue hallado en Barcelona, cerca de su casa. Hemos publicado su foto, pegado carteles, registrado su piso. He interrogado personalmente al abogaducho que mató a Omar y he llegado a la conclusión de que no sabe nada aparte de lo que ya dijo. El maldito doctor le anunció, con una sonrisa maquiavélica, que yo tendría que sufrir la peor de las condenas posibles. El abogado pensó que era una de sus frases. Tampoco yo lo hubiera tomado en serio. Pero ahora sé que es verdad. No hay nada peor que no saber, que vivir en un mundo de sombras y dudas. Deambulo por la ciudad como un fantasma, escudriñando las caras, creyendo ver a Ruth en los rincones más insospechados. Sé que algún día la encontraré, viva o muerta. Debo explicarle a mi hijo qué le sucedió a su madre. Se lo debo; si conservo la cordura es gracias a él. A él y a mis amigos. Ellos tampoco se rinden. Saben que tengo que descubrir la verdad y que no pararé hasta conseguirlo.

Agradecimientos

Cuando llega el momento de dar las gracias, uno se da cuenta de la cantidad de personas que, de un modo u otro, le han ayudado a llegar hasta aquí. Son tantos los nombres que resulta imposible mencionarlos a todos, pero creo que debo empezar recordando a todos esos parientes y amigos que me han soportado y animado durante los meses que he dedicado a escribir este libro (sí, Montse, estoy hablando especialmente de ti), y que en los momentos de desesperación me han «sacado» literalmente de casa (¡gracias, Pedro!).

A todo el equipo de Random House Mondadori, y en especial al departamento de redacción, con el que llevo años colaborando como traductor.

A Silvia Querini y Ana Liarás, de quienes he aprendido prácticamente todo lo que sé de libros. Es un placer trabajar con personas que, después de años de experiencia y profesionalidad, aún siguen emocionándose de verdad delante de una buena novela.

A Justyna Rzewuska, por su fe, confianza y esfuerzo.

Al equipo de Debolsillo que, capitaneado por Joan Díaz, confió en mí para este proyecto.

A María Casas, por proponerme ideas «descabelladas» como si fueran lo más natural del mundo.

A Gabriela Ellena, por su rigor y su inagotable capacidad de trabajo.

Y, por supuesto, sería imperdonable no mencionar a mi editor, Jaume Bonfill. Sin su paciencia, su buen criterio y su dedicación, esta novela simplemente no habría existido.

A todos ellos, y a muchos más, gracias.